漱石

男の言草・女の仕草

金 正勲

近代文学研究叢刊
27

和泉書院

金正勳著『漱石　男の言草・女の仕草』に、寄す

――海を渡れる、漱石という出来事――

鳥井正晴

ミレニアム（一〇〇〇年間、一〇〇〇年祭）と云う言葉と共に、一〇〇年と云うコードで、「人類」を考えるコンテクストが、云われて頻りである。

一〇〇年前（明治三三年）、明治国家の「官命を帯びて遠く海を渡れる主意」（『文学論』序）の、一留学生・夏目金之助は、倫敦の客舎で日本の未来を、慮ること真剣で神経衰弱にまで陥っていた。一〇〇年の後、自分自身が、海外の留学生から、眼目され得る対象になるとは、想像だにしないで――。

それから一〇〇年、はからずも、新世紀（二〇〇一年）の幕開けの年に、金正勳君の『漱石　男の言草・女の仕草』が、上梓される。

私自身、君とは、それ程長い付き合いではないのだが、以前に、「阪神近代文学会」で、漱石の研究発表をお願いしたことがある。巻頭所収の「韓国における漱石研究の現状」がそれで、日本の研究者をして興味を注がせる、刺激的な発表であった。

その報告に云われる様に、韓国に於ける「漱石の研究」は、なかなかに活発である。今年・二〇〇一年二月一七日には、釜山の朝鮮ビーチホテルに、韓国の「漱石研究者」が一堂に集い、第一回の「シンポジウム」が開催された由。

の、漱石論の発信である。

また、続いて二〇〇一年の五月には、その「漱石研究者」に拠る、『夏目漱石文学研究』なる論文集が創刊された。『夏目漱石文学研究』は、第一部 ・「シンポジウム」（韓国に受容された夏目漱石文学研究の成果など）、第二部・「研究論文」（十九本の漱石論収録）の、六百頁を超える大部な、韓国語に拠る韓国からの、漱石論の発信である。

『夏目漱石文学研究』の編輯者・權赫建は、第一部・「シンポジウム」に、云う。

韓国に於いて、漱石関連の論文を一つ以上書いた研究者は、百二十八名以上に達し、二十名位の研究者は、漱石をずっと研究し続けている。（『夏目漱石文学研究』経過報告）

正しく、漱石の「存在」のコスモポリタン性を云う、出来事である。

君が論考——延いては学風は、文芸学的である。漱石作品の丹念な「読み」は、感心させられるし、加えて、「漱石の描いた男女像」の視座に向けての、漱石作品相互の関連づけも、なか〳〵のものである。第一に安心出来るのは、外国人に有り勝ちな——日本人にも云えることだが、的はずれて自己の「文化論」を語るが方向に、傾かないことである。異文化コミュニケーションの「題材」では、君の漱石論は断じてない。

君が論考は、あくまで漱石作品に即し、漱石作品を語ろうとしている。「漱石よりも漱石論に出会う」とは、四冊目の「漱石論集」の中での、平岡敏夫の諫言であるが、君は先行の論をよく消化し、君が見解をきめ細かく主張している。その点で、『こゝろ』を論じての「静の実相」や、『彼岸過迄』を論じての「語りの構造」などは、教えられる処が多いであろう。そして「漱石の描いた男女像」を云うのなら、引き続き『道草』『明暗』に就いての言及が望まれる。

果して、漱石を論ずるということは、論者自身の「文学観」が、「人間観」が、根底から問われることでもある。畢竟ずるに、漱石論は、「人間学」の様相を必然としよう。初源から最期まで、「人間」を問題とし続けた文学で、そもそもに、漱石の文学はあったのだから――。

『漱石研究年表』の著者、荒正人に、次の金言がある。


批評は、批評する人間の全生活を賭けたものである。プロタゴラスは、人間は万物の尺度だといっている。文学の批評についても、最後の基準になるのは、その人間の全量である。重い人間の批評は重いし、軽い人間の批評は軽い。(「夏目漱石の研究と批評」、昭和五一年一〇月)

就いては、享受者の年齢・思索の深化と共に成長し成熟し続けるのが、漱石の「享受」である。君は、何と云ってもまだ若い。重ねる君の年齢が、漱石の享受を益々に深化させるであろう。君はこの上ない熱心な学究の徒であるし、漱石を愛することも、日本の誰の人後にも落ちない。

日韓交流ミレニアムの歴史の中で、よい仕事を共にした経験は、少ないであろう。一〇〇年前、「学問をやるならコスモポリタンのものに限り候」と告白したのは、他ならぬ、留学地・倫敦での漱石であった。今般の『漱石　男の言草・女の仕草』は、もとより君が漱石研究の一里塚である。

漱石の出来事は、海を越えて、極めて「コスモポリタンのもの」である。「人類」を考えるコンテクストにも拡がりいくであろう、「漱石の研究」を、君の熱心が、益々に推し進められることを、願うものである。

二〇〇一年九月八日

目次

第二部　新しい方法への試み

序章　韓国における漱石研究の現状

一　日本文芸研究史

近年韓国のソウル大学が日本近代の文芸作品の中で、漱石の『坊っちゃん』を必読の教養図書として選定した。前例のないことである。ソウル大学の人文科学研究所が、「東西古典の一〇〇選」に漱石の『坊っちゃん』を入れたわけである。二十一世紀を展望しての前向きの発想であったに違いない。柄谷行人は、「漱石が世界的に読まれるのは二十一世紀ではなかろうか。」(1)と述べていたが、すでに漱石は外国でも幅広い読者層を持っており、今や日本国内だけで通用する作家ではない。文化開放に保守的な観点を示してきた韓国のソウル大学でも漱石作品を必読の教養図書として選定したという事実は、国を問わず、彼の偉大さに共感していることを物語っている。

振り返ってみると、韓国における日本文芸研究の歴史はそれほど長いものではない。日本語教育が大学で始まるのは一九六一年である。一九六一年になってはじめて、韓国外国語大学に「日本語科」が出来るのである。そしていよいよ一九六二年には、韓国で日本文芸を公式的な学問の名称として取り上げる大学が現われる。国際大学だが、そこに「日語日文学科」という新しい学科が開設されるのである。この時は、ちょうど李承晩政権が学生運動により倒れた時期であり、韓国社会に「日本ブーム」(2)が起こる。しかし、日本についての関心が高まってはいたとはいえ、その当時の韓国は日本文芸研究の不毛の地であった。したがって日本文芸研究自体がいかに難題をかかえる作業であったかいうまでもない。日本文芸に関する研究資料のみではなく、他の専門書籍さえも発見できない時であったからである。にもかかわらず、日本語で論文を書くということがはたして可能なことであったかは、想像に難くない。当時の日本文芸の研究論文や資料がほとんど見つからないのもそこに起因する。

韓国で日本語や日本文芸の教育が本格的に行なわれる時点は、一九七三年である。その時、朴正煕大統領は次のように述べている。

韓国と日本は類似面が多く、書籍を通じ、また経済技術分野で、日本から習うべき点が多い。日本語を学ぶとしても、精神を正しくし、主体性のある闊達な度量をもつべきである。今まで、わが国は過去の関係から日本語を学ぶことを忌避していたが、そのような考えでは国家の発展を期することができない。(3)

この指示によって韓国の文教部（文部省）は、高校の第二外国語の選択科目の中に日本語を付け加える。この時から日本関連の学科が各大学に次々と開設されることになる。いまは日本文芸関係の専門学科が開設されている大学だけでも、七十大学を越えており、日本文芸関連の大学院も毎年開設されている。(4) 各大学に日本文芸関係の学科が増えるにつれ、日本文芸の研究者の数も毎年増えている。研究論文においても、韓国での論文、また日本や外国での論文を含めて、正確な統計は出ていないが、今まで発表された日本文芸関連の研究論文は約四千五百篇に至っている状況である。この中で半分が日本近代文芸の研究論文であり、研究量や研究者の数も他と比べ、圧倒的に多い。この事実から、日本近代文芸に対する高い関心度をはかる事ができよう。

近代文芸の研究者が多い理由としては、地元での古典の解読の難点、研究資料や参考文献が不足する点などが考えられる。が、何より日本語を学びはじめ、文芸作品を研究するに至るまでの過程の中で古語に接した経験が少なく、現代文により慣れているからにほかならない。韓国の大学での日本文芸科目の授業の時、使われている文芸作品や評論書が日本語の現代文か、あるいは翻訳文であることを忘れてはならない。日本文芸研究者の多くはこの現代文を読むのにも必死である。そこには文化的な格差と作品読みに乗り越えなければならない言葉の問題がたしかに潜んでいるわけである。

勿論、各大学で日本文芸を担当している研究者の大部分が戦後韓国の大学院卒業者ではない。戦前の日本の大学卒業生、日本生まれで日本での教育を受けてきた在日韓国人、韓国の大学を卒業した後、日本へ渡り、留学経験を積んだ若手研究者まで実に様々である。文化的格差と言葉の問題を乗り越えるためには、日本の風土に適応し、それに直接立ち向かうことが必要であるし、日本での研究経験が研究者にとって必然的なものになっている。

幸い日本留学生の数は一九七〇年代の半ばから増加し始めている。そして一九八〇年代の半ばに入って韓国政府の留学の自律化という政策によって、絶頂に達することになる。なおこの時、韓国政府の大学院育成方針によって大学院の日本文芸専攻関連の学科も設立の増加を見せる。当然、日本留学生の帰国と韓国の大学院生の増加から日本文芸の研究者も増えつつあるのであり、この中で近代文芸の研究者が約半数を上回っている状況である。

一九九〇年度に入っては、日本の大衆文化の流入と同時に日本文芸に対する関心が高まって、日本文芸関係の本が次々と出版されている。いわば、日本文芸専門の若い知識人達によって有名作家の作品の翻訳が活発に行なわれている。特に村上春樹の作品や大江健三郎の作品は、その多くが翻訳され、大きな書店にはその専門のコーナーさえ設けられているほど、よく売られている。大学によって異なるが、「日本小説」という講座名ができ、多くの学生が履修届けを出しているのも以上の事実を反映する。

二　漱石研究の現状

近代文芸の研究者が増えるにつれ、近代文芸の作家と作品に対する研究も盛んである。韓国で研究対象になっている近代文芸の重要作家といえば、夏目漱石、芥川龍之介、川端康成、島崎藤村などである。この中でも作家論・作品論を含めて夏目漱石に対する研究論文がいちばん多い。日本近代文芸のもっとも代表的な作家として夏目漱石が取り上げられ、彼と彼の作品が活発に研究されている事実は、それほど漱石についての関心が高いということを証明する。

例えば、一九九九年、日本文芸を研究対象にする「韓国日本文学会」という学会が発足したわけであるが、その学会の「日本文学研究」という創刊号[(5)]の各論文題目の目録を見ても、漱石自身や漱石の作品についての関心の高さがすぐわかるはずである。

a、韓国の主要学会

韓国の学会	
創立年度	学会名
一九七三年	韓国日本学会
一九七八年	韓国日語日文学会
一九八四年	韓国日本語教育学会
一九九一年	釜山日語日文学会
一九九五年	韓国日本語文学会
一九九六年	韓国日本文化学会
一九九九年	韓国日本文学会

aは日本文芸関連の韓国の主な学会であるが、一九九九年に「韓国日本文学会」が発足していることに気付く。いわば、研究対象がより明確で専門的になっているといえる。それからbは創刊号の発表者名と論文題であるが、漱石の論文が三編も出ている。一冊の論文集に漱石の作品についての論文が三編も入っていることは、それほど彼と彼の作品についての関心が高いということを反映している[(6)]。他の学会においても、同じ現象が起こっている。他の作家や作品についての論文は重なる場合がほとんどないが、漱石の場合は重なる場合が多い。

b、「日本文学研究」創刊号

一九九九年「日本文学研究」

発表者	論文名
鄭昌石	親日文学の言語問題
金采洙	『雪国』の思想的背景と日本人の〈死〉意識
洪顯吉	韓国人と日本人のルート（Root）に関する考察—DNAによる研究を中心に—
權海珠	川端康成の『空に動く灯』の主題とその死生観
表世晩	矢野竜渓『浮城物語』の世界—作品の中の「国権意識」を中心に—
鄭炳浩	二葉亭四迷の文学理論の位置—模写理論における〈真理論〉の成立過程を中心に—
金青均	志賀直哉の『暗夜行路』論—空間移動を通した主人公の意識変化を中心に—
・曺榮錫	『野分』に現れる金銭観
・夫　伯	夏目漱石『三四郎』論
・朴眞秀	夏目漱石『夢十夜』の視点と語り
朴勝呼	遠藤周作『沈黙』論
藤田雄二	椎名麟三の『深夜の酒宴』論
李貞熙	安部公房の『箱男』論
權妍秀	日本平安時代における物語文学ジャンルの成立過程
崔　官	木曾の文学化
黄昭淵	『好色一代男』の創作技法—巻六の三「心中箱」の設定を中心に—

なぜ韓国で漱石についての関心がそれほど高いのであろうか。

それは、彼と彼の作品が、二十世紀末を生きてきた今日の韓国の読者に、そして二十一世紀初を生きているすべての人間に共感出来るものを与えてくれるからにほかならない。漱石の生涯には、彼独特の人間的な魅力があり、彼の作品の中には今、現代人の生に突き付ける様々な問題が刻み込まれているのだ。さらに、彼の持つ社会意識や日本の近代文明開化についての痛烈な批判に耳を傾けると、漱石の存在が海を越えて近付いてくるような気がしてならない。

それでは韓国においてどのように漱石が研究されてきたのか、また漱石はどのように映っているか、単行本、翻訳本、インターネット情報探索を通して検証してみたい。

いまの時点において、単行本は4冊出ている。

「単行本」

尹相仁『世紀末と漱石』（岩波書店、一九九四・四）

權赫建『夏目漱石文学世界』（学士院、一九九四・八）

權赫建『日本近代小説研究―夏目漱石を中心に―』（学士院、一九九六・二）

陳明順『漱石漢詩と禅の思想』（勉誠社、一九九七・八）

韓国において尹相仁の『世紀末と漱石』ほど、高い評価を受けている単行本はない。いってみれば、「世紀末」という展望に立って漱石を読み直そうとする独自な視点を持つ文献として知られているのである。日本の研究者や学生の間にも参考図書としてよく取り上げられることもあり、日本でも評判のよい研究書として伝わっている。第六章からは作品についての分析が行なわれているが、あくまで比較文学の立場に立って作品の考察を試みようとしている作者の意図が垣間見られる。日本で出版されたが、韓国の研究者達にしばしば引用される書籍であり、漱石の文献が不毛の地である韓国の漱石研究者達に刺激を与えてくれたに違いない。韓国人が漱石について最初に書いた文献である。

二番目の権赫建の『夏目漱石文学世界』は、韓国で出版された漱石についての最初の研究書である。韓国語で出版されたが、『坊っちゃん』『夢十夜』『それから』『こゝろ』という作品も日本語で載っていて、半分ずつ混じっている形になっている。全体は第六部に分かれていて、第一部は日本近代小説概観、二部は夏目漱石生涯、三部は作品紹介、四部は作品感想、五部は論文、六部は参考資料となっている。権は次のようにいう。

漱石を専攻して筆者は毎日彼の肖像画を触りながら、また彼の作品を研究するという口実で本のページだけをめくりながら暮らしている。それ故、彼の思想の大部分が筆者の体内のどこかで新たに芽生えて育っているのを今日も意識して生きている。(7)

まさに論者の漱石研究についての情熱が伝わってくるのだが、権は日本留学の時から集めてきた日本近代小説関連書籍を参考にし、夏目漱石の作品のなかで外国人が読みやすく書かれている書籍を東京の古本屋で見付け、編集してその本の内容を形作っている。また授業の時に使っていた講義のノートを補って、夏目漱石と日本近代文学に初めて接する読者であっても、できるだけ理解しやすく編集したという。(8) 作品感想の四部には、大学生から会社員まで多様な職業を持っている読者が作品の感想を述べていて、新鮮な感じさえする。そして五部には、「夏目漱石の『それから』研究—男性描写の深層—」、「日本近代文学においての子供の死」という論文が載せてあり、研究書たる面目を具えている。ただ韓国では、漱石についてハングルで最初に書かれた文献であるだけに、漱石についての紹介にとどまっている点は残念である。

これが『日本近代小説研究―夏目漱石を中心に―』（学士院、一九九六・二）において、より具体的に書かれることになる。本は、Ⅰ夏目漱石の生涯、Ⅱ夏目漱石文学の遺蹟地探訪、Ⅲ漱石の代表作品理解、Ⅳ漱石の代表作品感想、Ⅴ漱石と日本近代文学作家達、Ⅵ漱石関連研究文献目録、Ⅶ著者の研究論文、Ⅷ日本近代文学思潮の理解、Ⅸ日本近代小説と歴史的人物、という構成を持っている。『日本近代小説研究』といえ、漱石についての研究書であり、各部の題目からもうかがえるように、いっそう整った専門的な形になっている。量においても約五百ページの膨大なものであり、韓国での漱石研究者にとって必読の書であるといってよい。

本の内容は各部の題目から推測できるわけだが、論者はまず、東京にある漱石の遺蹟地を自ら探訪し、その遺蹟地に関する背景的なことや地名や交通機関などを具体的に調べて書き下ろしている。なお、学生の外に主婦、会社社長と弁護士、税務会計士などの専門職業人を登場させ、感想文を載せている。日本近代の作家の中で漱石と結びついている十人を選んで彼らの生涯を紹介したのも、この本の特徴といえよう。権の研究論文六編が収録されているのは勿論、いままでの漱石研究論文が一目瞭然に記載されているのも彼の成果である。日本での研究状況、海外での研究文献目録がなく、国内での研究現況に傾いている傾向が見えるが、にもかかわらず漱石文芸の指針の書であることは間違いない。

最後に陳明順の『漱石漢詩と禅の思想』（勉誠社、一九九七・八）であるが、陳は韓国釜山で大学を出て、初めは「日本の仏教と日本人の思考」を研究テーマとしていた。釜山東亜大学の講師として勤めることになるが、日本に留学、夏目漱石の研究に打ち込む。研究テーマも「夏目漱石と禅」に変わる。実は不思議にも陳は、鎌倉の円覚寺で漱石が初めて参禅した日付に釜山の禅院で参禅している。日本へ渡ってからその事実を知ることになり、それが偶然なことであったのが明らかになるが、微妙にも与えられた「父母未生以前本來の面目」という公案も漱石のものとまったく同じものであったし、しかも当時の年齢さえ同年であったという。(9)

『漱石漢詩と禅の思想』は、ちょうどその釜山の禅院での坐禅の経験と経典研究への情熱が生々しく生かされている文献である。「この論文によって夏目漱石の漢詩は初めて正当に読まれた」(10)（勝又浩）といわれるほど、高い評価を受けているが、漱石の漢詩を詳細明確に分析論証していると見ていい。漱石の初期の漢詩から晩年の漢詩までを追っていき、禅の思想の立場に立って解釈を下している点や小説に生かされた漢詩と禅の思想を作品ごとに分析している点は、今まであまり試みられていない独自な視点によるものであり、日本だけでなく、韓国でもこれから大きな反響を呼び起こすであろう。

このように韓国人が書いた単行本について調べてみたのだが、今の時点では四冊しかない。大学院生のものまで含めて、漱石関係の論文が約四百編ぐらいに及んでいることを考えると、論文に比べてその数はごく少ない。が、漱石の研究者は増える一方で、単行本は次々と出版されていくだろうと思われる。もう一つ指摘したいのは、韓・日の比較的視点から見た漱石についての文献がまだないということである。日本の漱石を韓国でどう見るかという問題、韓国の作家と漱石との比較の問題など様々な課題が残っているのだ。

次に翻訳の状況を見ることにする。

「翻訳本」
金聲翰『吾輩は猫である・坊っちゃん』（乙酉文化社、一九六二）
方基煥・表文台『草枕』（『日本代表作家百人集』希望出版社、一九六六）
閔丙山『吾輩は猫である』（三省出版社、一九七五）

郭夏信『一夜』（「日本短篇文学選」乙酉文化社、一九七五）
趙演鉉『夢十夜』（「世界短篇文学全集」新韓出版社、一九七六）
翻訳者不明『夢十夜』（「世界短篇文学選集」良友堂、一九八一）
翻訳者不明『夢十夜』（「世界文学精選集」秀進出版社、一九八三）
柳呈『草枕と他』（「世界代表随筆文学大全集」泰成出版社、一九八三）
崔炳璉『三四郎』（図書出版友一、一九八七）
徐石演『こゝろ・それから』（汎友社、一九九〇）
金聲翰『坊っちゃん・一夜』（乙酉文化社、一九九四）
クウォンスンマン『こゝろ』（「世界名作百選四一」日新書籍出版社、一九九四）
張南瑚『坊っちゃん』（時事日本語社、一九九四）
閔丙山『吾輩は猫である』（中央メディア、一九九五）
朴裕河『夢十夜・こゝろ』（熊進出版、一九九五）
崔在喆『三四郎』（韓国外大出版部、一九九五）
金貞淑『夏目漱石短篇選集―倫敦塔の他』（三信閣、一九九六）
ユゥユゥジョン『吾輩は猫である』（文学思想社、一九九七）
金碩子『それから』（檀国大学校出版部、一九九七）
宋鉉順『門』（図書出版バルグン世上、一九九七）
金貞淑『道草』（「文学意識叢書五」文学と意識、一九九八）
徐石演『こゝろ・それから』（「汎友批評版世界文学選」汎友社、一九九九）

宋鉉順『硝子戸の内』（陽地、一九九九）
宋鉉順『道草』（啓明、二〇〇〇）
金貞淑『硝子戸の内』（民音社、二〇〇〇）

漱石作品の翻訳本は、いくつかの作品を除いてほとんど出ている。そのことは、逆に今までに翻訳されていない漱石の作品がまだあるということを示している。翻訳といっても、漱石の作品になるとそれほど簡単にできるものではない。漱石の持つ独自な表現と文体を生かしながら、新しい言葉に置き換えていくのは困難な作業である。とはいっても、その作業は続けられるべきであるが、実は研究者の間では好まれていないのだ。その原因は、翻訳が研究業績として価値あるものとして認められていないからである。つまり、翻訳の必要性を感じながらも、学界の現実問題にぶつかってその作業がやめられてしまうのである。同時に出版社の、損益に左右される曖昧な態度も指摘せざるをえない。

他にも重なる作品があるが、漱石の作品中、頻繁に翻訳されているものは初期作品である。一般読者は、恋の三角関係やエゴイズムの問題が浮き彫りにされている彼の中期・後期作品よりは、知識人達の高踏的な世界と現実の裏面を赤裸々に風刺する内容、一人の主人公が正義感に満ち、不義に立ち向かって人間社会の偽善に警告を下す内容などにより共感しているといえる。儒教の倫理が定着している韓国社会の雰囲気も意識せざるをえない。

そして同じ作品が同じ訳者によって何回も翻訳されていることに気付く。一つの作品がこれほど何回も載っていることは、最初の翻訳本を参考に、より完璧な翻訳の意図の下で、その作業が繰り返して行なわれた結果なのではないかと推測される。ときには、訳者が同じ本を何年か後に出版社を変えて出版する傾向さえあるのだ。

最近になってようやく、漱石作品が一年に一冊ぐらいは出版されることになった。だが、日本語原文の作品ではなく、翻訳作品を一般読者は読むのであり、すべての作品が早く出版されるべきである。他の作品の翻訳の必要性を感じつつ、漱石の専門書籍の翻訳物がまだないのが残念である。越智治雄の『漱石私論』や熊坂敦子の『夏目漱石の研究』などの優れた漱石の研究書の翻訳も期待せずにはいられない。

結局、翻訳が創作の行為と変らないぐらい骨の折れる作業であるにもかかわらず、認められていない現実の状況は変革されなければならない。漱石文献が絶対不足な現時点において、全ての漱石の作品と重要な研究書の翻訳は不可欠なものであるからだ。

三　インターネットにおける漱石情報探索

韓国でインターネットから漱石についての情報を得るためにはまず、韓国の検索プログラムに入る必要がある。代表的な検索プログラムにはヤフー韓国（http://www.yahoo.co.kr/）とシンマニ（http:www.simmani.com）があるが、ここでは後者のシンマニを例として取り上げたい。(11)

検索の方法は、このシンマニに入って韓国語で検索したい文字を打てばそれでよい。夏目漱石という名前を韓国語で打つと、分類項目、サイト、ウエーブ文章、書籍、音盤、ニュース欄の中で、自動的にウエーブ文章欄が開いて驚くことに二十個あまりの漱石関連ホームページに接することができる。各ホームページによって内容は異なるが、漱石の「小品」も載っていれば、大学生の漱石作品の感想文も載っている。各ホームページに入っている情報がどれほど有効であるかという疑問はあるが、新しいホームページが毎月登録されるのであり、サイバースペースにおいても、漱石の読者はたしかに増えつつあるといえよう。ただ、そこに漱石研究者のホームページがまったくないのが残念である。

今度は書籍欄をクリックしてみる。韓国で翻訳されているいくつかの漱石の作品、翻訳者、出版社、値段などが書き込まれている場面が現われてくる。つまり、それは本の紹介欄であり、ソウルの宗路書籍という書店から出したものであるということがすぐ分かるのだが、そこで最近の漱石作品の翻訳本に対する情報を確実に掴む事ができる。

次のような翻訳本には紹介文[12]も載っている。

〔1〕「夏目漱石短篇選集─倫敦塔の他」

日本近代文学を確立した夏目漱石の短篇選集。百年前の作品であると思えば、古く感じがちだが、英文学を土台にした近代的感覚と実験精神、そして人間の本質について誠実に、そして徹底的に追求しようとした内容は時代を飛び越し、今日の読者を魅了する。

〔3〕「夢十夜、こゝろ」

「夢十夜、こゝろ」は東洋のシェイクスピアと呼ばれるほどの漱石文学の白眉であるといえる。人間の意識の底に存在する悔恨、欲望、絶望などの切迫した感情を夢という空間を通して表現した小品が「夢十夜」である。「こゝろ」はエゴイズムの問題、つまり人間の孤独と不可思議な愛を主題にする。

〔4〕「吾輩は猫である」

日本近代小説の最高峰で、国民作家である夏目漱石がリアリズムの新しい境地を模索したこの作品は、猫の視点から見た人間社会の裏面、そして自由な知識人達の高踏的な世界と現実を風刺した辛辣な語調と場面描写が優れた小説である。

紹介文を書いた人がだれかは、明らかになっていない。しかし、この翻訳本の出版と何らかの形で結びついている人であるには間違いないだろうと思われる。漱石の作品は、簡単に語りつくそうとしても、容易に果されるものではない。それで普通はその作品の持つテーマを暗示しながら、概略を述べるだけに甘んじなければならないわけだ。が、引用文の論調は作品の核心をついている。韓国で日本文芸を専攻している大学生に漱石のことを聞けば、『吾輩は猫である』か、『坊っちゃん』の題をすぐ思い浮かべて答えるほどだから当然、漱石の名声が通信網を通しても読者に伝わっているはずである。漱石の顔が載っている本の表紙や書籍の紹介文をインターネット線上において見付けるのも可能なことであるのだ。

より詳しい情報は、日本語と日本文学（http://www.nihon.co.kr/）[13]のようなサイトから得ることができる。これは電子図書館を目指していて、日本の青空文庫サイト[14]のようなものである。いわば、日本文芸専用のサイトであるが、そのサイトに入ってみると、日本文芸欄は上代文芸から現代文芸まで時代別に区分されている。その中で、近代文芸のところに入れば、近代の主要作家が順番に取り上げられている。とうぜん、夏目漱石という作家名の下の傍線を押し、漱石の作品名を確認することはもちろん、その原文の作品をダウンして読むこともできる。そして嬉しいことに、作家別韓国語翻訳というところがあり、いつでも韓国語で翻訳されている彼の作品に接することができるのだ。ただ、その作品は翻訳機による翻訳作品であり、日本語のかなや漢字の部分がそのまま残っているばかりではなく、意味が通じない文章が多いわけで、手を入れなければならないところが各文章ごとにある。しかしこの文章によってより洗練された文章が生まれるということを考えると、それだけの価値があるものに相違ない。

その作家別韓国語翻訳のところの右側には、作家別に国内外研究者のコーナーも設けられている。が、一人も刻まれていなくて寂しい感じさえする。韓国と日本の漱石研究者のメール住所などがそこに書き込まれていたら、互いに情報交換や交流ができるはずである。だいぶ日にちがかかるとは思うが、そのコーナーが韓国と日本の研究者の名で埋まることを期待してやまない。

まさに韓国のインターネットの日本文芸関連サイトには多くの作家や作品についての情報が入っている。その中でも漱石の場合は、ほとんどの作品が日本語で入っていて、ダウンしてすぐ手に入れることや不完全なものといえども、ハングル語で翻訳されている彼の作品を簡単に目前にすることができる。それは今まで考えられないことであった。

しかし、漱石に関する専用のホームページ、漱石あるいは漱石作品に関する論文目録、国内や日本の漱石研究者の紹介、新刊書籍や新刊雑誌の書評欄など新しく構築する必要があるメニューは数えきれない。二十一世紀は国境を越えて通信網を通して自由に往来する時代であると考える時、それを利用しての資料集めなり、情報の交換は必然的なものになるに違いない。東洋と西洋を問わず、日本近代作家中、漱石ほど多数の研究者と批評家が深い関心を寄せている作家はいない今日、漱石はインターネット網を通しても自分のサイバースペースをどんどん広げていくのであろう。

このように韓国における漱石研究の現状を辿ってきたのだが、韓国における漱石の研究はこれから始まると見てよい。この時点で研究課題としていくつかの問題を提起したい。初めに、韓国だけではなく、日本で発表された韓国人研究者の漱石論文を体系的に整理した研究物がまだないということを取り上げたい。それは、今まで発表されてきた漱石関係の論文の傾向と視点を一目でわかるようなものになるに相違ない。韓国における漱石研究、どこまできたのであるか、というテーマでもいいが、いままでの研究成果を纏めてみて、これからの研究状況を展望すること、これこそ漱石研究に意義あることであろう。

そうするためには、韓国での漱石研究史への考察も早く行なわなければならない。漱石研究史への考察も今後の研究の必然的な課題として重要な位置を占めると確信する。

そして漱石関係の単行本や漱石作品の翻訳本の出版が活発に行なわれるべきである。漱石について書いてある本が韓国語で出版され、漱石研究者は勿論、日本文芸専攻の学生達に読まれることになると、漱石に対しての関心もより増加していくはずである。

最後に一日も早く漱石研究会が韓国に根を下ろさなければならない。漱石研究者同士が研究する場を作ることによって、漱石についての資料や情報の交換ができるからである。そればかりでなく、そこは、まだ発表されていない論文を互いに質疑、討論できる場所でもある。それに基づいて自分の論文を補い、また修正していくのである。したがって、学会とは別に同時代作家を一緒に研究する研究会、同じ研究視点を持った研究者同士の研究会等が活性化し、どんどん新しい論文を検証していくべきである。その段階を踏んでいくことで、漱石の場合も、漱石の作品感想と紹介にとどまらず、初めて本格的な漱石の作品研究の世界が開けてくるのではないか。今漱石が韓国において、世紀末から世紀初に蘇っている。これから韓国においての漱石研究も新たに生れてくるであろう。

註

（1）柄谷行人は（「漱石研究」創刊号、翰林書房、一九九三・十）において、小森陽一、石原千秋との対話中、こう述べながら「われわれ二十世紀末の人間としては、それに備えた『漱石研究』こそが重要である」と付け加えている。
（2）森田芳夫「戦後韓国の日本語教育」（木村宗男編『講座日本語と日本語教育十五』明治書院、一九九一・六）
（3）「ソウル新聞」（一九七二・七・五）
（4）例えば、最近の統計ではないが、生越直樹「韓国における日本語教育概観」（上野田鶴子編『講座日本語と日本語教育十六』明治書院、一九九一・十）に詳しく載っている。
（5）「日本文学研究」創刊号（韓国日本文学会、一九九九・六）
（6）例えば最近出た「日本語文学」第七輯（韓国日本語文学会、一九九九・九）にも、黄虎哲「夏目漱石の学力を通して見た日本近代教育一考察」、柳相熙「夏目漱石の原体験女性説考察」という二つの論文が載っている。

（7）権赫建『夏目漱石文学世界』（学士院、一九九四・八）の前書きに権は、「漱石の顔を初めて見た瞬間から気に入って好きになっただけだ。そして一つ確実にいえることは、漱石研究に入ってそれについてまったく後悔はなかった。」と漱石を研究し始めた時の心境を詳しく述べながら、今の心境をこのように付け加えている。

（8）同註（7）

（9）陳明順『漱石漢詩と禅の思想』（勉誠社、一九九七・八）で論者は、「この偶然、不思議な暗合も、私を励ましてくれた大きなことの一つである」と振り返りながら自分が体験した過去のことを語っている。

（10）陳明順『漱石漢詩と禅の思想』（勉誠社、一九九七・八）の序参照。

（11）他にもhanmir（http://www.hanmir.com）、Naver（http://www.naver.com）、Altavista（http://www.altavista.co.kr）、Lycos（http://lycos.co.kr）などの検索プログラムがある。

（12）すべての翻訳本に紹介文が載っているわけではない。例えば〔2〕「坊っちゃん、一夜」〔5〕「道草」〔6〕「こゝろ、それから」〔7〕「こゝろ」という翻訳本には紹介文が載っていない。

（13）他にも色々な専門サイトがあるが、その中で、この日本語と日本文学サイト（http://www.nihon.co.kr/）はよく整備されている方であるといえる。

（14）日本のインターネットの電子図書館である。ここには作家別本のリストや作品別本のリストが「あ、か、さ、た…」の順番で揃っている。インターネット住所は、（http://www.aozora.gr.jp/）である。

第一部　理想と現実の狭間で

第一章　『三四郎』考
――美禰子の実像――

一　『三四郎』への一視点

熊本の高等学校を卒業して上京した三四郎の前には三つの世界が現われてくる。第一は、「明治十五年以前の香がする」にしても、「凡てが平穏」な安らぎの場所、つまり母のいる故郷である。二十三年にわたって「自分の世界」を歩んできた三四郎は、それを現実とどこも接触していない遠い「過去」として認め、現実に対する乖離感から激しい孤独と不安を経験していく。第二は、「向ふの人の顔がよく分らない程に廣い閲覧室が」あり、「積み重ねた書物」の中で新しい空気に接する学究生活、それである。上京の電車の中での広田先生や理科大学の実験室における野々宮との出会いは三四郎に強い刺激を与える。第三の世界、そこは「美しい女性」がいて、「最も深厚な世界」である。ここに美禰子は登場する。三四郎の第一世界の孤独と不安は、「女性に対する欠落感に起因している」[(1)]という説もあるが、とにかく美禰子の存在が三四郎に如何に新鮮な対象として映っていたかはいうまでもない。

この第三の世界の人物である美禰子は作中、つねに三四郎と第三者の目に映る姿としてのみ描かれていて、謎に覆われている不透明な存在である。「近年『三四郎』研究の多くが美禰子を中心に展開している」[(2)]のも注目すべきである。そしてその多数の論点が、作者の文明批評的な立場を認識し、時代の宿命としての意義を探ろうとしているところにあることも認めざるをえない。さらに美禰子は三四郎を愛していたのか、それとも野々宮を愛していたのか、すなわち美禰子の視点から見た三四郎像、あるいは野々宮像において、愛に関するさまざまな論議があり、(3)このことも避けて通れないものを含んでいると考えられる。しかし、いうまでもなく、野々宮の役割も重要であるが、三四郎と美禰子との物語として読み、彼らの愛の破綻に関心を寄せて疑問を持つ時、二人に視点をおいて考えていく方法が優先するであろう。ところで美禰子が三四郎だけを愛していたかについては再考の余地がないといいきれない。

彼女は「車の上の若い紳士」と縁を結び、三四郎に「無意識の僞善」を犯して「森の女」という題名の一枚の肖像画だけを残して去ってしまう。美禰子の結婚の相手は三四郎ではなく、さらに野々宮でもなく、「髭を奇麗に剃つてゐる」無名の若い紳士であった。

そこで本稿では、美禰子の本来の姿に迫り、彼女の実像はどんなものであったかを検討することによって、美禰子の謎を解明していきたい。

二　「森の女」の画の意図

美禰子が三四郎に最初出会う場所は、夏の明るい光に満ちた森の中である。彼女は「團扇を額の所に翳して」鮮やかな「着物の色、帯の色」を印象付けて登場する。池の周辺を看護婦と散歩しながら「森の女」は一瞬三四郎を見る。

白い足袋の色も眼に付いた。鼻緒の色はとにかく草履を穿いてゐる事も分つた。(略)

女の黒目の動く刹那を意識した。其時色彩の感じは悉く消えて、何とも云へぬ或物に出逢つた。(二)

偶然、初めて会う人に、これほどの強烈な印象を与えるのは不思議である。これは、三四郎が受けた反応であるが、美禰子の三四郎に対しての意識も活発に動いていたはずである。(4) 結果からいえば、美禰子自らもこの瞬間を記憶にとどめ、永遠に定着させたかったからである。つまり、美禰子は「黒い瞳」で三四郎を見た後、自分の姿を画家原口の筆に任せた。勿論画の中の彼女の姿は、本文の場面のように、池の上で三四郎を見つめるこの時の姿勢であったことはいうまでもない。

ところで、最後の十三章に与次郎が提案するこの画の題名は、この場面を刻んだ「森の女」である。「森の女」、この初対面の記憶を画に刻んで貰う美禰子の画の意図は一体何であったのか。これを解くためには、広田先生の夢を見る必要がある。広田先生の夢に現われる女の話が微妙に「森の女」と関わってくるからである。昼寝に見た女の夢は、まさに広田先生が「森の中を歩いて居る」背景の上に設定されている。いわば、広田先生が高等学校の学生の時に「生涯にたつた一遍逢つた」その少女と再会するという奇妙な出来事である。少女は「昔の通りの顔」、「昔の通りの服装」をしている。これについて広田先生が「あなたは何うして、さう變はらず居るのか」と問い、彼女は「一番好きだから、」と答える。そしてその服装、髪のスタイルは二十年前、広田先生に会った時と同じであることが明らかになる。三四郎は広田先生に、「もし其女が來たら御貰ひになつたでせう」と聞き、「貰つたらうね」という返答を得る。

ここで登場する少女と、最初三四郎に出会った美禰子はあまりにも似ている。美禰子と夢の少女は森の中から現われ、二人とも初めて相手に会った時、強烈な印象を残している。それから同じ身なりをして幻想的な雰囲気を漂わせている。ようするに、少女が夢の中で現われ、広田先生に再会することと、鮮やかな着物の姿で三四郎に会った自分をいとおしんで肖像画に留める美禰子の行為は方法としては異なるものの、一番印象的な昔の姿を忘れず、相手にそれを連想させる点から見て似ているといえる。この広田先生の夢と「森の女」という画との関連について、さまざまな解釈がなされていることはよく知られている。たとえば越智治雄や平岡敏夫は、広田先生の夢が美禰子と三四郎の関係を解明するのに重要な役割を果たしており、美禰子が三四郎に関心を、或いは好意を持っていた事実は、森の女の画が証明しているという肯定的な見方を示している。(5) これに対して酒井英行は、「美禰子が愛していたのは野々宮であって、三四郎ではない(6)」と正面から問題を提起し、冒頭に出てくる美禰子の姿と広田先生の森の女との関連性を否定する反論を出している。おそらく肯定論に賛成する意見は、最初三四郎が見た美禰子の姿と、広田先生の夢の中で登場する少女の姿を同一視する考え方によるものであろう。いいかえれば、三四郎の目に映った美禰子が、広田先生の夢の少女として再現され、彼女の肖像画によってさらに復活するということになろう。勿論夢の女は、美禰子の肖像画が誕生するための伏線にならなければならないと考えられる。なぜなら、「森の女」という画が出来上がった時点の前に作者は、再び読者の記憶の中に美禰子を想起させる必然性を感じていたからであろう。

そして画が描かれた時期の問題であるが、広田先生の夢の話を取り上げ、「青春の記念(7)」として美禰子は肖像画を残したという三好行雄の説に対し、酒井英行は、画が三四郎に出会ったときすでに取りかかられていたと反論している(8)わけである。しかし、「森の女」を美禰子は三四郎に「青春の記念」として残したかったという説には問題はあるにしても、せめて作者は、その画を三四郎の前に一つの象徴として置きたかったのではなかろうか。はたして美禰子は三四郎と池の端で出会う以前、すでに画の制作を原口に頼んだのであろうか。ここにはいくつかの疑問があって、これを明らかにしない限り、画を頼んだ美禰子の意図も窺えない。次の会話は、画が描かれた時期と美禰子の心境をよく示している。

「何時から取掛つたんです」
「本當に取掛つたのは、つい此間ですけれども、其前から少し宛描いて頂いてゐたんです」
「其前つて、何時頃からですか」
「あの服装で分るでせう」（略）
「そら、あなた、椎の木の下に踞がんでゐらしつたぢやありませんか」
「あなたは團扇を翳して、高い所に立てゐた」
「あの畫の通りでせう」
「ええ、あの通りです」（十）

ここで美禰子が三四郎に聞かれて、「椎の木の下」の出会った場所を思い出せる点から見れば、美禰子が画に取り掛かったのは、つまり三四郎と最初に出会った、池の周辺を散歩していた時であることが分かる。三四郎に深い印象を持ったという事実が、画を書かせる原動力になったといえる。ただ、「其前から少し宛描いて頂いてゐた」、また「本當に取掛つた」という言葉の持つ微妙な意味の差を意識せずにはいられない。すなわち、画を残した美禰子の行為が三四郎への意図的な思い付きであると読むならば、「其前から」という言葉の意味が初めて会った時を指しているのに対し、「つい此間」という言葉の意味は、おそらく美禰子の心境が変化し始まる時を指していると予想される。いいかえれば、「其前」は、彼女が三四郎に最初に出会った八月末から九月の初めの頃であろうし、「つい此間」は、「上野の精養軒」での談話会のことで、広田先生が原口に誘われる十一月中旬ではないかと考えられる。その時、広田先生は原口から「こんだ一つ本當の肖像畫を描いて展覧會にでも出さうか」と聞かれるわけであり、美禰子が自分の肖像画を本当に原口に頼むことに決めたのも、この十一月の中旬であろう。

ちなみに、美禰子の変貌の伏線は大学の運動会での原口の登場から読み取れる。美禰子は「菊人形」見物の時、「ストレイシープ」という言葉を三四郎に聞かせ、絵葉書を送ってから、この時再会して、「あなたは未だ此間の繪端書の返事を下さらないのね」といいだすのであり、この時に限って、何物をも訴えていない。それで三四郎は、「火の消えた洋燈《ランプ》を見る心持」がして立ちすくんでいるのだ。そしてすぐ作者は、画家原口の話を美禰子の口から引き出し、美禰子の肖像画の構想と彼女の変貌を予め予告するかの如く用いている。美禰子の揺れを巧みに作り出し、彼女の肖像画の構図を試みる作者の意図が垣間見られる。

そこまで考えていくと、美禰子が原口に画を、頼んで、少しずつでも書いてもらう時期は、池の端での出会いの以前ではなく、美禰子が自分の服装と三四郎の姿を覚えているほど強烈な印象を感じ取った、その時であろう。それで「広田先生の夢を美禰子と三四郎との関係を解くキイに使ってはならない[9]」という断言もあるが、全然関係がないとは思われないのである。むしろ作者は、冒頭の美禰子の登場場面と後の原口の手によって描かれる、美禰子の肖像画を念頭において、広田先生の夢を着想したのであろうと考えたい。重ねていえば、美禰子の画の「森の女」を読者に連想させる動機を賦与する意図を持って作者は、広田先生の夢を浮き彫りにしたのではなかろうか。広田先生の夢の中の女、この女は「森の女」でもあり、三四郎が森の中で見た美禰子と対照的に描かれている女でもある。美禰子が画の女に変わるまでの過程を、上の図のように追っていくと、「森の女」という画の意味は確実に見えてくるだろう。

章	二章	十一章	十三章
出来事	美禰子の登場	広田先生の夢	美禰子の肖像画
時　期	八月初～九月末	二十年前の夏	十二月末
女の名	池の女（森の女）	夢の女（森の女）	画の女（森の女）

作者の訴えたい何らかのイメージが、池の女→夢の女→画の女に変わっていくことの中に投影されているのである。作者は、広田先生と夢の中の少女との再会

を通して、三四郎と「森の女」という画との再会を通して、美禰子が残した画の意味を暗示的に表現しているのではなかろうか。それは、常に作者が憧憬している理想的な愛のイメージの表現だったかもしれない。

三　美禰子の本性

三四郎に好意を感じながら「森の女」という画を残して、「名前も知らない人」と結婚してしまう美禰子は如何なる女性であったのか。この節では美禰子という人物について辿りつつ考えたい。

美禰子は「何とも云へぬ黒い瞳」を持っている。「腰から下は正しい姿勢」で、「二重瞼の切長の落付いた」目をしている。同時に、「奥行の長い感じを起させる顔」、「奇麗な歯」、「頬と云はず顎と云はずきちりと締まつてゐる」肉を保っている。年齢は三四郎と「同じぐらい」の二十三である。父母は早く亡くなり、兄が二人いたが、広田先生と大変親しかった上の兄も世を去ったわけである。下の兄、里見恭助は野々宮と同年に法科大学を卒業した同窓生である。この作品の中で美禰子を取り巻く人間関係は次の図のようにできている。

次頁の図で分かるように、美禰子から見て、上の兄の友人が広田先生であり、下の兄の友人が野々宮にあたる。つまり、彼女の人間関係は、三四郎との出会いは別として、二人の兄によって形成されているといっても過言ではなかろう。いうまでもなく、上の兄を通して広田先生と知合うことになったが、ここで注目したいことは、広田先生の美禰子への評価である。いわば、作者は美禰子を「無意識《アンコンシアス、》な偽善家《ヒポクリット》」[10]と名付けたことがあるが、広田先生の美禰子への呼称に留意せずにはいられない。広田先生は、この美禰子の心的状態を、「利他本位の内容を利己本位で充たす。(略)偽善を行なふに露悪を以てする。」と指摘し、美禰子を「露悪家」、あるいは「偽善家《ヒポクリット》」と読んでいる。それほど広田先生から手厳しく眺められているわけである。彼女は兄一人と長く淋しい生活を続けてきた。

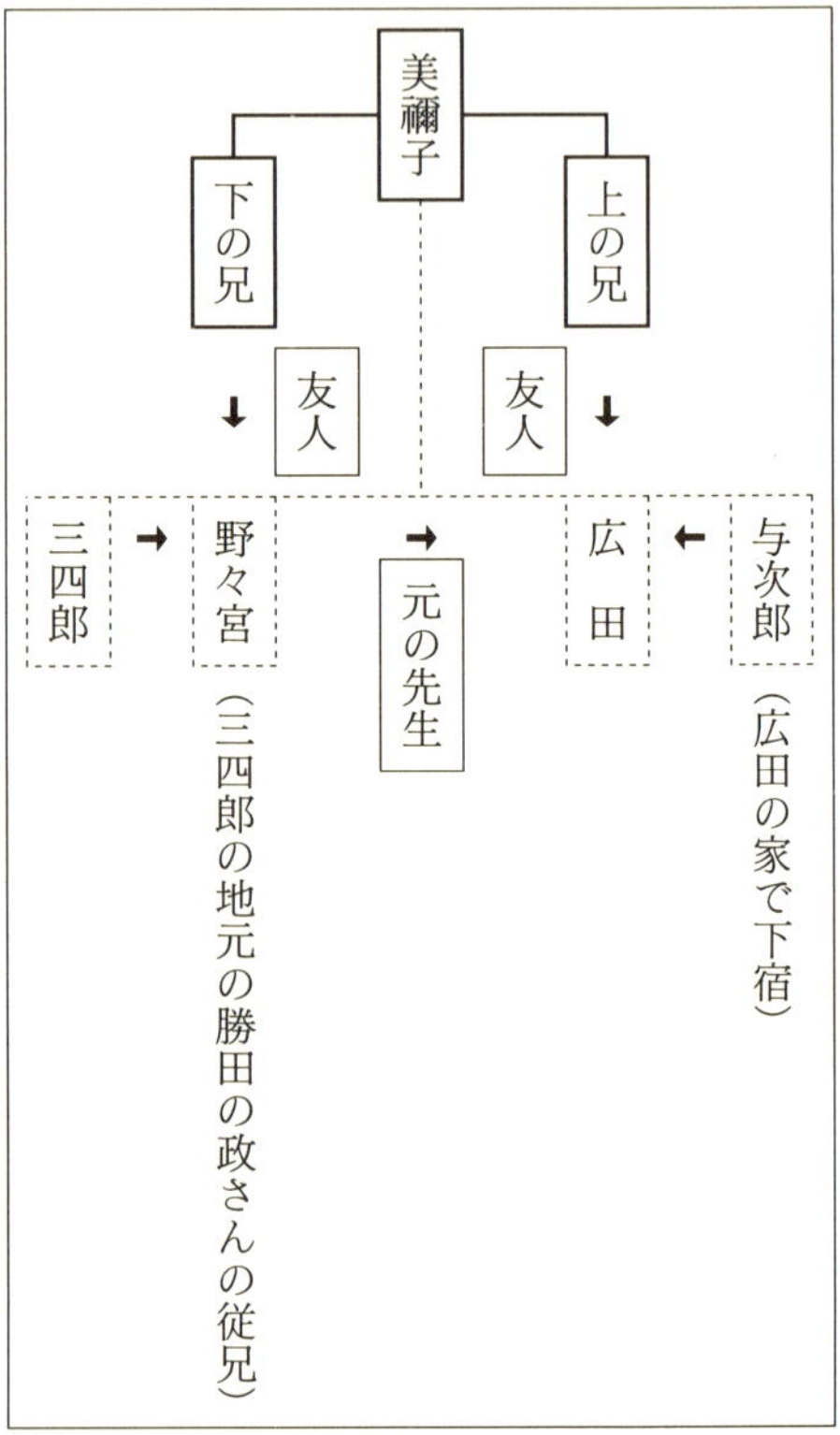

成長過程から想像すれば、「此女は我儘に」育ったに違いない。ゆえに「普通の女性以上の自由を有して、萬事意の如く振舞ふに」適当な環境の上に設定されている。彼女の性格が偽善的で露悪的であることは、天性的な要素、または父母の不在による家庭環境に起因するものであると考えられる。

秋山公男は、美禰子の性格に触れて、「利他本位の内容を親切または愛に置き換えてみると—本来ならば献身的、自己犠牲的に専ら相手を優先させて無意識裡に行なわれるべき愛なり親切なりが、自己のエゴ・欲望を満たす目的で意識的に、しかも相手にそれを承知させながら行なわれる行為ということになるであろう(11)」と述べている。美禰子の性格を見抜いた考えであると思われる。が、無意識であるか、意識的であるかについては秋山の見解に同意するわけではない。

ようするに、他人本位ではなくて、自分自身のために行動する考え方が、家庭環境からの影響によるものであると同時に、美禰子のそれは天性によるものではなかったか。それだからこそ、「年寄の親がなくつて、若い兄が放任」して育ててきた美禰子が、けっして自己意識に目覚めて人間関係に接したとは思われない。ただ、誰の許諾も経ずに、若い男と「往來を歩く」ほど、世の中を自由に生きていく「自己本位」の生き方が身に付いて、無意識に行動するが、その行動が見る者に意識的に感じられただけであろう。いわば、作者はズーデルマンの『アンダイイング、パスト』(12)の女性主人公、「フェリシタス」という人物を意識しながら、「無意識の僞善」を犯してしまう女性の造形に強い関心を持って、近代の女性の二重性を創りだし、作品の中で実験的に描いたといえよう。つまり、開花期の近代女性の複雑化した性格に当てはまる背景を設定し、偽善を行なうに十分な根拠を抽出しようとしたのではないかと考えられる。

　たとえば、美禰子は、「迷へる子」―ストレイシープ(13)という言葉を三四郎の耳に聞かせ、「黒い瞳」で「不可思議なある意味を認め」させてから、「二匹の羊」と「悪魔《デザル》を模したもの」を三四郎に送る場面がある。三四郎はその瞬間、これを「滑稽趣味」と受け取ってしまうが、「三四郎の心を動かす」ものとしては、きわめて「露惡」的で巧妙な方法を用いている。「二匹の羊」を「獰猛」な「悪魔《デザル》」にのせて送る行為が、三四郎に対する好感の表現であり、自分の欲望を解析して見せる手段としての着想であったと考える時、どこかに「不足」があり、「心が亂暴」であることは明白である。こうして気ままに外出できる、「放任」されて来た美禰子は、自己中心的な思考からの無邪気な本性を余すところなく、三四郎に見せて迷わせたのである。したがって、彼女の行為は、意識上で行なわれるものではなく、無意識中で行なわれる、自己矛盾の結果によるものであると判断してよかろう。

　美禰子の本性すべてを間接的に暗示しているのは、「靈の疲れ」、「苦痛に近き訴へ」を示している「殘酷な眼付き」であると想定される。

　池の女の此時の眼付を形容するには是より外に言葉がない。何か訴へてゐる。艶なるあるものを訴へてゐる。さうして正しく官能に訴へてゐる。けれども官能の骨を透して髓に徹する訴へ方である。甘いものに堪へ得る程度を超えて、烈しい刺激と變ずる訴へ方である。甘いと云はんより苦痛である。卑しく媚びるのとは無論違

ふ。見られるもの丶方が是非媚たくなる程に殘酷な眼付である。（四）

ここで美禰子を描く作者の意図も窺えよう。彼女は、つねに自己の欲望を満たせない淋しい生活を送ってきたわけで、自己意識の満足を成就できないままに、「秋の中に立つている」ような寂寞を凄絶に感じていく女として描かれている。ようするに、一人の兄によって支えられているだけで、甘えられる根源的な場所をすでに失ってしまった「大きな迷子」であった。それで彼女は、精神的な苦痛に堪えられなく、不十分で物足りない心的状態をどうすることもできないという思いに至ったその時から、「何か訴へてゐる」ような「殘酷な眼付」をし始めたのではないか。グルーズの画に象徴される女の目はまさに美禰子の目なのだ。美禰子は作品中、色々な性格持ちの女として描かれている。「亂暴な女」、「露惡家」、「僞善者《ヒポクリツト》」、「イブセンの女」など実にさまざまな顔をして出てくる。これが広田先生や他の登場人物によって容赦なく解剖されているわけである。

四　美禰子と野々宮

さて、美禰子は結婚相手として、兄の親友に繋がる、「金緣の眼鏡を掛けて、遠くから見ても色光澤の好い男」を選択することによって、三四郎の愛に悲惨な結末を与える。美禰子は、結婚直前、「會堂《チャーチ》」まで訪れた三四郎に「われは我が愆を知る。我が罪は常に我が前にあり」という言葉を最後に残してから、結果からいえば、「時期は既に過ぎてゐた」、「結婚披露の招待狀」を送る。

ところで、この「結婚披露の招待狀」を「引き千切つて床の上に棄て」る人物、野々宮はこの作品の中で美禰子との関係において、欠かせない一人である。「三四郎と美禰子とのそれに匹敵するような男女のドラマ」(14)という内田道雄の評価などに見られるように、たしかに美禰子の好意は野々宮との関係において、より鮮明に映っているといってよい。美禰子の野々宮に対する好意は、果たして何であったかを明確にすることによって彼女と野々宮との関係をも究明して見たい。

美禰子と野々宮の関係を象徴的に暗示しているのは「リボン」である。よし子の入院している病院に、よし子の「袷」を届けて帰る時、三四郎は「落付いた」格好をしている美禰子に出会う。この時、三四郎の目には「女の結んでゐたリボンの色」が映る。三四郎は、「リボンの色も質も、野々宮が兼安で買つたものと同じであると考へ出した」のである。そして与次郎に、「今頃でも薄いリボンを掛けるものかな」と疑い深い懸念を洩らしている。偶然に出会った「池の女」の頭に、野々宮の買った「リボン」が付いていたという事実は、それほど二人の関係が親密であることを証明している。このことを考え、美禰子が時代遅れの「蟬の羽根の様なリボン」を頭に付けるほど野々宮と特別な関係を持っていたとしたら、野々宮の「隠袋《ポツケツト》から半分封筒が食み出し」ている手紙は彼女の筆跡によるものではないかと推定できよう。

「作者が極めて意図的に美禰子と野々宮の愛のドラマを描いている」(15)と二人だけの愛であると飛躍させる見方もあるが、たしかに三四郎の目に映る二人の関係は特別な意味を持っているものとして見える。三四郎の目に映るこの二人の関係は、「菊人形見」の場面で確実に読み取れる。野々宮と美禰子の「話してゐた談柄」がすでに不安の「起因」であると感じていた三四郎は、再び「空中飛行器」をめぐる二人の会話の中で、入り込めない自分を自覚する。二人の会話の食違いが原因であるかのように、美禰子は会場を一人で抜け出す。三四郎は追っていき、小川の縁で美禰子の「二重瞼に不可思議なある意味」を認める。

「廣田先生や野々宮さんは嘸後で僕等を探したでせう」と始めて氣が付いた様に云つた。美禰子は寧ろ冷かである。

「なに大丈夫よ。大きな迷子ですもの」

「迷子だから探したでせう」と三四郎は矢張り前説を主張した。すると美禰子は、なほ冷やかな調子で、

「責任を逃れたがる人だから、丁度好いでせう」（五）

この場面を読んでみると、美禰子と野々宮がどれほど親密な関係であるか予想できる。野々宮との意見対立の結果、堪えられなくて抜け出す彼女は、三四郎の問いかけに右のように答えたわけである。美禰子の意識の中に、野々宮の存在が特別な意味を持つ相手として、刻まれていたといえる。ようするに野々宮は、美禰子にとって、「責任を逃れたがる」とか、責任を逃れたがらないとかと懸念するほどの気掛かりになる対象であったには間違いないと思われる。

「丹青會の展覧會」には、二人の葛藤と作者の裏付けが露骨に描かれている。三四郎と連れ立って会場に足を運んだ美禰子は、「呼ばれた原口よりは、遠くの野々宮」を見る。「妙な連と來ましたね」という野々宮と、野々宮の「気を引くため」[16]に「似合ふでせう」と応酬する美禰子の間に漂う二人の葛藤を見逃すことができない。つまりこれは、関心を引くための美禰子の言行であるが、「リボン」を贈答する時と比べて、二人の関係が次第に遠退いていることが分かる。「三四郎には何を云ったのか、少しも分らない」が、「自分の口を三四郎の耳へ近寄せ」て、何かをささやいた美禰子の行為は、自己中心的、利己的で、ひたすら野々宮に見せ掛けるために行なった、彼女の露悪的思考から発露した考え方であると読み取れる。

二人の間には、すでに責任を追求するほどの出来事があったにもかかわらず、結婚とは結びつかず、前に一歩も踏みだせない関係として描かれている。「隠袋《ポッケット》」からの女の筆跡、「リボン」、「空中飛行器」、「丹青會の展覧會」

での一連の出来事を関連させて考える時、美禰子が野々宮と三四郎に、緊密に接近したり離れたりしているという事実に気付く。いいかえれば、三四郎の前には、美禰子と野々宮が、野々宮の前には、美禰子と三四郎が登場して、お互いに牽制しているのが分かるはずである。野々宮に対して愛といってよいほどのものを感じながら、擦れ違う相手としか認めていない美禰子は、三四郎の前でも同じ行動を取ることによって、三四郎の期待とは逆行する。美禰子の目が、三四郎に「限つて何物をも訴へてゐなかつた」時には野々宮に、「訴へた」時には三四郎に、移りつつあったのではなかろうか。彼女の「結婚披露の招待状」の前に立ち止まっていた野々宮も、「愚弄」という言葉を噛み締めていたのかもしれない。野々宮は「結婚披露の招待状を引き千切つて床の上に棄てた」からである。

五　美禰子の実像

『三四郎』は美禰子の結婚によって幕を閉じる。美禰子は「森の女」という画だけを残して他の人の妻になってしまうわけである。結婚の相手は、三四郎ではなく、野々宮でもなく、野々宮より「七つ許若い」「立派な人」である。彼女は結婚相手として「尊敬のできる人」を求めていたが、三四郎と野々宮はその範疇の中には入れなかったようである。ところで、その「立派な人」が野々宮よし子の縁談の相手だったことを考えると、それが積極的で「主体的な選択[17]」であったとしても、気に掛かるのはその点である。

作者自身も美禰子の性格を意識しながら「フエリシタス」に触れて、「此女が非常にサツトルなデリケートな性質でね、私は此の女を評して「無意識《アンコンシアス、》な偽善家《ヒポクリツト》」―偽善家と譯して惡いが―と云つたことがある。其の巧言令色が、努めてするのではなく、殆ど無意識に天性の發露のまゝで男を擒にする所、勿論善とか惡とかの道德的觀念も、無いで遣つてゐる[18]」と述べている。露悪な彼女と、よし子の元の縁談相手を結びつけて考える時、結婚の経緯に何かが潜んでいるような気がしてならない。かりに、彼女の露悪な気質が再び元のよし子の縁談相手に何らかの形で働き掛けていたと想像すれば、作者のいうとおり、「無意識《アンコンシアス》な偽善家《ヒポクリット》」美禰子を描いた小説としてこの物語を据えておかなければならない。

両親を早く亡くし、一人の兄と暮らしてきた彼女は、すべての人間関係において、つねに不満足であったといえる。いわば、戻りたくても戻れる「國元」がない、高く飛びたくても実は飛べない淋しい女であった。しかも新文明の苦痛から滲み出てくる「アンニユイ」や空虚を自ら感じながら、新時代女性としての運命を背負って生きるしかない女でもあった。それで美禰子は、自分が生きている現実をただ淋しい目で眺めていたに違いない。

「極めて神經の鋭敏な文明人種」として、孤独な環境の中で成長してきた「優美な露惡家」美禰子は、「池の端」で最初三四郎に出会った瞬間から、「艶なるあるものを訴へる」ような淋しい目をしていたはずである。しかし彼女は、三四郎に対しての自分が「迷羊《ストレイシープ》」、あるいは「迷へる子《ストレイシープ》」であることを自覚し、肖像画に最初の出会いを刻むことによって二人の関係に区切りを付けたのではなかろうか。

野々宮との関係においても、彼女は「宗八さんの様な方は、我々の考へぢや分りませんよ。ずつと高い所に居て、大きな事を考へて居らつしやるんだから」と、賛辞を惜しまないものの、学問だけを唯一に考えている野々宮に距離をおいて眺めていたつもりである。野々宮が根源的な愛の場所ではないと感じたとしたら、さらに孤独に心を深めていたのではないかと想像できよう。そして、新しい相手が自分の心を揺り動かすに十分であると受け取った彼女は、淋しい一人の生活に決着をつけたのではないか。彼女にとって、「金縁の眼鏡を掛けて、遠くから見ても色光澤の好い男」は結婚の対象として適切であったといえよう。

彼女の淋しさは彼女だけのものではなかったらしい。揺れ動く近代の動揺を鋭い視線で眺めていた作者漱石は、淋しさに「迷う」一人の女を作り上げて、彼女個人の迷いとしてだけではなく、近代文明を暗示する迷いとして浮き彫りにしようと試みていたのではないか。つまり、時には利己主義者として、時には偽善者として乱暴な心を自由に動かす一人の女性を描き、二十世紀の「時代錯誤《アナクロニズム》」を経験しているすべての日本近代の男女の感性に訴えたのであろう。「無意識の僞善」を犯す二律背反的な性格でありながら、不安な「心的狀態」を不白然に発散する、外見は美しいが、「露惡」で「心が亂暴」な女性、美禰子は、近代の不安の闇の中で彷徨する女性像に強い関心を抱いていた漱石の象徴的対象であったのだ。

美禰子の欲望はいつも不安な現実の中で充たされないままに不満、不足の根を下ろしているものであった。つねに孤独の中で、「寒い程淋しい」目をして、「何物かを訴へてゐた」彼女の姿、これこそ日露戦争後の時代に生きる人間共通の姿であったかもしれない。

註

（1）酒井英行「『三四郎』の母―〈森の女〉をめぐって―」（「国文学研究」第七十二集、一九八〇・十）

（2）村田好哉（「日本文芸研究」三十七・二、一九八五・七）

（3）たとえば、酒井英行は、「広田先生の夢」（「文芸と批評」一九七八・七）において、美禰子の三四郎への愛を認める三好行雄の論「迷羊の群れ」（『作品論の試み』至文堂、一九六七・六）に対し、野々宮の存在を強調して二人の愛を否定する反論を出している。

（4）江種満子は、「美禰子を読む」（『日本文学研究資料叢書　夏目漱石Ⅲ』有精堂、一九八五・七）で、「三四郎は美禰子との出遇いに茫然自失するほどの衝撃を受けたのだ」と指摘している。

（5）三四郎と美禰子との関係を、「森の女」という画から解こうとする見方である。（『夏目漱石』シンポジウム「日本文学十四」一九七五・十一）で相原の質問に二人は次のように答えている。

相原　一つ初歩的なことをうかがいたいんですけれども、これまでの話では一応美禰子は三四郎に好意を持ったという論になってますね。それは、森の女の絵が証明するわけですか。
平岡　そうなるんです。（中略）
越智　三四郎と出会ったときの記念をはっきり意識して、美禰子は画を残していくと思うんです。
平岡　それは、私もそうだと思うんです。それがなければ残すはずがないから。
（6）酒井英行「広田先生の夢」（「文芸と批評」一九七八・七）
（7）三好行雄「迷羊の群れ」（『作品論の試み』至文堂、一九六七・六）
（8）同註（6）
（9）同註（6）
（10）ズーデルマンの『アンダイイング、パスト』の中での女性主人公の行動から引いている。「アンコンシアス、ヒポクリット」ともいわれる。
（11）秋山公男「『三四郎』小考」（「日本近代文学」二十四、一九七七・十）
（12）ドイツの小説家、ズーデルマンの全十四章から成る長篇小説。『三四郎』はこの作品によって、一番影響を受けたと知られている。たとえば、漱石が、「文学雑話」において、ズーデルマンの手法と自己のそれを対比した話は有名である。
（13）迷へる子―「Stray Sheep」。『新約聖書』のマタイ伝十八章十二―十四節に、「汝等いかに思ふか、百匹の羊を有てる人あらんに、若しその一匹まよはば、九十九匹を山に遺しおき、往きて迷へるものを尋ねぬか」とある。
（14）内田道雄「『三四郎』論―美禰子の問題―」（『作品論夏目漱石』双文社、一九七六・九）
（15）酒井英行「広田先生の夢」（「文芸と批評」一九七八・七）
（16）酒井英行は同右、「広田先生の夢」において、展覧会での美禰子の行為を、「積極的に来てくれない野々宮の気を引くためのもの」と受け取っている。
（17）三好行雄は、「迷羊の群れ」（『作品論の試み』至文堂、一九六七・六）で、美禰子の夫の出現に関心を寄せ、「美禰子の選んだ男が、小説の主要な世界、つまり三四郎の意識によって捕足された世界の外にいた」と指摘しながら、美禰子が「立派な人」を選んだ自体が、「主体的な選択だった」と捉えている。

(18)　談話「文学雑話」(「早稲田文学」一九〇八・十)

第二章　『それから』論

――代助の愛と運命――

一　題名と『煤煙』の影響

『それから』は明治四十二年六月二十七日から十月十四日まで、百十回にわたって、「東京、大阪朝日新聞」に連載された。『三四郎』『それから』『門』のいわゆる三部作の二作目にあたる作品である。

これは、漱石自身が予告したとおり、『三四郎』の主人公は「それからさき何うなるか」という問題との関わり、および『門』との連作的関係を認めた上での題名であろう。評価によっては、三作の物語的な性質、主題の追求傾向において、それぞれは独立した世界であると認識し、連作的性格よりそれ自体の独立性を重視する意見もあるが、文体や構成は別として、作者自身が明らかにしている以上、三部作的な関連性を認めるべきではなかろうか。

小宮豊隆は「三四郎を棄てておお嫁に行った美禰子の役割を、三千代を勧めて平岡に片づかせた代助が勤めていると想像すれば、『それから』は普通に考えられているよりもっと緊密に、『三四郎』と連接する。(1)」と述べている。いわば、美禰子は「無意識」には三四郎を愛しながらも、「意識」上では彼との結婚を拒否する。彼女は、「自然本能」の心を押え、三四郎を棄てて他の人と結婚してしまうのだ。

しかし『それから』では、三千代を愛していながら、それを自覚できないで親友の平岡に譲ってしまう代助が次第に自らの愛を意識化し、積極的な姿勢を見せていく。「無意識の僞善(2)」の世界から目覚め、意識の世界に発展していく主人公の変貌が窺える。代助は結局、三千代を取戻そうとして「自然」に従って運命を「天意」に預けるが、破滅的終末と共に社会から追い出されることとなる。そして代助は「職業を探して來る」という言葉を残して、家を飛び出し、「赤い狂氣」に呑まれていくのである。

『それから』と『門』との関連につき、「代助と三千代との出会いによる悲劇は次の作品『門』の宗助、御米夫婦に見い出されることになる」(3)という鋭い指摘などに見られるように、たしかに平岡から三千代を取戻した代助が親友の安井から御米を奪った野中宗助の形象になり、三千代の存在は御米の姿を引き続き、継承する形で作品に各々現われている。二人は、時には過去の幻影に脅かされながら、時には「不義」で結ばれた過去を引きずりながら社会を回避して暮らしていく。宗助と御米には、ただ一つ、確実な二人の関係の中に、自己を埋没させる生き方だけが残っていた。自然に生きるか社会に停まるかという代助の解答は、『門』の世界の運命を選択することによって明らかになったといえよう。

以上のことを踏まえてみれば、三作は、深い繋がりがあり、物語の主題の進展に伴って緊密に連接していることが分かるはずである。それは当然、作者の精密な創作の意図からの産出に起因するものであると考えられる。それで、「それからさき何うなるか」という問題に接する時、『三四郎』と『門』の前後を抜きにして、『それから』を意味付けるのはそれほど説得力があるようには思われない。『それから』という題名も三部作としての連作的な関係を考え、漱石が意識的につけた名であると想像できよう。

ところで、『それから』を書く前、漱石は森田草平の『煤煙』を読んでいた。『煤煙』は、漱石の『それから』が朝日の紙上に載った直前に出たもので、『それから』の構想に重要な役割を果たしていたと知られている。(4)失意の草平を激励し、(5)「朝日」に推挙した漱石は、『それから』で代助の目を通して大きな関心を寄せた。

しかし「自分と要吉の間に懸隔がある様に思はれ出したので、眼を通さない事がよくある」という叙述があるごとく、『煤煙』が彼の期待を次第に裏切っていくと感じ、痛烈に批判している。ところが、漱石は反感を持ちながらも「好奇心に驅られて」その作品を讀んでいたに違いない。漱石は、「自分は特殊人《オリヂナル》だと思ふ」代助を描いていく上で、代助より「特殊人《オリヂナル》たるに至つては」「遙かに上手である」要吉を見守って行かなければならなかったのであろう。「代助は眼を通さなくなったかも知れないが、先生自身は、自分が朝日に推薦した責任感からも、毎日欠かさず読んでいてくれられた」(6)という書き入れが、これをよく証明している。

漱石の『それから』へのモチーフはここにあるかもしれない。つまり、毎日「傍にあつた新聞を取つて「煤煙」を讀ん」でいた作者は、『煤煙』の「要吉といふ人物にも、朋子といふ女にも、誠の愛で、已むなく社會の外に押し流されて行く様子が見えない」と感じ、情愛の真実を究明する必然性から、『それから』を書いて見せようと動きだしたのではなかろうか。酒井英行もこれに触れ、「『煤煙』の人工的恋愛劇に対する違和感、批判意識から、『それから』の代助と三千代の「自然の愛」を書いたのである」(7)と位置付けた。

まさに漱石の「愛」への意識は、『煤煙』によって刺激を受けつつ、彼自身の「愛」を「動かす内面の力」によって一つの物語として捉えられたのかもしれない。いわば、作者自身の「自然本能」への発動と共に、内に潜んでいる「愛」に関する具体的な構想があったとも考えられる。勿論それは、漱石自身の内部の問題からの発想も含めた精神作用の所産であったに違いない。

二　職業観・社会文明観

この小説の主人公、長井代助は大学を出て数年、三十になるのに、生存するための職業を軽蔑し、何の職業も持っていない。父親と兄から毎月金銭を貰って生活をしている。それでも自分の肉体に誇りを持ち、書生と老婢をおいて、世話をさせている。彼は、自分が父兄の経済力に依存する「遊民」であることを決して恥じていないで、時間の大部分を精神的快楽に費やしている。彼の日常生活は読書を中心に展開され、音楽会、芸術鑑賞など現実とは一切妥協をしない貴族的生活を営んでいる。いわば彼は、近代日本の矛盾から発生する時代的喪失感を誰よりも敏感に感じる明治初期の知識青年として生きていくのだ。

なぜ代助はこのような生き方しか出来ない人物として描かれているのであろうか。いわば代助は、作者が「実にユニークな人間として設定し(8)」た「特殊人《オリヂナル》」なのである。当時の日本の社会的状況の中で、精神的空虚、不安がますます拡大しつつあり、一般化していく事情をよく理解していた作者漱石は、自分以外に、「頭が普通以上に鋭くつて」鋭敏な「理論家《セオリスト》」を必要としていたはずである。つまり日露戦争の後、この戦争に勝ったにもかかわらず、日本国民の間には「精神の困憊」、「道徳の敗退」、「身體の衰弱」などの傾向が見られ、極めて不安定な社会的状況が続いていたが、それを告発してくれる「神經の鋭い男」が切実に必要であったといえよう。いいかえれば、作者は、特殊な社会の産んだ時代の「アンニュイ」に対抗させる意図を持って、自意識の強い知識人、代助を主人公としたに違いない。実際作者は、代助の目を通して、当時の社会を鋭く見抜き、解剖して見せようと試みたのである。

それでは代助の社会観、職業観がどのような形で描かれているか、より詳しく考察してみたい。作品の中で代助は、「何故働かない」と平岡に問われて、「何故働かないつて、そりや僕が悪いんぢやない。つまり世の中が悪いのだ。」と述べている。あるいは「あらゆる神聖な勞力は、みんな麵麭《パン》を離れてゐる」とも考えている。そしてその理由として次のように理論を立てて付け加えている。

日本對西洋の關係が駄目だから働かないのだ。第一、日本程借金を拵らへて、貧乏震ひをしてゐる國はありやしない。(中略)

日本は西洋から借金でもしなければ、到底立ち行かない國だ。（中略）斯う西洋の壓迫を受けてゐる國民は、頭に餘裕がないから、碌な仕事は出來ない。（六）

ここに代助の職業に対する認識が描かれている。代助には、今日の職業は生活するための手段であって、職業そのものが目的になっていない。ようするに、生きる手段のために職業を選ぶことは、結局上等な人種の生き方ではないという考え方であろう。代助は現実を、自分というものの「存在の價値を認める」ことが出来ない世界であると判断し、今日の「現實世界」では「働かない」と思っている。そしてすべての原因は日本社会の現実問題にあると信じているのである。「日本の近代化のあり方が根本からまちがっているから働かない」(9)という指摘からも窺えるように、たしかに「日本の近代化」が代助に独自の職業観を持たせたわけである。

代助によれば、「日本の近代化」の間違いは、世界列強国に立ち遅れて出発した日本が「西洋の壓迫」を受けながらも、「借金」をして「無理にも一等國の仲間入をしやうとする」ところにある。貧困な資本にもかかわらず、西欧から巨額の「借金」をして、国の体面を保とうと目指すことは「牛と競争をする蛙と同じ事で」、国民に被害を与えることと結びつく。その結果、生活の欲、生存の苦痛が「現實世界」に現われ、「精神的、德義的、身體的」圧迫を強化するという考えである。いいかえれば、「西洋壓迫」を受けている国民は、身体的、精神的ストレスを感じつつ、激烈な生存競争の中で人間関係を失い、孤立化していくという論理であろう。

代助は、このように日本社会が堕落していくのを正面から批判する。「現實社會」が自分の意志のために、「思ひ通りになつたと云ふ確證を握らなくつちや、生きてゐられない」代助は、間違っている日本開化の現状の前で激しい「孤獨の底に陷つて煩悶」していたはずである。代助が「働かない」理由もここにあるのであろう。いってみれば彼は、社会の腐敗や人間の生き方も社会構造的必然性を持って存在するものと認識し、自らの生き方を現実とは妥協しないところにおいて、堂々と「高等遊民」の生活を選んだのかもしれない。

代助の明治近代化への文明批評的言辞は、漱石の「現代日本の開化」(10)での精神的、社会的矛盾指摘と一脈相通ずるところがある。「西洋の開化」は「内發的」であり、「日本の開化」は「外發的」であるというのが「現代日本の開化」論の要旨である。内から自然に発生する文化現象を「内發的開化」といえるならば、外からの圧力によって形式的な仕組みを取る現象を「外發的開化」であると、彼は名を付けた。そして明治維新以来、急激に西洋文化の洗礼を受けてきた日本の開化は「皮相上滑りの開化」であり、この不自然な発展が、国民の生活に不安要素を増加させる悪影響を及ぼしていると警告したのである。

しかし彼は、日本の「近代開化」の持つ諸問題に対処する方法については全然語っていなかった。漱石の認識は日本の開化の悲運を的確に見抜いたものであったが、社会全般的な矛盾から派生する夥しい「不安」の前では「どうすることもできない」悲観的結論であった。

漱石の「現代日本の開化」論を置き換えてみると、極めて代助の社会文明観に近い。代助はこの「外發的開化」からの「アンニユイ」や「不安」を自ら皮膚で感じて生きていく。いわば、時代の虚無に茫然と気が滅入るかもしれない危うさを意識せずにはいられないほど、悲観的な現実の前で優美に「生きたがる男」である。それで、彼は複雑な世の中で、知識階級の自分一人が果たせる役割に対し、懐疑的に考え始めたときから、すでに働かずに暮していこうと決心したはずである。すなわち、日本の近代化のあり方が平衡を失って間違っていくのを横で見つめていた彼は、「生活以上の働でなくつちや名譽にならない」と思い込み、「社會に用のない傍観者」として「遊民生活」を選んだのであろう。職業を放棄して「麵麭《パン》を離れ」、精神的な快楽に理想を求めようとする彼の価値観はこれに起因するものであるといえよう。

「遊民生活」の日々を送っていた彼に、ある日二通の手紙が来る。一通は平岡からの「端書」で、上京を知らせる旨であり、もう一通は「青山」の実家へ「來てくれろ」と書いてある父からの「封書」であった。いずれも代助に女性問題として迫ることになる。

父からの手紙は代助の「縁談」と繫がっていき、彼は生活費を援助してもらう代わり、「多額納税者の娘」との「政略的結婚」を引き受けねばならない状態にまで至る。実は、この「細君の候補者」は、父が維新の動乱の時、恩顧を蒙った「高木家」の縁に関わる「佐川家の令嬢」である。ようするに「先祖の拵らへた因縁」ということで、彼女との縁組を代助に勧めたことになる。それに競争の激しい実業界の世界で生きていくためには、大地主を近親に置こうということが父の心算であった。この「縁談」の話は父、兄嫁の口から具体的に展開されると共に、三千代との関係において、代助を催促するかのごとき印象を与えることになる。

平岡からの「端書」は、「今日二時東京着」という内容の便りであるが、これがきっかけになって、代助は三千代と再会し、「無意識の世界」から目覚め、自然本来の姿に身を任せていくのである。三千代によって、代助は「意識の世界」に蘇生するのだ。「平岡が帰京したということは彼と結婚した三千代も帰って来たということなのだから。実際、代助は書斎に入り、「写真帳」を開き、「女の顔を見詰め」る。名前は記されていないが、それが三千代であることは明白である。[11]」という見方はこの点をよく指摘している。結局この二通の手紙が前後伏線として働き掛け、彼の運命を導く大きなモメントになったのである。

三　恋愛観・結婚観

代助が三千代と初めて出会ったのは「今から四五年前の事で、代助がまだ學生の頃であつた」と記されている。その当時、代助には菅沼という学友がいたが、彼の妹が三千代である。実は菅沼は、「修業の爲と號して、國から妹を」東京に呼び寄せる前に、代助に打ち明けたことがある。

高校を卒業した後上京した三千代が、あるいは年頃の妹を迎えた菅沼が、もっとも当時の関心事である結婚という観念を考えていなかったはずがない。「立派な結婚相手を見つけてやらう」という菅沼の意図からもこの事実がよく窺える。「派手な半襟を掛けて、肩上をしてゐた」三千代は、ようするに兄と代助との相談によって国から呼ばれた。実際、代助は「此親密の裡に一種の意味を認めない譯に行かなかつた」と感じたわけである。それで代助と三千代との関係は普通以上に進展していく。「菅沼と話しながら、隣の室に三千代がゐて、自分の話を聽いてゐるといふ自覺を去る譯に行かなかつた」代助は、三千代に惹かれる。つまり代助は、菅沼兄弟の家にしばしば出入りをして、三千代と「心安くなつて仕舞」うのである。三人が形成する親密な人間関係の中で、異性である二人が「懇意になつた」のは当然であり、それは一種の信頼から成り立てる恋愛感情ともいうべきものであろう。結局、菅沼は常に代助を念頭において妹に会わせたはずであろう。菅沼は「死ぬ時迄それを明言しなかつた」ものの、「存生中に此意味を私に三千代に洩らした事があるか」もしれない。

代助はこの時、三千代に愛を告白すべきであった。愛しながら「一種の犠牲」をし、「三千代の方を纒め」て平岡に譲ってしまったところに彼の誤りがある。三千代から見ると、「何故棄てて仕舞つたんです」といって泣きだすほど愛していたのに、平岡の妻になってしまったところに矛盾がある。二人の間には、無意識の内に確実な「自然の愛」が存在していたにもかかわらず、それを成し遂げることができなかった。平岡が三千代との結婚の意志を代助に打ち明けた時、彼は三千代に対する情けを犠牲にし、友情と義理を立てて、彼女を平岡に「周旋」してしまったわけである。「犠牲を卽座に拂へば、娯樂の性質が、忽然苦痛に變ずるものであると云ふ陣腐な事實にさへ氣が付かずにゐた」代助は、二人を結びつけることが「互に力に爲り合ふ様なこと」だと信じていたに違いない。そういうような「気分で平岡と交わっていたの」(12)ではないか。

愛する相手を義俠心から友人に譲ったが、代助においてそれは一つの衝撃に近いものであった。代助が結婚、男女の愛に関して独特な考え方を持つようになったのもこの事実と無関係ではない。彼は結婚しない理由として「藝妓」理論を取り上げている。

都會的生活を送る凡ての男女は、両性間の引力《アットラクション》に於て、悉く随緣臨機に、測りがたき變化を受けつゝあるとの結論に到着した。それを引き延ばすと、既婚の一對は、双方ともに、流俗に所謂不義《インフィデリチ》の念に冒されて、過去から生じた不幸を、始終甞めなければならない事になつた。代助は、感受性の尤も發達した、又接觸點の尤も自由な、都會人士の代表者として、藝妓を選んだ。彼等のあるものは、生涯に情夫を何人取り替えるか分らないではないか。普通の都會人は、より少なき程度に於て、みんな藝妓ではないか。代助は渝らざる愛を、今の世に口にするものを僞善家の第一位に置いた。（十一）

つまり、都市生活をしている男女の愛情においては予測し難い変化があり、男女共に「不義《インフィデリチ》」の思いに直面し、「不幸」を繰り返さなければならない。それで変わりやすい今日の恋愛を否定し、自分は芸妓を選び、ひたすらそれを生活意味にするという理論であろう。酒井英行は、これを、「自己の生活形態が理論の上に築かれている点で、代助はまさに「理論家」である」(13)と評しているが、自分の「藝妓」理論を現実生活に実行しているとも考えられる。

「人の爲と信じて、泣いたり」した「三年前」の自分とは代助はたしかに変わっている。父の道徳主義の教育の影響を受けて「凡てを犠牲に供して他の爲に行動せねば不徳」であると信じて三千代を譲ったが、その代わり三年間「夫丈の罰を受けて」きたと受け取っている代助であるからだ。当時、「新夫婦を新橋の停車場」に送る時、代助は「友達を憎らしく思つた」のであり、その結果がいかに苦痛に近いものであったか想像できよう。彼はその記憶から一日も逃れることができなかったはずである。つまり代助はこの三年間を、三千代からの「復讐」の期間であると感じ、「獨身」の身で自分の理論を守ってきたわけである。したがって、この理論は三千代との過去があったからこそ成り立ったものであり、三千代との関係を抜きにしては考えられないといえよう。

平岡が結婚をして大阪地方に下ったことで、三千代とは会えなくなった以後、代助は現実とは無関係なところに自分の存在の価値を認めながら暮してきた。すなわち、現実を引き受けると、「自由なる精神生活」は不可能であり、「流俗」に身を汚され、「上等人種」としての生き方が出来なくなるという特殊な考え方を持って毎日を送ってきたわけである。神経質だが、知的な論理力と繊細な感受性を守っている姿として、時には自分を鏡に写し、満足して眺めるナルシストとして描かれている。そして、「生の不安」を感じるたびに、「生きたがる男」として登場してくる。少なくとも形式の上では優雅な日々の連続であるように思われるかもしれないが、彼の内面の独特な観念の世界には「三年前」の出来事がいつも潜んでいたといえよう。

それでは「藝妓」理論により男女の交際、結婚に否定的だった彼が、三千代に対して積極的な意志を見せていくのはなぜであろうか。

大阪の銀行に勤めていた友人の平岡が失職して、妻の三千代と共に東京に帰ってきたのだ。今の結婚生活はうまく行かなくて、彼女は子供を流して心臓が悪くなっている。三千代は代助の前に出現したものの、極めて不幸な姿である。平岡は遊びを始め、放蕩と堕落を重ね、夫婦関係は悪化していたのであり、「したがって夫婦の肉体的関係がうまくいかない(14)」と見ている説もある。そこで三千代のことを考え、代助は平岡に会って忠告するが、平岡の態度によって彼の意図は破られる。

「現在」に至るまで代助は「三年前」の意味を確実に自覚しないでいた。ところが、平岡との結婚と共に消えた彼女が、「自然の昔」を連想させる説得力を持って現われたのである。代助は、逆境にある三千代に当然同情を寄せていく。平岡に「周旋」したのも後悔する。そして代助は時間の展開の中で過去の意味を初めて認識する。いわば、「現在」と「過去」を新たな意味として自覚しようとする代助の動きが読取れる。たとえば、代助が三千代に金銭を貸すため、実家を訪ねて「金の工面」を頼む時、梅子が縁談話を持ち出す場面がある。

「だが、姉さん、僕は何うしても嫁を貰はなければならないのかね」（中略）
「妙なのね、そんなに厭がるのは。――厭なんぢやないつて、口では仰しやるけれども、貰はなければ、厭なのと同なしぢやありませんか。それぢや誰か好きなのがあるんでせう。其方の名を仰やい」
　代助は今迄嫁の候補者としては、たゞの一人も好いた女を頭の中に指名してゐた覺がなかつた。が、今斯う云はれた時、どう云ふ譯か、不意に三千代といふ名が心に浮かんだ。（七）

　ここで三千代が、代助の意識内に結婚の候補者として浮かび上がった。彼女に対する同情が彼の心中に生きて、根源的な欲求の世界に働きかけていると考えられる。三千代を平岡に譲って不幸にしたのは自分であると感じたならば、彼女を救済せねばならぬ人も自分であることを知っていたはずである。それで「金の工面」を話し合うため訪れたのに、結婚相手として「佐川の令嬢」が梅子から具体的に出て、催促するかのように感じられた瞬間、彼は「自然本能」の心を押さえきれなかった。むしろ、縁談相手ならば三千代であると、彼女の名を思い浮べたのであろう。

　代助は三千代に対する「三年前」の愛情を改めて認識する。三千代の存在が現実に再び戻れる可能性が生じてきた。それは、代助が「三千代との愛に生きることによって、新しい真実の生き方をみいだそうとする」(15)という適切な指摘と同じ脈絡で考えられる。つまり、代助の内に潜んだ過去の回想の愛の炎が燃え始めたのである。ついに彼は父の勧める結婚に踏み切るか、三千代を選択するか、その何れを取る以外に道はないと思うに至る。

四　代助の告白

結局、三千代への告白を決意する日、代助は父の勧めた「佐川の令嬢」との「結婚を断る」ことを梅子に告げ、「百合の花」を飾った部屋で三千代を待つ。「部屋を掩ふ強い香の中に、残りなく自己を放擲し」て、「今日始めて自然の昔に帰るんだ」という。実は告白を決意するまえに代助は、「百合の花」を持って「銀杏返し」に結った三千代の来訪を受けたことがあるが、ここで注目したいことは、それが二人で交わしていた「三年前」を思い出させる媒介になっている事実である。「銀杏返し」は三千代の「再現の昔」の姿であり、「百合の花」は菅沼と三千代が「清水町にゐた時分の事」を想起させる特別な意味を持っているものとして用いられている。それで彼女も来訪の時、持ってきたのであり、代助はこれに応ずる形で告白の日、すでに買っておいたのであると解釈できよう。

一方、「百合は単なる「追憶」と「共感覚」を投げ与えるにとどまらない[16]」と見て、「百合の花」の強烈な香を、本能的世界への願望として受け取る解釈もあるが、とにかく二人においてこれらは、「自然の昔」そのものであり、二人を繋ぐ愛のシンボルでもある。そこには過去の時間が蘇り、彼らの再会に必要な美しい世界のみが存在しているのである。いわば、代助は「銀杏返し」や「白百合」を見て、三千代もこれらを通じて、互いに「自然の昔」に帰るのだ。山本勝正はこの点について、「「百合の花」も「銀杏返し」と同様、代助に「昔」を連想させるものであると考えられる。とすれば、三千代が「白い百合の花」をもって、「銀杏返し」に結ってくるのは、どこまで意識的であるかどうかに問題はあるにしても、代助に「昔」を、「自然の昔」を思いださせたかったに相違あるまい[17]」とふれている。まさに二人の間に潜在していた根源的な愛への欲求がそれらの媒介を通して形象化し、象徴的なイメージとして描かれているといえよう。

いよいよ代助は、三千代に「愛の告白」をする。

「僕の存在には貴方が必要だ。何うしても必要だ。僕は夫丈の事を貴方に話したい爲にわざ〳〵貴方を呼んだのです」（中略）

「僕はそれを貴方に承知して貰ひたいのです。承知して下さい」（十四）

三千代はこれに、「仕様がない。覺悟を極めませう」と答えて泣きだした。そしてすぐ作者は、二人の情感を、「二人は斯う凝としてゐる中に、五十年を眼のあたりに縮めた程の精神の緊張を感じた。さうして其緊張と共に、二人が相並んで存在して居ると云ふ自覺を失はなかつた。彼等は愛の刑と愛の賚とを同時に享けて、同時に双方を切實に味はつた。」（十四）と付け加えている。代助の告白が三千代に通じて時間を超越し、共感を形成しているといえる。すべてが自由なる不滅の瞬間であり、長い歳月が一つの意味に纏る「時間のない時間、永遠の時間、いわば漱石内部に常に底流としてある憧憬の時間」(18)そのとおりであると確信する。

代助はここにくるまで実は判断を保留しようかとためらった。人妻になっている三千代との愛は、つまり社会道義的立場に逆らう行為であると考えたからである。しかも、父兄との絶縁によって生活上において経済的報復を受けなければならない。それに「遊民生活」を諦め、食うために働かずにはいられないということになり、あるいは、彼だけの恋愛観、結婚観は崩れ、現実社会に関する自己矛盾を認めることになる。それは、守ってきた独特な理論、つまり「特殊人《オリヂナル》」だけが営めるすべてを放棄し、家族、社会との断絶を意味するという苛酷な選択であった。それで彼はなかなか決断がつかなかったのである。

一体何が彼を動かしたのであろうか。それはいうまでもなく、「自然の愛」の力によるものである。実際代助は三千代に告白するまえ、「始めから何故自然に抵抗したのか」と問い続けてきた。その結果、三千代と愛の世界に入ることを「自然の昔」に帰ると考えていた。いいかえれば、「意志の人」ではなく、「自然の兒」に生きようとして「天意」に従う決心をしたのである。代助は、三千代と「自然の愛」を完成させることこそ、生存している意味を感じることができると考えたに違いない。そこで人間社会に背く行為はできても、「自然」まで背くことはできなかったと考えられる。いわば「自然の命ずる」とおり、服せざるべからざる必然性を痛切に感じた結果によるものであろう。その「自然」が代助を、世の中の倫理や時間を越えた「純一無雑に平和な」世界に導いたのである。

佐藤泰正は、漱石は「『それから』一篇にこの文明と〈自然〉の相剋を描いた」[19]と捉えている。その通りで、『それから』には作者自身の文明批評観や「自然」に対する鋭い視線が垣間見られる。この小説における「自然」は、人間本来の姿に帰りたがる代助を通して赤裸々に描かれているといってよい。それは「山川の自然」[20]だけを意味するものではなかろう。ようするに、大自然という絶対性の前で、微細な一人の人間がどうすることもできないという真理を悟っていく過程を作者は描きたかったのであろう。

「自然」に帰る時、人間には何物も存在しないと考えられる。そこには「慾得」、「利害」、「自己を壓迫する道德」はない。それで作者は「自然」に帰ることを、「雲の様な自由と、水の如き自然とがあつた。さうして凡てが幸《ブリス》であつた。だから凡てが美しかつた」と描写したのではなかろうか。

ついに、平岡の手紙で全貌を知った父兄に、義絶を宣言され、経済上の窮地に追い詰められた代助は、「職業を探して來る」という言葉を残して、狂気と破滅の淵に呑まれていく。「自然の愛」に従ったものの、世間から孤立した二人が家族、社会の道義的批判をいかに乗り越えて暮していくかという問題は次の作品、『門』から窺えよう。

註

（1）小宮豊隆「それから」（『夏目漱石（下）』岩波書店、一九八七・二）
（2）『三四郎』執筆当時、漱石はズーデルマンの戯曲、『消えぬ過去』を読んでいたが、その女主人公、フェリシタスの性格に強い関心を示し、彼女を評している。ここでは三四郎を愛しながら他の人の妻になってしまう行為を意味している。
（3）吉田熈生「『それから』解説」（『それから』岩波文庫所収、一九八九・十一）
（4）森田草平「長編時代」（『夏目漱石』筑摩叢書、一九六七・八）
（5）明治四十一年草平は、平塚明子と塩原尾花峠の雪山に情死行を企てたが、追手に見付けられた。妻ある文学士と女子大出身の文学士とのこの恋愛事件はスキャンダルとなり、草平は社会から追い出されることになつた。その彼を漱石は自宅に引取り、「書くほかに今君が生きてゆく道はない」と体験の執筆を支持した。
（6）同前註（4）
（7）「煤煙事件」（三好行雄編『夏目漱石事典』学燈社、一九九〇・七）
（8）山本勝正『夏目漱石文芸の世界』（桜楓社、一九八九・六）
（9）西垣勤「それから」（『漱石と白樺派』有精堂、一九九〇・六）
（10）明治四十四年、和歌山で行なった講演。生死の境をさ迷った漱石思想の核心として新しい作家活動の方向を設定する道標であった。
（11）斉藤英雄「それからの世界」（『日本文学研究資料叢書　夏目漱石Ⅲ』有精堂、一九八五・七）
（12）深江浩『漱石長篇小説の世界』（桜楓社、一九八一・十）
（13）酒井英行『漱石　その陰翳』（有精堂、一九九〇・四）
（14）同前註（12）
（15）山本勝正「『それから』論」（『夏目漱石文芸の研究』桜楓社、一九八九・六）
（16）橋浦洋志は、「『それから』『門』の主題と方法をめぐって」（『日本文学研究資料叢書　夏目漱石Ⅲ』有精堂、一九八五・七）において、代助が、「香」の中で「自己を放擲」するという言葉に焦点を当て、「自己を放擲」するために百合の花の「香は傍に置かれてきた」といっている。そして、「全身を浸して三千代を抱き取ろうとする」と付け加えている。

（17）山本勝正『漱石文芸の研究』（桜楓社、一九八九・六）

（18）越智治雄『漱石私論』（角川書店、一九七一・六）

（19）佐藤泰正「「漱石における自然」―そのひとつのエスキース―」（『文学における自然』笠間書院、一九八〇・五）

（20）「英國詩人の天地山川に對する觀念」（一八九三年一月、文科大学談話会での講演、「哲学雑誌」一八九三年、三、四、五、六月号に掲載）で漱石は、自然を「人間の自然と山川の自然」に分け、「自然主義なる語」を「人間の天性に従ふものと、山川の自然に歸する者」に区別している。

第三章　『門』論
――宗助夫婦の罪――

一　作品成立の経緯

漱石は、『三四郎』において単純な性格の大学生を一人の謎の女性に出会わせ、青春の一時期の恋への不安や苦悩の問題に彷徨する男女の葛藤と相剋を描いている。小川三四郎と里見美禰子との愛がきわめて不透明なものとしてしか受け取られない点も、ここに起因するのである。そこで二人の関係は結ばれにくいものであったといえる。『それから』においては、社会秩序に背いてまで自己を貫こうとする人物を通して「それから先の事」を書き始める。三四郎は、大学を出て数年、三十になるにも現実とは妥協せずに、父兄の経済的援助に依存しながら特殊な理論に頼って暮らしていく代助に変貌する。同時に、長井代助と平岡三千代との関係も「自然の愛」の力によって一応成立ったように見える。が、彼らが明治の社会的道義に逆らい、自分らの意志を貫徹したかどうかは不明である。むしろ、社会から追放され、悲惨な運命の道を歩み始めなければならなかったかもしれない。

これが『門』では絶頂に達し、二人は結ばれるのだ。つまり、作者は『それから』で、代助が社会との切断を覚悟し、不倫の愛に踏み切るかというところまでを描いたが、ついに絶望的な罪を背負って生きて行かねばならない男女夫婦の陰欝なる内面生活を設定するわけである。当然姦通罪という愛の罰が、不倫で結ばれた彼らの過去の痕跡に付き纏って、「結核性の恐ろしいもの」として現われ、二人を苦しめる。『それから』の予告文には、「それからさき何うなるかは書いてない」と記されているが、この夫婦を徹底的に解剖することによって、それは明らかにされるものであろう。

漱石は『それから』を書き終わった四十二年八月末、激しい胃カタルで十日程病床につく。そういう身体で九月満韓の旅に出て、胃の痛みに悩みながら大陸の旅程を続け、十月に帰京、『満韓ところぐ〵』を朝日紙上に載せる。そして翌年三月に『門』の連載を始めるわけである。漱石は書きながら「近頃身體の具合あしく書くのが退儀にて困り候。早く片付けて休養致し」(1)という手紙を出している。ここで、「漱石が『門』を書いてゐる間、恐らく漱石の胃袋は、この大爆發の爲の準備を、黙黙として營み續けてゐた」(2)という指摘を思い起こさずにはいられない。それまで作品に取り組んでいくと、すらすら書けた漱石にとって致命的な病患の宣告であったようである。作品の前半と後半の繋がりに作為を認め、その不自然さに注目している説が多く出されているのは(3)、決して偶然のことではないと思われる。「更に不思議なことには大患の直前に書かれた『門』が、すでにこの晩年を予見するかのように、作者の内部の奇妙な分裂を示しているのだ」(4)と捉える評価からも、その点は十分に読み取れる。彼は、肉体的衰弱からの暗い内的気流に襲われながら、作品の創作に全力を尽くしたに違いない。とはいえ、一方、つねに疲労から逃れたいという願望に付き纏われていたのではないか。このことが、『門』全体を流れる暗い雰囲気と繋がり、陰鬱な生理的基盤を形成しているのはきわめて微妙なところである。

二　日常性の意味

この小説は秋日和のある日曜日、長閑な縁側から始まる。

肱枕をして軒から上を見上げると、奇麗な空が一面に蒼く澄んでゐる。其空が自分の寐てゐる縁側の窮屈な寸法に較べてみると、非常に廣大である。たまの日曜に斯うして緩くり空を見る丈でも大分違ふなと思ひながら、眉を寄せて、ぎら〳〵する日を少時見詰めてゐた（一）

ここで窺えるように宗助が横になって、眺める空は温かい日差しの下で感じる「ひっそりとしたしあわせとでも言うべきもの[5]」、これは、彼の平凡な日常を、象徴的に描写している生活の断面である。しかし、この文章を自然風景の情趣とのみ、読取れるものであろうか。ようするに、「ぎら〳〵する日を少時見詰めて」いる彼の心の中に潜む残骸を、作者は単に意識しないで書いたとは思われない。この平凡な日常の背景に不思議に接近してくる暗澹たる気を看破しなければならない。越智治雄はこれを、「「非常に広大」な空は、「縁側の窮屈な寸法」に「海老の様に窮屈になつてゐる」宗助と、鮮やかな対照をなしてい[6]」ると見ており、平岡敏夫は「この最初の情景は極めて印象的で、この小説全体にかかわっているように思われる[7]」という見解を示している。表面的には牧歌的な風景であり、余裕ある主人公の日曜の姿に見えるが、実は何かの圧迫からの緊張が巧みに底流に流れていることに気付く。日常風景の中に寝転んでいるこの宗助の姿は、それ自体の意味に留まらず、これから起こりうることへの始発を知らせる前兆であるのだ。

この不気味な場面は、宗助がお米に「近」の文字の書き方を教わるところでも見られる。彼は「自然と浸み込んで來る光線の暖味を、襯衣の下で貪ぼる程味ひ」ながら仕事をしているお米に、「近來の近の字はどう書いたつけね」と尋ね、確かめてから「字と云ふものは不思議だよ（略）幾何容易い字でも、こりや變だと思つて疑ぐり出すと分らなくなる」という。夫婦の会話の中に異常な暗さが漂っているが、ここにも、彼らの記憶の奥底に圧迫感が存在している気がしてならない。何かを秘めて生きている生の緊張、いいかえれば、深く胸に刻まれている沼から脱することが出来なくて、自分を押さえながら生きている宗助の不安が感じられる。正宗白鳥はいちはやくこれを「変な伏線」(8)と呼んで注目していた。さらに、「彼の精神内部で何か非常に重大なことが起きていることを暗示している」(9)という見方もある。結果からいえば、時間から遠く離れたいという彼の内部の苦痛が惹起した忘却症であるともいえよう。この冒頭の場面は、伏線として早くも登場し、宗助夫婦の日常性の中に見出され、全体の物語に働き掛けて転換されていくのである。

崖の描写にはより鮮明な作者の裏付けが残っている。崖下に宗助夫婦の家があって、その「崖には草が生えてゐる。下からして一側も石で疊んでないから、何時壊れるか分らない。（略）不思議にまだ壊れた事がない」という設定だが、この描写こそ、危うく生きていく二人の現状態すべてを物語っているといっても過言ではない。つまり崖下の暗い家を借りて暮らしている宗助夫婦は、いつか近付いてくるかもしれない恐れと不安の感触を背中に負いながら「崖丈は大丈夫です」と弁解する「八百屋の爺」だけを信じて生きていくしかない。しかも、「暗い便所」から座敷に戻ってくるたびに、その崖を目にするはずであり、名状しがたい危機感に脅かされなければならなくなっている。この夫婦の持つ暗い雰囲気と共に宗助の日常をもっと詳しく考察することにより、現在の彼の心境を解明してみたい。

「朝出て四時過に歸る男」、宗助は「東京と云ふ所はこんな所だと云ふ印象をはつきり頭の中へ刻み付けて、さうして夫を今日の日曜の土産に家へ歸つて寐やう」とする。「自分は東京の中に住みながら、ついまだ東京といふものを見た事がないんだ」そうである。それで「彼は其所に何時も妙な物淋しさを感ずる」男である。しかも彼は心にも金銭にも余裕のない貧しい生活を送っている。ただ、日曜日は彼にとって若干の意味があると見える。六日間は彼に給料生活者としての勤労時間である反面、日曜日は働きから逃れて、空をゆっくり眺めるほど幸せの状態にあると思えるからだ。だがそれは、六日間の非精神作用から、一時的に解放感を味わうことを意味するものであって、現実から脱するところまでを示すものではない。すなわち、余裕が出来たからこそ、一方では「崖」のように近付いてくる圧迫、緊張を感じないままではいられないわけで、六日間の疲労から脱する事は出来るものの、生活以外に存在する根本的な不安から逃れるところまではいかない。宗助にとって日曜は、さらに暗い日常にほかならない。

しかし、せめて夫婦関係においては「暗い座敷の中」の六日間から解放され、お米と会話するのが唯一のささやかな楽しみだったかもしれない。それだからこそ、いつ崩れるか分からない崖下の生の緊張を抱き合っているにもかかわらず、密かに生活を続けていたといえる。次の描写はこの夫婦の有様のすべてを物語っている。

彼等は、日常の必要品を供給する以上の意味に於て、社會の存在を殆んど認めてゐなかつた。彼等に取つて絶對に必要なものは御互丈で、其御互丈が、彼等にはまた充分であつた。彼等は山の中にゐる心を抱いて、都會に住んでゐた。（中略）

彼等の生活は廣さを失なふと同時に、深さを増して來た。彼等は六年の間世間に散漫な交渉を求めなかつた代りに、同じ六年の歳月を擧げて、互の胸を掘り出した。彼等の命は、いつの間にか互の底に迄喰ひ入つた。

（十四）

むしろ二人は、社会的にはどうでも、せめて夫婦の幸福を失わないで、お互いに慰め合いながら内的に成熟した夫婦愛をより高めていこうとする。二人の間には、愛以外に何物も存在しない。浸透してくる外的要素があればあるほど、自分自身を認めつつ、もっと切実に愛を確認し合うだけである。この夫婦は、世間から遠く絶縁されている横丁の崖下の侘住居をすみかとして定めたときから、自らの人生をお互いに賭けて、生活を営んできたのである。

お互いだけを頼りにして生きていく彼らには、未来の設計や発展を期待するほどの出来事はないはずであった。

三　宗助夫婦の罪

それでは果たして彼らの「暗い過去」とは何であったか。これを考えつつ、いわゆる「罪」の問題に迫ってみたい。

六年前の当時、宗助は京都大学学生であった。彼は「相當に資産のある東京もの丶子弟として」生まれ、「彼等に共通な派手な嗜好を」充たしてきた男である。家庭が裕福で、勉強する必要を感じない将来の明るい青年であった。つまり「生れ付理解の好い男」、しかも「樂天家として、若い世をのび〳〵」と渡るきわめて前途洋々した青春であったといえる。

ところで彼には安井という親友がいて、結果からいえば、この安井の妻がお米であった。最初は安井から「是は僕の妹だ」とお米を紹介してもらうが、「果たして本當の妹であらうかと考へ始め」るのである。それ以後二人の関係は急速に発展していく。「其日の印象が長く殘つてゐ」たのであり、宗助は「本當の妹」ではないかもしれないとひそかに思い込んでいたのであろう。二人は口を利くことになり、宗助が「珍らしく時間の使ひ方に困つてゐると、ふと御米が遣つて」くる状態に至る。宗助が訪れると、「安井は留守で、御米ばかり淋しい秋の中に取り殘された様に一人坐つてゐた」のである。

以上のように宗助とお米の過去を辿っていく時、一つ見逃すことができない点がある。いってみれば、二人の関係は、安井が全然分からないうちに進展していき、同時に安井がいない時に愛を確認するという微妙な設定上に成り立っている。土居健郎は、「彼と友人との関係は同性愛的であり、彼と友人の妻との関係は多分にエディプス的感情に彩られていた」[10]と受け取っている。漱石の作品には、たしか同性愛と呼べるほど親密な二人の男性の関係が、一人の女性が登場することによって新たな局面に入る例が少なくない。この点は、『それから』において代助が三千代に惹かれていく過程と非常に似ていて、注目すべきである。

ここで両作品でのいくつかの共通点を見ることができる。前述したように、二つの作品の主人公は、愛が成立するまでの経緯の中で、友人が知らず知らずのうちにその妻に愛を深めていく。つまり彼らは、お互いの家を往来しながら二人だけの時間を持ち始め、夫、或いは友人がいない時に不倫の愛を高めていく。そして代助も宗助も親友から「妹」として紹介してもらい、すぐ「冗談を云ふ程の親み」を感じていくという成り行きの中で、自分の愛を自覚することになる。つぎに菅沼が国から三千代を連れてきて、代助が菅沼の家を訪問したとき、三千代は隣の部屋に静かにいたが、宗助が安井の部屋を訪れた際もお米が「つい隣の部屋位」にいる様子は似ている。このようにお互いの関係が始まり、愛に至るまでの状況において舞台が変わるに連れて、話を巧みに展開させていく作者の表現手法に一貫性が見られるといってよい。事件の前後の背景として活発に働いている所でもあり、作品のクライマックスとも直接つながっていくと考えるとき、重要な意味を持っているのは明白であろう。

漱石は『それから』の予告で「それからさき何うなるか」と記していた。『それから』と『門』を関連付けて考えるとき、代助と宗助はまるで一人の人物のように思われる。前論でふれたことがあるが、『それから』の代助が平岡から三千代を、『門』においては、宗助が安井からお米を奪うという連続性を意識せざるをえない。しかも『それから』においては、「意志の人」で生きるか、「自然の愛」を選ぶかという結果に至るまでの過程が物語の主な内容であったのに対し、『門』には、二人が結ばれてから「過去の罪」に悩まされる日常が描かれている。たとえば、酒井英行は両作品について、「描写方法の相違であって、内実の相違とは考えられない」[11]と論じている。また、「それからの代助と三千代の場合に比べるとかなりへだたりがあった。しかし、事柄の本質は同じ」[12]という高田瑞穂の主張も一理があるに違いない。換言すれば、二つの作品は主題の発展的な側面において緊密に関連しているといえる。『門』の中で、『それから』の飛躍的な話の展開も探ることができる。両作品には主題や人物だけではなく、話の展開においても作者の意図が窺えるといえ、『門』を「『それから』の続篇」[13]と見做すことも可能であろう。そこで両作品には当然多くの共通点が見られるはずであり、その根拠も十分にあると考えられる。

前に戻るが、宗助とお米はすでに親しい感情が生じていて、お互いに求め合っていたと予想される。作者は十四章で彼らの「罪」を象徴的に書き込んでいる。

自然の進行が其所ではたりと留まつて、自分も御米も忽ち化石して仕舞つたら、却つて苦はなかつたらうと思つた。事は冬の下から春が頭を擡げる時分に始まつて、散り盡した櫻の花が若葉に色を易へる頃に終つた。凡てが生死の戰であつた。青竹を炙つて油を絞る程の苦しみであつた。大風は突然不用意の二人を吹き倒したのである。二人が起き上がつた時は何處も彼所も既に砂だらけであつたのである。彼等は砂だらけになつた自分達を認めた。けれども何時吹き倒されたかを知らなかつた。（十四）

いわば、彼らは社会的な道義を越えて、運命的な巨大な自然の力に身を任せたのである。これはたしかに突然起こった衝動的行為に見えるかもしれない。特に「大風は突然不用意の二人を吹き倒した」[14]という文脈から、その点は十分に考えられる余地はある。はたして彼らは宮井一郎のいう「全く本能的な衝動」によって求めたのであろうか。

しかし、ここで注意しなければならないことは、彼らは互いに別に不自然さを感じなかった事実である。下宿に訪ねあい、「緩くり寛ろいだ話」をしたりした二人には、目に見えないほど堅い親密感ができていたはずである。

それが運命の力によって一瞬親愛感に発展した形で表出されたといえよう。それを恋愛感情と呼べるかどうかは問題があるにしても、少なくとも彼らは親密感という明確な前提上に立ち、相手を意識していたに違いない。むしろ、二人が倒れて姦通を犯す事実より、風が二人を倒したという表現技法に着目したい。作者は、この瞬間だけは姦通を犯す「罪」としてではなく、偉大な自然の力による彼らの情愛の刹那を形象化したかったのではないか。いいかえれば、作者は漠然たる男女行為という事実より、運命的な男女の愛の成立に意図をおいたのであろう。世間的倫理を超越して絶対的自然のまえで結ばれた彼らは、それで「徳義上の良心に責められる前に、一旦茫然として、彼等の頭が確であるかを疑つた。彼等は彼等の眼に、不徳義な男女として耻づべく映る前に、既に不合理な男女として、不可思議に映つた」と思ったのである。

したがって「全く本能的衝動」ではなく、たとえば、「世間的道徳を越えた自然の情愛によって必然的に結ばれた[15]」と断言できる。漱石には「「平凡な出来事を重大に変化させる運命の力」に見舞われ、恋愛感情に近い一種の親近感のなかで偶然結ばれて「不徳義の男女」として世間から糾弾さるべき人間像への強い関心が存在していた[16]」という見方等がまさに作者の意図を見抜いていると思う。いわば、自然の力による逃れられない運命的な愛、それを作者は独特な象徴的表現技法を用いて描いたのである。「大風」の問題もこのような視点で解釈できると思われる。

家庭、学校、社会は容赦なく彼らを責める。この二人は「親を棄てた。親類を棄てた。友達を棄てた。大きく云へば一般の社會を棄てた。もしくは夫等から棄てられた」という文章に見られるように、世間から断絶され、罪ある者の刑罰を受けながらわびしい生活を続けていくしかないのである。「姦通」という「暗い過去」を背負って、広島、福岡、東京へ次々居住地を移し、運命的な「過去」からの刑罰に押さえ付けられながら苦しい生活を延長していくのである。二人が東京の住居を、好い天気にもそこだけはぬかっている憂鬱な場所、「崖下」に決めたのも、それに起因したことになる。だからこそ、二人はもっと切実にお互いを絶対的なものとして信じ合い、唯一の頼りとして暗い生活に堪えているのだ。ようするにそれは、社会的な人間としては成長できないものの、閉鎖的な夫婦の情愛を通じて慰め合い、ささやかな幸福の喜びに己れを没頭させる生き方にほかならない。

ところが、実はその過去の幻影は、彼らの日常生活にまで浸透してきて二人を苦しめるものであった。彼らにおいて現実は、「異常な過去」を離れて存在するものではなく、「自分達の拵へた過去」の上に成り立っているわけだから、彼らに付き纏って死を選択しないかぎり、恐ろしい因果として現われるはずである。その罪の結果が、産んだ子供のことに現われたのは、忘れられない一つの因果である。お米は今まで三回妊娠した経験がある。一度目は広島で流産、二度目は福岡で早産、三度目は東京で「臍帯纏絡」で、死産している。子供は、彼らに重要な意味を持たせる「過去」の所産であると思われる。二人の間を繋ぐ「血を分けた情の塊」であり、「眼に見えない因果の糸」の「確證となるべき形」に違いない。彼らにとって子供は、社会的倫理に背反して運命の道を選んだ結果、誕生する「肉の塊」だからこそ、もっと切実であったかもしれない。しかし、子供が次々に死んで、「永く手の裡に捕へる事の出來なくなつた」という事実は、罪ある者の因果応報であり、「罪を犯した悪人と己を見傚」すべきことであったといえる。それでお米は「如何にも自分が殘酷な母であるかの如く感じた」時、「思はざる徳義上の苛責を人知れず受けた」のであろう。彼らの希望が目の前から消え去ってしまう悲劇的な出来事であった。

お米はついに易者の門を潜るが、運命的な宣告を受ける。易者は、「貴方は人に對して濟まない事をした覺がある。其罪が祟つてゐるから、子供は決して育たない」と断言する。彼女はその瞬間「此一言に心臓を射抜かれる」ように感じるわけである。このお米の姿から、彼女の罪意識を摑み取ることが可能である。

一方、宗助のそれは、お米ほど明確に表面に出されているものではない。が、彼もそこから一歩も抜け出してはいない。たとえば四章には、「其内には又屹度好い事があつてよ」と慰めるお米に、「自分を翻弄する運命の毒舌」

と感じ、「我々は、そんな好い事を豫期する權利のない人間ぢやないか」と吐き出す宗助がはっきり書き込まれている。悔恨の過去からとうてい前進できない身分であることに自覚的である宗助にも、「運命の嚴かな支配」に恐れる罪意識があったに違いない。その「恐るべき復讐」が自分の身の周辺に及んで、易者から聞かされた言葉をお米から打ち明けられた夜にも、堪えがたい良心の呵責に痛んでいたはずである。

四　参禅をめぐって

話は、家主の坂井の家に泥棒の入った事件で、宗助と彼との交際が開かれ、彼が弟の小六を書生として世話をするという申し出まで進む。そして宗助は坂井の話から、坂井の弟とともに安井が満州から帰ってくるという便りに接することになる。しかも罪責感に責められていた宗助の目の前に出現するのであり、堪えられない危機と不安にさらされる。妻を奪われて「冒険者《アドヹンチュアラー》」として満州から蒙古を渡り、放浪している安井が坂井の家を来訪するのだ。宗助はお米と不倫の縁を結ぶことによって、安井の前途に影を投げたのであり、その結果安井は苛酷な人生を送ってきたといえる。宗助は「其安井と同じ家主の家へ同時に招かれ」るのであり、顔を見合わせることを想像した彼は、悲惨な運命の悪戯に「創口が、急に疼き始めた。（略）再び創口が裂けて、毒のある風が容赦なく吹き込みさうになつた」と感じる。彼にとって、安井の出現は「過去の痛恨」の記憶を改めて認識させることであり、体が弾ける痛みを与えるようなものである。凡てをお米に打ち明けて解決しようと思うが、彼は諦める。

水谷昭夫はこの部分にふれ、「彼は御米を愛していないというのではない。著者はしばしば二人を描いて、最後の纖維に至るまで互いに抱き合って出来上がっていると言う。それがここで何ゆえ打ち明けぬかが謎としてのこるであろう」(17)と疑問を提起している。二人にとって安井の存在は致命的で、「安井の名を口にするのを避けた。考へ出す事さへも敢てしなかつた」ほど、重苦しい過去の再生であった。彼らが犯した姦通という事実より、一人の人間が堕落していく過程を見守り、彼の受けた凡ての被害を考え、そこにもっと罪を意識して痛惜の念を抱いていたかもしれない。それで二人は彼の名を脳裏に想起することさえ許さなかったのではないか。たとえば、この疑問に盛忍は、二人の関係に及ぼす意味を考量し、「打ち明けた場合のその結果を可能な限り予測してみて、（略）時には絶望的なばかりの孤独感に必死になって堪えることも又宗助にとっては必要であった」[18]と解釈している。ようするに彼女に苦しみを与えたくないという思いに至った宗助の内面世界を見抜いた指摘であろう。実は彼は、お米を目のあたりにして、このことを相談しようかと迷ったのであり、彼女に対する愛情を込めた配慮から打ち明けを諦めたかもしれない。そこで「其責任を自身一人で全く負はなければならない」と思ったのであろう。

しかし、彼は一方では、しみじみ染み込んでくる恐れと自己の孤独の前で、「人間的な愛の場所」[19]以外に救済の手を求め始める。いわば「如何にせば、今の自分を救ふ事が出來るかといふ實際の方法のみを考へて、其壓迫の原因になつた自分の罪や過失は全く此結果から切り放して」しまうことにする。いよいよ宗助はお米に、「少し脳が悪いから、一週間程役所を休んで遊んで來るよ」と言い残して、役所の同僚の某からもらった紹介状を持って参禅に鎌倉の禅寺を訪れる。

宗助が参禅に入る伏線といえば、彼が学生の時代、親友が「相國寺」に行って参禅していた事実、あるいは宗助が歯痛で病院に行き、雑誌の中の漢詩を見て「斯んな景色と同じ様な心持になれたら、人間も嘸嬉しからう」と東洋的な解脱の世界に憧れていた点、そして夫婦の会話の中で、宗助が「御米、御前信仰の心が起つた事があるかい」と聞くところなどに見られる。だが、「宗教とは果敢ない文字であつた。宗教と關聯して宗助は坐禪といふ記憶を呼び出した」とあるように、彼にとってそれは、つねに存在していた具体的なイメージとしてではなく、記憶から突然飛び出してくる臨時的なものであった。のみならず、参禅の動機においても「安心とか立命」の境地に近付きたい願望から出発しており、その「安心とか立命」を得るのが、宗教の究極的な目的になりうるかという観点から見て最初から多少の無理があったのだ。

漱石は、この作品を描く際、内容に熱中していたせいか作品の題名を決めることがなかなかできなかったようである。ところが、当時朝日新聞社の催促もあったので、森田草平に頼んだ。また森田は、小宮豊隆に依頼し、小宮がニィチェの『ツアラトストラ』の序文から「門」という文字を探して新聞社に予告したそうである。つまり、漱石は、「翌日になって、読者と一緒に自分の小説の題を知らされたわけである。（略）宗助が迷いを晴らしに禅寺の山門をくぐるところだけは、どうしても題を見た後の思いつきだとしなければならない[20]」、また、「この小説に多少の無理を加へたのではないか（略）『門』といふ名前が生きる爲には、宗助が鎌倉に參禪に出かける必要があつた[21]」と二人とも同じに述べている。しかも多くの評価がこれに纏っており、一致して出した意見を否認しにくい。推測すれば、漱石は『門』という題名を生かすために、意識的に宗助の不安自体を安井の登場という状況から引き出して、彼を参禅へと導いたかもしれない。すなわち『門』という題名が決まった以上、それに相応しい設定が必要であると早くも気付き、意図的に信仰と無関係な宗助を鎌倉に追いやったのではないか。それに体の具合もかなり悪化し、急いで宗助を参禅させる必然性を感じていたに違いない。

「父母未生以前本來の面目は何だ」という公案を老師から与えられてから、宗助は「公案なるものゝ性質が如何にも自分の現在と縁の遠い」かと考え、根本問題は解決できず、目前の「過去」の妄想に苦しめられる。彼の妄想は、いうまでもなく、安井の出現による「過去」への雑念であり、頭に付き纏って離れず、悟りとは遠いところに彼を追い出す。宗助は到底救われない自分を自覚し、下山を決心するに至る。

十日間の参禅から元の生活に復帰した宗助は、安井が満州に帰ったという事実を坂井から聞く。これで目の前の「不安」は立ち去ったのであるが、しかしすべてが解決されたわけではない。これから迫ってくる「不安」がどれほど繰り返されるか分からない。この作品の最後の宗助とお米の会話はこれをよく暗示している。

「本當に有難いわね。漸くの事春になつて」（略）

「うん、然し又ぢき冬になるよ」（二十三）

漱石は『門』に、宗助夫婦の平凡な日常生活とともに内部的に成熟した夫婦の愛を描いている。しかし、その愛は友人の妻との愛であり、友人を犠牲にした上で成り立ったものである。それで宗助夫婦は、家庭、親類、社会から切り離され、「暗い崖下」の借家で侘しい生活を送っていかなければならなかった。二人は悲劇的運命によって結合し、密やかな暮らしの中でささやかな幸福を得たものの、常に「過去」の「罪」を意識せずにはいられなかった。ここで漱石は宗助を通して、無力な人間の根源的な問題からの解答を宗教に求めた。これは自分の経験を活かした着想であり[22]、絶望的な自己苦悩の世界で煩悶する主人公を通じての作者個人の凄絶な姿でもある。いわば作者は、宗助が参禅に接し、如何に自分を自覚していくかの過程を、過去の記憶を辿って描いたのである。しかし禅寺に参禅することによって、救済を求める宗助の行為は、現実の不安から遁走しようとする臨時的なものといえ、究極的な信仰の世界とは隔たりがあったように思われる。それは、宗助の参禅と安井の出現がこの作品の作為とされている点からも窺える。その原因としては、『門』という題名に関わる問題と、その当時漱石の肉体的状態の悪化などが考えられる。が、社会的道義を背いたため、常に「罪」の意識に悩むその夫婦の姿が、日常の上に巧みに描かれている点は注目すべきであろう。それと同時にこの作品において、愛に関する根本的な省察と運命的な悲劇の前での究極的な人間存在への問いが深く見られ、評価すべきではないか。

漱石は『門』において、男女の愛を絶対的なものではなく、不安と悲哀を伴う未完成なものとして設定した。つまり『門』での男女の愛は、「自然」と「運命」の力を乗り越えることも、回避することもできない不安なものであった。それは愛に対する作者の考え方の根源に起因するものであり、愛が本質的な幸福の最後の場所ではないということを意味する。それで作者は救いの世界に目を向ける必要性を感じたに違いない。作者漱石は、明治社会の特殊性の上に築かれた固定的な愛の観念から脱皮し、自我を追求していく主人公の切実な悲劇的運命を赤裸々に描き、人間の根源的な存在への考察を試みようとしたのである。いわば漱石白身につねに存在していた不安や苦悩に対処する究極的な問題でもあったといえる。

註

（1）「皆川正禧宛の手紙」（一九一〇・五・十一）
（2）小宮豊隆「門」（『漱石の芸術』岩波書店、一九四二・十二）
（3）かつて岩上順一『漱石入門』（中央公論社、一九五九・十二）には、前半の主人公と後半の主人公に「芸術的統一がない」という批評があった。また、重松泰雄「『門』の意図」（「近代文学の研究」一九七三・十一）などにも詳しい。
（4）江藤淳「『門』―罪からの遁走―」（『夏目漱石』新潮社、一九七四・十一）
（5）越智治雄「門」（『漱石私論』角川書店、一九七一・六）
（6）同前註（5）
（7）平岡敏夫「「門」の構造」（『漱石序説』塙書房、一九七六・十）
（8）正宗白鳥「夏目漱石論」（中央公論、一九二八・六）
（9）土居健郎は、「「門」について」（『漱石文学における「甘え」の研究』角川書店、一九七二・九）で宗助の生活を精神分析学的に考察し、離人症と診断、こう述べている。
（10）土居健郎「「門」について」（『漱石文学における「甘え」の研究』角川書店、一九七二・九）

(11)　酒井英行は「『門』の構造」(『漱石　その陰翳』有精堂、一九九〇・四)で、『それから』と『門』の両作品において、不連続性を指摘する論説に対し、両作品を比べながら連続性の合理を主張している。
(12)　高田瑞穂「漱石文学の今日的意義」(『夏目漱石論』明治書院、一九八四・八)
(13)　三好行雄「漱石作品事典」(『夏目漱石事典』学燈社、一九九〇・七)
(14)　宮井一郎「門」(『漱石の世界』講談社、一九六七・十)
(15)　同前註(11)
(16)　平岡敏夫は、「『門』の構造」(『漱石序説』塙書房、一九七六・十)において、凡ては「残酷な運命」の力によるものであると指摘している。
(17)　水谷昭夫「漱石的苦悩と罪」(『漱石文芸の世界』桜楓社、一九七四・二)
(18)　盛忍「『門』論」(『漱石の測鉛』勁草書房、一九八八・十一)
(19)　江藤淳「『門』―罪からの遁走―」(『夏目漱石』新潮社、一九七四・十一)
(20)　森田草平「長篇時代」(『夏目漱石』筑摩叢書、一九六七・八)
(21)　小宮豊隆「門」(『漱石の芸術』岩波書店、一九四二・十二)
(22)　一八九四年の暮れから一八九五年の正月にかけてのことで、二十八歳の漱石が友人菅虎雄の紹介状を持って鎌倉円覚寺の帰源院にいき、釈宗演の下で参禅したことを指す。『門』に出てくる公案は、この経験からのものであり、二週間の参禅で漱石は悟りを得ず、下山したそうである。

第二部　新しい方法への試み

第四章　『彼岸過迄』の方法

――視点と語りの構造をめぐって――

一　推理小説的構成

漱石は、中期三部作で示してきた彼独自の物語の創作手法を『彼岸過迄』において転換させていく。それは、修善寺の大患を経て沈黙し続けてきた漱石が「書始める緒口を開く」新たな方向性を示すものである。「死を見た人間は確実に変わる」(1)という指摘もあるが、いわば、「面白いもの」を書こうとする視点に立った作者が、それにふさわしい情報を読者に提供しようとする方法的転移、それこそ長い「休養」を中断して、新鮮な言葉の意味生成の場を作らなければならない作家の責務だったのである。

その方法的転移への実験は、『彼岸過迄』というテクスト内でいくつかの特徴として表出されている。まずそれが、「個々の短篇を重ねた末に、其の個々の短篇が相合して一長篇を構成する」という物語の構成上の変換に見られる点は周知のとおりだ。そこには、もはや読者の意識に蓄積されてきた今までの長篇としてのストーリーとプロットは内在されていない。より豊かな恣意的な読みを可能にしようとする書き手の巧みな操作によって、作品とのかかわりに読者の関与を最大限にゆるす効果が装置されているわけである。当然、「新聞小説として存外面白く讀まれ」るよう仕組んだ結果によるものだが、ただ、それが短篇を重ねるだけではなく、所々推理小説的な形式を内包している点は注目すべきである。「最初に読んだときから、おもしろかったのです。漱石の作品の中でわりあいに好きな作品です。(2)」という評価からも窺えるように、そこには読者を引っ張っていくための作者の意図的なものが込められている。

視点人物敬太郎が須永の家を訪問する一人の女性の後ろ姿に好奇心を抱くところから、依頼人田口によって探偵に乗り出してその謎の女を追跡していく場面、松本が「雨の降る日」に面会を拒絶する理由、「松本の話」によって須永の秘密が説き明かされるまでの物語の展開、読者はどきどきしながらそれに吸いこまれていく。まさに、推理小説的な設定にほかならない。小森陽一は推理小説的構成にふれ、次のように述べている。

謎解き型推理小説について言えば、依頼人が探偵に事件を語る前に、当の事件はすでに真相通りに起っているのだ。あたりまえすぎる話ではあるが、ここがしかし物語の要なのである。作者が事件の真相、つまりストーリーの核心をあらかじめ知っているのは当然だが、シャーロック・ホームズの同伴者であると同時に語り手でもあるあの実直なワトソン氏さえ、実は語りはじめる前に、事件の真相については熟知しているのだ。(3)

『彼岸過迄』において、たしかに敬太郎は田口から「速達便」というメディアを通して、探偵の内容が書いてあるメッセージを受け取る。そしてそのメッセージを遂行するため「小川町の停留所」まで電車に体を委ねるわけだが、この事件のカギとして働き、松本と謎の女の会見の場所を探るのに重要な役割を果たすことになる媒介体、「妙な洋杖《ステツキ》」に関する謎に絡んで、敬太郎の運命を方向付けることになる「文銭占なひ」事件が同時進行という形で起こってくる。つまり、この「妙な洋杖《ステツキ》」は、ある日突然姿を消してしまった森本から敬太郎に「記念」として渡されたものであるが、「文銭占なひ」事件で明らかにされ、事件の暗示的機能を保持しつつ、一方では「事件の真相」を究明するのに、あらかじめ予見するかの如き印象を与えることになる。

具体的にいえば、「停留所」の二十章に探偵のことで、田口から電話口に呼ばれる敬太郎が、十八章に「文銭占なひ」からすでに、事件に「進まうか止さうかと思つて迷つて居らつしやるが、是は御損ですよ。先へ御出になつた方が、たとひ一時は思はしくない様でも、末始終御爲ですから」といわれる。あるいは、「貴方は自分の様な又他人の様な、長い様な又短かい様な、出る様な又這入る様なものを持つて居らつしやるから、今度事件が起つたら、第一にそれを忘れないやうになさい。左様すれば旨く行きます。（十九）」と助言される。まさに「真相通り」起こりうることへのメタ言語的効力を発しているといってよい。探偵の事件を命じ、メッセージを発信する田口から敬太郎がそれを受信するに至る前に、「当の事件はすでに真相通りに起っている」のである。

いうまでもなく、推理小説（探偵小説）の創作行為の過程において、その物語の内容を伝達しようとする作者は整備されたプランからその事件の発端、展開、解決という具象的なプロセスに基づいて、選びとった言語を組み立てていくわけだから、その事件の深部まで把握しているはずである。ところが要は、この物語においては、作者や語り手だけではなく、視点人物までその事件の成り行きをあらかじめ予見していることである。つまり諸事件に向かい合う探偵たる人物敬太郎は、それを追跡していく過程のなかで、ときどき推量していくわけだが、彼の推量がそのまま的中し、さきに事件を見破っているのだ。したがって、彼の役割は重要であり、読者がテクストから目を離せないのもそれゆえである。視点人物でありながら、ときには行動的な探偵者として、ときには傍観的な報告者として須永や千代子らの心理的葛藤を探り出す敬太郎は、つねに読者の目をテクスト内に誘う仲介的人物なのだ。書き手がこの敬太郎を通して情報を洩らし、読み手とコンタクトをはかる場面はあちこち散らばっている。

a　彼は机の前を一寸も離れずに、速達便の届くのを待つてゐた。さうして其間絶ず例の想像を逞しくしながら、田口の所謂用事なるものを胸の中で組み立てゝ見た。其所には何時か須永の門前で見た後姿の女が、稍ともすると斷わりなしに入り込んで來た。不圖氣が付いて、もつと實際的のもので有るべき筈だと思ふと、其時丈は自分で自分の空想を叱る様にしては、彼はもどかしい時を過ごした。（「停留所」二十一・傍線論者）

b　何氣なく今しがた電話口で須永から聞いた言葉を、頭の内で繰り返して見ると、覺えずはつと思ふ所が出て來た。須永は「今日内幸町からイトコが來て」と慥かに云つたが、其イトコが彼の叔父さんの子である事は疑ふ迄もない。然し其子が男であるか女であるかは不完全な日本語の丸で關係しない所である。

「何方だらう」

敬太郎は突然氣にし始めた。若しそれが男だとすれば、あの後姿の女に就ての手掛にはならない。從つて女は彼の好奇心を徒らに刺戟した丈で、ちつとも動いて來ない。然し若し女だとすると、日といひ時刻といひ、須永の玄關から上り具合といひ、何うも自分より一足先へ這入つたあの女らしい。想像と事實を繼ぎ合はせる事に巧みな彼は、さうと確かめないうちに、端的さうと極めて仕舞つた。（「停留所」七・傍線論者）

aの文章、これは、敬太郎が松本から「速達便」の交信を受け取る直前の場面であり、送り手からの情報内容がいかなるものであるか解読できない時点である。受け手としての立場で、電話を通して「手紙を出す事にした」という旨を報せられたので、文字を書き記し、文章化された郵便物を待つだけである。そしてその郵便物からの発信内容を受信することで、それに従い、次の身体的行為を行なわざるをえないという制限的空間に彼はいる。ところが、すくなくとも作者は、敬太郎を通して読者に発信音を送り出しているといえる。ようするに、敬太郎が「速達便の届くの」を待ちながら「須永の門前で見た後姿の女」を思い起こすのは、今度起こりうる事件とその「女」との関係が同じ電信網を走っていくという可能性を送信する電波信号なのだ。

ｂの文章は、就職口を須永に頼んだ後、その件で、田口に面会しに行く前の敬太郎の推測である。実は敬太郎は須永から、田口が用事で大阪に出立すると報告されたのであり、その話を須永に伝えたのが彼の「イトコ」であったという事実から、その「イトコ」が「須永の門前で見た後姿の女」であると断定してしまうわけである。単なる敬太郎の推理に過ぎないかもしれないが、この女が「真相通り」、「後姿の女」千代子だったのだ。

推理小説や刑事物語において、現場証拠に乏しいにもかかわらず、見事な推論によって事件を暴きだす場面をよく見ることがあるが、探偵的素質を発揮し、「後姿の女に就ての手掛」を敬太郎はたしかに摑んでいる。そして事件の全貌が敬太郎の推測とおりに進んでいく。もちろん、この過程において、書き手である作者は、ａとｂの引用文から窺えるように、敬太郎という回路を通してその情報を読み手に送りつつあるはずである。推理小説的な構成、これこそ「成るべく面白」く書くために仕掛けた電波装置なのだ。

二　語り手の視点から聞き手の視点へ

前にも触れたように、短篇を重ねて長篇にし、そこに謎解き推理小説的形式を加えることによって、いっそう面白い情報を生み出している点に、この作品の持つ方法が窺える。そのためにも、情報発信者である作者はテクスト内に現われず、一次的に敬太郎という通信路を通じて情報受信者と交信する必要があろう。この敬太郎に視点を置きつつ、しかも三人称に自らを代行させ、最大限に使いこなしているわけである。

しかし、この作品を前半部と後半部と結末に分けて考えるとき、部ごとに視点が移行していく事実に気付かざるをえない。いわば書き手がコミュニケーションの場において、情報通信路を取り替えたりもするのだ。

つまり、前半部の「風呂の後」「停留所」「報告」には敬太郎が三人称、「雨の降る日」には千代子が三人称とし

〔視点の移行〕

前半　「風呂の後」「停留所」「報告」　敬太郎（三人称）

後半　「雨の降る日」「須永の話」「松本の話」　千代子（三人称）→ 須永（一人称）松本（一人称）

「結末」　→ 敬太郎（三人称）

て、後半部の「須永の話」と「松本の話」にはそれぞれの人物が一人称として登場してくる。それがまた「結末」に敬太郎の三人称に復元するという仕組みになっている。前半の森本との出会い、敬太郎の探偵談、後半の「恐れる男」須永と「恐れない女」千代子との愛の葛藤、須永の出生の秘密の話などがこの物語の内容であるから前半と後半の繋がりにおいて、当然「視点の交代」も考えられるが、それにしても目立つ視点の移行、はたしてこの問題をどう解釈すべきなのか。

だが、これは各語り手の視点ではなく、敬太郎の視点に沿って考えれば、それほど問題にはならない。彼の視点がすべての状況に対応できる姿勢を整えており、焦点を一つに絞る役割を担っているからだ。語り手の移動はあるものの、それを聞くのは敬太郎一人しかいない。すなわち、この作品の聞き手は敬太郎一人に統一されているわけだ。思えば、「須永の話」と「松本の話」には聞き手としての敬太郎はほとんど登場しない。それは語り手だけに語らせて、彼はその空間を離れていくということを意味するのではなく、実は身を隠し、その話を聞いていて、テクスト内に現存していることを指し示す。たとえば、次の引用文はその事実をよく説明している。

物語の内部では（贈与者と受益者に分担された）交換という大きな機能が働く。それと同様、それと相同的に、対象としての物語は、コミュニケーションの伝達物である。物語の送り手が存在し、物語の受け手が存在するのだ。周知のように、言語的コミュニケーションにおいては、わたしとあなたは、絶対に互いに他を前提する。同様にして、語り手と聞き手（または読み手）をもたない物語はありえない。(4)

この物語においては、聞き手（敬太郎）と読み手（読者）が明確に区分されており、聞き手と読み手を同様に扱うのには無理があるだろうが、敬太郎の姿がテキスト表面から消えてしまい、読者と変わらない位置に置かれていることを考えると、(5)絶対に聞き手＝読み手ではないとこだわる必要はないだろう。読者の立場から見て、困難なのは聞き手敬太郎の存在への意識の問題であろうが、物語の空間を「言語的コミュニケーション」の場として受け取るなら、語り手に対して聞き手の存在も想定されるわけで、支障はなかろう。

松本寛も、「語り手たちと私たち読者との間には、錯覚的にその存在が忘れられることはあっても、現実には厳然として敬太郎が存在しており、そのことは、聞き手が敬太郎でなかったとしたら、彼らはもっと違った語り方をしたかもしれず、或いは全く何事をも語らなかったかもしれない(6)」と指摘している。聞き手を意識した発言であるが、敬太郎はテクストに生きている唯一の存在であると同時に、すべての物語言説にかかわりながら人物たちを観察する媒介的存在であるのだ。

ところで、もっとも重要なのは、聞き手としての任務を忠実に遂行していたはずの敬太郎が自ら顔を出してくる場面を見逃すことが出来ない。須永が一人称告白体で語るところに、敬太郎が三人称として挿入されている事実である。書き手はそれを「須永の話」十三章に書き入れている。

　須永の話の末段は少し敬太郎の理解力を苦しめた。事實を云へば彼は又彼なりに詩人とも哲學者とも云ひ得る男なのかも知れなかつた。然し夫は傍から彼を見た眼の評する言葉で、敬太郎自身は決して何方とも思つてゐなかつた。（略）

二人はすぐ其所にある茶店に入つて休息した。次の物語は其時敬太郎が前約を楯に須永から聞かして貰つたものである。——

僕が大學の三年から四年に移る夏休みの出來事であつた。（十三）

これは「須永の話」の境目になっているところである。十二章までは、行動力のない須永が、自分は「哲人の運命」を背負っていると自覚しつつ、純粋な感情を恐れるところなく発散する千代子は「詩人の特色」を持っているのではないかと苦悩する姿、それに彼女とのやりとりが描かれている。そして、ここからは鎌倉での高木との出会いによって、千代子に激しい嫉妬を感じることになるという形で物語が繰り広げられていくのだが、突然このように須永の告白の途中で、敬太郎が三人称で挟まれてきて、話がしばらく途切れた後、語り手である須永がなお、「僕が大學の三年から」と語り始めていくわけである。

これは、敬太郎の視点がつねにテクスト内に介在していることを確実に証明すると同時に、彼を対象にして須永が語ってきたということを示している。そして再び敬太郎が登場し、作品の現在に戻る可能性を告知するという重層的意味も孕んでいる。一方、書き手はこの位置に聞き手敬太郎を配置することによって、語り手と聞き手との距離を読み手に認識させ、語り手と読み手との関係を切り離しているのであり、ここに書き手の意図が込められているのである。つまり、読み手は敬太郎の視点から物語を読んできたので、語り手の視点に動揺せず、相対的な読みが可能になるはずである。再び敬太郎が登場してくるのは物語の「結末」部分である。

敬太郎の冒険は物語に始まつて物語に終わつた。彼の知らうとする世の中は最初遠くに見えた。近頃は眼の前に見える。けれども彼は遂に其中に這入つて、何事も演じ得ない門外漢に似てゐた。彼の役割は絶えず受話器を耳にして「世間」を聴く一種の探訪に過ぎなかつた。（結末）

三人称の敬太郎の視点から始まって、三人称に締め括られているこの作品は、たしかに聞き手敬太郎の視点によって均衡を維持している。作品内で現在時間に即しながら、物語の内容に関与せず、一貫して語り手の体験を彼は追い掛けていく。それに読者は誘い出されて引っ張られていくのだ。山田有策は「敬太郎はこの作品において〈読者〉を可視の世界からしだいに不可視な世界へと誘導していく位置と役割を荷なわされているのである。別言すれば〈読者〉は読み始めるや敬太郎と共に可視から不可視への〈冒険〉の旅に出立するわけで、そこにこの作品の独創性が見出せるのである。漱石はこの点に十二分に意識的であったわけで、「彼岸過迄に就て」において新聞小説としての面白さを強調しているのもそれを考えてのことであったに相違ない(7)」という。

山田の見解は妥当な指摘で、「〈読者〉は読み始めるや敬太郎と共に可視から不可視への〈冒険〉の旅に出立する」ということは、彼が単なる「遺傳的に平凡を忌む浪漫趣味《ロマンチック》の青年」としての登場人物の役割にとどまらず、より高次元の位置に置かれていることへの比喩的発話である。彼は、書き手が意図的に三人称に設定し、送り出した使者であり、この使者のありかたをもっと忠実に演ずるため、前半で自ら冒険に乗り出し、読み手を後半に釣りだしてきたのだ。

三　反転する語り手

敬太郎の視点から語ってきた無人称の語り手が、本格的に伝達行為の場に身を置き、発話し始めるのは「雨の降る日」からである。一人の視点人物と共に生きる語り方から脱皮し、具体的な音声言語によって聞き手と接触することになるのだ。つまり、千代子という語り手が設定され、ある程度の独立的な立場から語っていく。そこには、語り手千代子が、本人の話を三人称で敬太郎に語って聞かせるという仕組みになっていて、相対化され、彼女の批評や意見は見られない。出来事に参与し、批評、隠蔽する能力を持ちえていない、しいていえば、形式的な表現主体にすぎなくなるわけである。

しかし、ここで問題にしたいのは、他者に聞かせる自分の話を、一人称を用いるべきなのに、三人称で語るという形式になっている点である。なぜなら、文字化された活字メディアの場合、千代子は云々と語り始めなければならず、テクスト内に千代子を語るもう一人の語り手を必要とするからだ。実際、自分のことを三人称で語ることはできないわけで、ここには彼女以外の語り手が存在する。内田道雄は、「千代子の回想が語り手のことばで掬い上げられて綴られているために、彼女の情念は稀釈化されて生々しさを見せることがない(8)」と見ている。まさにその通りで、語られる千代子の個人感情や批評は見られない。千代子の話が始まる場面を引いてみよう。

> 敬太郎は一人で二人に當つてゐるのが少し苦しくなつた。此次内幸町へ行く時は、屹度持つて行つて見せるといふ約束をして漸く千代子の追窮を逃れた。其代り千代子から何故松本が雨の降る日に面會を謝絶したかの源因を話して貰う事にした。――
>
> 夫は珍らしく秋の日の曇つた十一月のある午過であつた。千代子は松本の好きな雲丹を母から言付かつて矢來へ持つて來た。（「雨の降る日」一）

敬太郎が聞き手に転換する瞬間から、千代子が「何故松本が雨の降る日に面會を謝絶したかの源因を」語りかけていくのだが、自分のことを語るのにもかかわらず、相対化されている事実がわかる。そして千代子は、敬太郎に物語を聞かせる立場に立っていながらも、三人称で書かれており、実際にはもう一人の語り手がテクスト内に存在していて、（この場合書き手と呼んでもいいわけだが）彼女はまさに語られる立場に置かれているのだ。語ることから語られることへの移行、ここに千代子を描く作者の意図をも認められよう。これは、書くことと語ることとの意味を示す標的に違いない。

〈言語伝達〉	発信者	メッセージ／コンタクト	受信者
〈放送〉	報　道	報道内容／中継者	視聴者
〈作品〉	作　家	物語内容／語り手	読　者

　これは、ローマン・ヤーコプソンの「言語学と詩学」の部分を参考した図である。[9] たとえば、テレビ放送メディア場においては、二種類の伝達方法があると思われる。起こっている事件を生の声で現場からそのまま生放送で視聴者に報告する方法と、起こった事件を再編成構成し、伝達する方法がそれである。生放送で実況中継を行なう時には、視聴者から中継者の緊張感や興奮度を味わうことができるし、中継者と時間、空間を共有することも可能であるはずだ。しかし、録画、あるいは再放送される場合においては、報道者側からいくら現場の再生を切実に要求される報道内容であっても、そのままの報道は不可能である。いったんそれが映像化され、電波を通じて視聴者に流れていくかぎり、再編集作業が必要となる。それで、中継者の生の表情や声を見ることも聞くことも出来ず、そこには装われた表情や声が残るだけである。しかし、そうすることによって、はじめて放送としての効力を持ち、メディア回路を通じて人間世界に入り込んでゆくのである。いわば、虚構の世界である。

　この事実は、作者が作品を描く時の過程と非常に似ていて、さまざまな意味を示唆していると思われる。いってみれば、作品は、文字の集合による書き言葉（エクリチュール）の形態であるから、生放送のようなものではない。新聞小説の場合、編集者からいくら催促があっても、いったんそれが活字化され、新聞というメディアを通じて読者の手に届くことになるかぎり、緻密な構成が要請される。そしてその物語を構成する内容の素材が作者の直接経験によるものであっても、それが実録小説あるいは伝記小説ではないかぎり、虚構化する作業が必要となるのだ。作者自らの体験を虚構化するためには、本人ではなく、本人の代わりの役割が当然要求される。それで作者は語り手を設定し、この回路を通して読者に情報を送り出すわけである。このとき作者は、より虚構性を高めるため、伝達回路にいろいろな仕掛けを装置したりもするに違いない。

　話が横に逸れたが、実際に起こった事件が彼女のことにもかかわらず、三人称で語られていることは、書くことにおいて作者自らの体験を虚構化するための作者の精密な技法にほかならない。一人称語り手を用いたときには、作者の個人的な感情や批評が作品に介在しやすいことをあらかじめ知っていた作者が、千代子の語り口を借りる形式で、聞き手敬太郎を対象として自らの体験談を聞かせてやったのではないか。ロラン・バルトは次のようにいう。

　三人称で書かれていても、その真の審級が一人称であるような物語、または少なくとも挿話が存在しうる。それを判定するにはどうするか？　その物語（または一節）を《書き換え》、彼をわたしに変えてみれば十分である。この操作が、文法的代名詞の変化そのものを除いて、ディスクールの他のどんな改変をももたらさないかぎり、依然として人称の体系内にあることは確実である。(10)

それでは前の引用文の一節を書き換えてみよう。「千代子」をわたしに。

　わたしは松本の好きな雲丹を母から言付かつて矢來へ持つて來た。

「千代子」をわたしに、すべての本文の「千代子」をわたしに書き換えてみても、語り手の批評、反省、欺瞞、隠蔽などの感情は見つからなく、一人称の枠内に入ることが可能になる。ただ、わたしが伯父を松本という名でそのまま呼ぶことになり、呼称を変える必要を感じるのだ。「雨の降る日」は、「三人称で書かれていても、その真の審級が一人称であるような物語」であり、作者個人の挿話としても知られている。

従来しばしばいわれている話であるが、ここには、漱石の末子、ひな子の突然の死に供養するという書き手の配慮が込められている。ようするに千代子の話の中で、それが「宵子の死」の悲劇として描かれ、形象化されているのである。作者は、それを作品内の登場人物に、千代子の視点から三人称で語らせる形式をとり、実際には千代子の話を語るもう一人の語り手を設けることで、作品をより虚構化すると同時に、ひな子の冥福を祈る意味を刻み込んだのである。

もちろん千代子の話に至るまでの過程においては、敬太郎の「須永の門前で見た後姿の女」をきっかけに田口、松本が加わってくるという形で描かれており、この謎の女が再び浮上してくることに読み手はすでに気付いたはずである。そしてこの謎の女の体験談である、不思議な「宵子の死」が、須永の生の根源問題へにじりよっていくと考えるとき、物語の展開上、「雨の降る日」が成り立つそれなりの必然性を否定することができない。

このように、千代子が「宵子の死」を語る立場から語られる立場に移動した背景には、悲劇的体験を虚構化するとともにその死を悔やむ書き手の強い意志が働いていたといえる。

四　語ることの虚構性

「松本の話」は、語り手松本によって、須永の「命根に横はる一大不幸」の原因が明らかになるという事柄から構成されている。ところが、語り手としての松本はこの物語の主人公ではない。一人称の告白体の場合、語る主体、語り手は物語の中心に位置することになり、事件の主役になる可能性が多いが、彼は単なる補助役にほかならない。それは、当の事件が「世の中と接觸する度に内へとぐろを捲き込む性質である」須永をめぐっての展開であり、松本は語り手の役割を務めるため、聞き手の敬太郎に一連の事件、つまり須永の「出生の秘密」を報告、あるいは告白するだけの位置に甘んずるということに結びつく。単純に考えれば、問題にならないかもしれないが、これこそ問題である。石原千秋は次のように指摘している。

「須永の話」「松本の話」に「署名」はなぜあるのだろう。「署名」は誰に対してなされているのか？　むろん「読者」にである。誰がか？　むろん「作者」であろう。この「署名」は、それぞれの作中人物から言葉を奪い、自らの言説で書いてしまった「作者」の、しかし語っているのは自分ではないのだという、不在の証なのである。「作者」は、自らを消すために現れたのだ。(11)

この評価は、書き手が須永ではなく、松本という語り手を据えることによって、読み手に与える効果をかなり正確に看破していると思われる。敬太郎が作品中に現われてくる場合は、読み手は敬太郎という回路を通じてその情報を受け取ることになるが、「松本の話」には「須永の話」と同様、彼は登場してこない。それで、この話に敬太郎は消えたように見え、物語の内側からはその影が薄いものの、実は物語の外側からテキスト内の聞き手として現存していることは前にも触れた。

ところが、読む側から見れば、敬太郎が立ち去ることによって、その情報を直接語り手から受信しなければならなくなる。ようするに、その瞬間から読み手は、話しの聞き手の役割として反転され、より緊迫した状況に立ち向かわされる。当然書き手の側も、語り手の視点から物語の行為を行なわなければならなくなるはずである。このことは、物語の送り手である作者が聞き手敬太郎を失うことによって、自分自身が情報の交換場に立って、読者とコンタクトをとらざるをえないという危険を孕んでいることを象徴する。

そこで石原の指摘のように、作者は「語っているのは自分ではない」ことを意識的に読者に伝えるため、語る主体として松本という名前を用いている。これは、自分の代わりの語り手を設定し、そこから照らしだすことによって、書き手は参与せず、出来事をより客観的に描写しようとする手法にほかならない。それで松本は、須永と自分の間に起こったことを再話する形で、読者に直接語りかける語る主体であるのだが、語られる事件の主人公は須永であり、松本はこれを見守る特殊な位置に置かれているのだ。いわば、一人称で語る主体を作品世界の事件から分離し、むしろ語られる主体にポイントを当てる技法で、もう一つの須永の物語を松本という名の下で描きあげたわけである。

題名／主体	視点	語り手	聞き手
彼岸過迄に就て	一人称作者	作者	読者
風呂の後	三人称敬太郎	内在	内在
停留所	三人称敬太郎	内在	内在
報告	三人称敬太郎	内在	内在
雨の降る日	三人称千代子	内在	敬太郎
須永の話	一人称須永	須永	敬太郎
松本の話	一人称松本	松本	敬太郎
結末	三人称敬太郎	内在	内在

振り返ってみれば、この作品には作者のいろんな試みが窺える。各短篇を集合させて一つの長編として構成しようとする点、いったん探偵たる人物、敬太郎を通して読者を吸い込み、その謎を説き明かしていく形で物語を展開している点などが前作で見られなかった特徴ともいえる。テクストの言説においても、一人の語り手によって統一されているわけではなく、本人の話を三人称で語るという仕組みになっている「雨の降る日」、一人称の語り手が自分の体験を本格的に一人称で語る「須永の話」、一人称で語りながらも、語り手は事件とは係わりなく、報告するだけの「松本の話」にいたるまで、実にさまざまな方

法がとられている。これをたとえば、前頁の図のように整理してみることもできる。

ここで内在とは、テクストに内在する無人称の作品全体の語り手、あるいは聞き手を指し、作者と読者との関係に置き換えてみてもさしつかえないと思われる。ただし、「雨の降る日」において、敬太郎に語る形式上の語り手は千代子であるが、千代子は三人称で相対化されており、千代子を語る、テキストに内在しているもう一人の語り手が想定される。この図から窺えるように、いかに敬太郎の視点がこの作品の中で重要であるか明らかになっているといえる。後半の視点の移動が目立つが、視点人物から聞き手へと変貌する敬太郎にそって、物語に接していくとそれほど混乱は感じられない。語り手が本格的に出現するにつれて、敬太郎が聞き手に転じ、「雨の降る日」「須永の話」「松本の話」において、つぎつぎに視点が移行するものの、聞き手の視点は敬太郎によって統一されている。近来この作品を論ずる多くの評価が敬太郎を重視する傾向に向かっている事実も見逃すことができない。石井和夫も、「従来この作品における実質的な主人公と目されていた須永市蔵から、狂言回しの役を負う田川敬太郎へと、作品世界を読む視角を変換させる傾向が八〇年代以降の特色である。(12)」と述べている。それはいわば、従来いわれてきた作品の構成的な破綻を指摘するよりは、各短篇を統一的に把握しようとする考察の下に作品を見直していることに繫がる。

移動する視点と反転する語り、しかしこれは、読み手を意識し、「新聞小説として存外面白く讀まれ」るよう創作した書き手の小説技法であるに違いない。いわば、この作品には、自分のことを三人称で語らせたり、一人称で語らせながらも、他に主人公を配置したりすることで、物語を反転させ、作者は参与せず、作品をより虚構化しようとする緻密な工夫がこめられている。むしろ、視点の移動と語りの虚構性があるからこそ、より立体的な構造が出来、多様な読みが可能だし、なおさら面白さが増加していくのである。複数の語り手からいろいろな物語を聞いているような効果がそこには内包されているのである。これによって、読み手は聞き手敬太郎とともにテクストに生きる主体として、物語と具体的にかかわりながら、「冒険」の旅を楽しむことができるのではないか。

註

（1）越智治雄『漱石私論』（角川書店、一九七一・六）

（2）大岡昇平『小説家夏目漱石』（筑摩書房、一九八八・五）

（3）小森陽一「構成」（『読むための理論』世織書房、一九九一・六）

（4）ロラン・バルト「物語行為」（花輪光訳『物語の構造分析』みすず書房、一九七九・十一）

（5）ここで気になるのが、聞き手敬太郎と読み手読者との関係である。敬太郎は、聞き手としての役割を担って登場しているが、各語り手から話を聞いている時には、読者とほとんど変わらない位置にいる。聞き手として忠実に話を聞いていた彼が物語に時々顔を出す場面を除けば、敬太郎はまさに、読者の一人にほかならない。この物語の「コミュニケーションの伝達」場においての特徴は、敬太郎がテキストの表面に現われていない時は、聞き手と読み手の区分を明確にする必要がない点であろう。その場合敬太郎は読み手であっても構わない。逆に読者も、聞き手の立場に立ってこの物語を読んでいくことが可能であり、その事実は、読者もこの場合聞き手であっても構わないわけで、これはこの作品の構造を考えていくのに欠かせない点であろう。

（6）松本寛『夏目漱石』（新地書房、一九八六・六）

（7）山田有策「「彼岸過迄」敬太郎をめぐって」（「別冊国文学　夏目漱石必携II」学燈社、一九八二・五）

（8）内田道雄「彼岸過迄再考」（「古典と現代」一九八七・九）

（9）ローマン・ヤーコプソンは、「言語学と詩学」（川本茂雄他訳『一般言語学』みすず書房、一九七三）において、言語伝達場での構成因子を図式に整理し提示したのであるが、〈言語伝達〉という名をつけた図がそれである。ただ、「メッセージ」の上に「コンテクスト」を、「コンタクト」の下には「コード」を入れなければならないが、説明する必要がないので省略した。〈放送〉、〈作品〉という図は、論者がその〈言語伝達〉の図からヒントを得て書き入れたものである。

（10）ロラン・バルト「物語行為」（花輪光訳『物語の構造分析』みすず書房、一九七九・十一）
（11）石原千秋「語ることの物語」（『解釈と鑑賞』至文堂、一九九一・四）
（12）石井和夫「彼岸過迄」（『夏目漱石の全小説を読む』学燈社、一九九四・一）

第五章 『彼岸過迄』の女性群
――千代子を中心に――

一 子供を持つこと

漱石作品において触れずに通れないものは男女の愛をめぐっての問題である。前期三部作と呼ばれる『三四郎』『それから』『門』でも男女の愛をめぐる問題は不明確で未完成なものであったが、また『彼岸過迄』においてもその影が投影されている。数多くの場面に激しく葛藤し、衝突する須永と千代子の姿が登場するのも、上の事実をよく証明する。ただこれが、この作品には子供の死の前でさえ露骨に描かれているので不思議な感じがする。まずその場面を引用してみたい。

「市さん、貴方本當に惡らしい方ね。持つてるなら早く出して上れば可いのに。叔母さんは宵子さんの事で、頭が盆槍してゐるから忘れるんぢやありませんか」

須永は唯微笑して立つてゐた。

「貴方の樣な不人情な人は斯んな時には一層來ない方が可いわ。宵子さんが死んだつて、涙一つ零すぢやなし」

「不人情なんぢやない。まだ子供を持つた事がないから、親子の情愛が能く解らないんだよ」

「まあ。能く叔母さんの前でそんな呑氣な事が云へるのね。ぢや妾なんか何うしたの。何時子供持つた覺があつて」
「あるか何うか僕は知らない。けれども千代ちゃんは女だから、大方男より美くしい心を持つてるんだらう」
（「雨降る日」七・傍線論者）

いうまでもなく、宵子の死は運命的な不思議な出来事であった。「宵子さんと瓜二つの様な子を拵えて頂戴」と頼む千代子に、「宵子でなくつちや」という言葉を吐く御仙の心境が、いかなるものであるか想像できよう。ところが、骨上げに火葬場に来た須永と千代子は、火葬場の鍵のことで、叔母の御仙の前で自分の立場だけを固執しているのだ。ところで留意したいのは、微妙にも二人が子供の話で揉めている事実である。つまり子供の死の前で子供を生むことを話題にしているわけである。

これをどう解釈すればいいのか。あまりにも残酷であるからだ。平岡敏夫は、「あるか何うか僕は知らない」という文章を引用しながら、「千代子が子供を持った覚えがあるかどうか僕は知らない、といってはばからぬ須永とあわせるとき、千代子（ひいては女性）という存在への漱石の眼に気付かざるをえない[(1)]」と指摘している。まさにこの部分に接してみると、ここには須永の千代子への批判だけではなく、須永を通じて千代子を相対的に見下ろしている作者の視線が込められているように思われる。当然、作者漱石の、「女性という存在に対する不信[(2)]」によるものであろう。しかし、強調したいのは、子供を持つということが非常に不可解なある意味を示しているように受け取られる点である。ようするに、子供についての話題が、単純な二人の葛藤としてのものではなく、秘められている核心に触れているような気がしてならない。特に須永の言葉からそのニュアンスがこく感じられるのだ。結論から見て、須永が千代子に子供を持つことに関して無闇にいうのは、それに対する根強い偏見から起因するのであるに違いない。それは千代子だけに該当する話ではなかろう。明確な母子関係が証明されるまで、子を生むすべての一般女性に該当する話であろう。

「親子の情愛が能く解らない」と洩らしている須永は、物語の展開から想像すれば、この時点においては自分の「出生の秘密」についてまるで知るはずがないように感じられる。その大事な部分は「松本の話」に入って初めて具体的に語られていくからだ。にもかかわらず、なぜこのような僻んでいる言葉を発しているのか。それは「内へとぐろを捲き込む性質」からのものであるに相違ないが、この時の須永の言葉から推測すると、もうすでに彼は自分の出生に関する疑惑を摑んでいるように受け取られる。はたして須永はこの自分の運命的な「出生の秘密」に自覚的であったのか、そしてそれはどのようなものであったのか。

　たしかに「須永の話」の三章には、出生に関わる話が彼の暗い記憶として書き込まれている。その文章は「僕の父は早く死んだ。僕がまだ親子の情愛を能く解しない子供の頃に突然死んで仕舞つた。」と始まっている。ほかならぬそこでの話だが、実は須永は、「父が死ぬ二三日前」「枕元に呼」ばれ、「市藏、おれが死ぬと御母さんの厄介にならなくつちやならないぞ。知つてるか。」と聞かれ、「妙に思」う。また、母からは『御父さんが御亡くなりになつても、御母さんが今迄通り可愛がつて上るから安心なさいよ」と聞かされる。当時、子供であったから須永は、この親の言葉の意味が解らなかったのか。勿論、「親子の情愛」が解るはずはないが、とはいえ、「親」の「子」への情愛を感じることさえできない年齢でもなかったのだ。父の遺言を「妙に思」った彼は、「今迄通り可愛がつて上る」というその母の衝撃的な言葉に己れの出生に対する疑惑を持ちはじめたのではないか。「其時は夫で濟んだが、兩親に對する僕の記憶を、成長の後に至つて、遠くの方で曇らすものは、二人の此時の言葉であるといふ感じが其後次第々々に強く明らかになつて來た」と続く文章に注目せざるをえないからだ。彼は、実際「僕は何故厚い疑惑の裏打をしなければならないのか」と疑問に思い、「母に向つて直に問ひ糺して」見ようともするが、「母の顔を見ると急に勇氣が摧けて」しまうのである。したがって、この時点において須永は、自分の出生に「厚い疑惑」

を抱いていたのであり、それを口に出さないだけであって、自覚的であったのだといえる。むしろ、須永は打ち明けた結果を恐れたかもしれない。「親しい親子が離れ」て暮らすような「残酷な結果を豫想する」こと自体が彼にとっては苦しみであったのではないか。作者は、この時すでに須永の出生に関わる秘密を半分暴露したつもりである。これが「須永の話」の十九章になると、いっそう鮮やかな形で書き込まれている。

是はまだ誰にも話さない秘密だが、實は單に自分の心得として、過去幾年かの間、僕は母と自分と何處が何う違つて、何處が何う似てゐるかの詳しい研究を人知れず重ねたのである。何故そんな眞似をしたかと母に聞かれては云ひ兼る。たとひ僕が自分に聞き糺して見ても判切云へなかつたのだから、理由は話せない。然し結果からいふと斯うである。――缺點でも母と共に具へてゐるなら僕は大變嬉しかつた。長所でも母になくつて僕丈有つてゐると甚だ不愉快になつた。其内で僕の最も氣になるのは、僕の顔が父に丈似て、母とは丸で縁のない眼鼻立に出來上つてゐる事であつた。僕は今でも鏡を見るたびに、器量が落ちても構はないから、もつと母の人相を多量に受け繼いで置いたら、母の子らしくつて嘸心持が好いだらうと思ふ。

（「須永の話」十九・傍線論者）

自分の出生についての疑惑がどれほど彼を苦悩と沈鬱の世界に追い払っているか、明らかになっている。「何處が何う似てゐるか」という須永の自問は、異常な運命を背負っていることへの明瞭な認識なのである。同時に「僕の顔が父に丈似て、母とは丸で縁のない眼鼻立に出來上つてゐる」という須永の自分の外見についての具体的な宣言は、その秘密の種を明かすようなものである。松本からその「出生の秘密」を聞くまでもなく、須永はすでに事件の真相を熟知していると見てよい(3)。彼が偏屈に傾くのもこのような理由からであったであろう。いわばそれは、自己と母との母子関係を疑う「疑惑」からのものであったに間違いない。母子の血縁関係の、「信念の欠乏」に起因する孤独こそ、須永に「退嬰主義」をもたらしたのであり、そのためさらに、内向的な方向に偏って一歩も前進できなかったといえよう。「親子の情愛」の欠落に自覚的であった須永は、自己存在への喪失感に苦悩し、他人との関わりにおいても深い懐疑にとらわれていたのであろう。

だから考えてみると、宵子の骨上げの場面での須永の確執や偏狭な思考も、根本的な彼の問題に立ち戻って照らしだすことによって明確になると思われる。たしかに作者は、子を死なせた親の痛恨の心を書き入れる事を目的に、実際の出来事であったその事件を浮き彫りにしたといえる。「漱石は時に子どもの死や流産を主人公の運命の転機を用意する小説的な仕掛けとして用いている(4)」わけでもある。しかし、同時にここでその子供の死の前で、子供を持つという新しく提示された問題を意識せざるをえない。須永はこの時、母のことを思い出していたのではないか。子供の死の前で、子供を持つことを話題にしていた須永の脳裏には、自分の母子関係についての「疑惑」が深く根を下ろしていたからであろう。

二　千代子の愛

しかし、一方千代子側の確執は須永の持つものとは異なる。千代子のそれは、ひたすら須永との関係から生じるものである。実は千代子の立場からみれば、須永との関係だけに重みを置く必然的な理由はないと思われる。そこには、むしろ千代子の須永への思いを揺るがすような原因が潜んでいたからである。

振り返れば、二人の関係が始まったのは、千代子が生まれた時からである。この時須永の母は、千代子を須永の嫁にすることを申し入れる。

僕が私かに胸を痛めてゐるのは結婚問題である。結婚問題と云ふより僕と千代子を取り巻く周圍の事情と云つたほうが適當かも知れない。（略）

其時僕の母は何う思つたものか、大きくなつたら此子を市藏の嫁に呉れまいかと田口夫婦に頼んだのださうである。母の語る所によると、彼等は其折快よく母の頼みを承諾したのだと云ふ。（「須永の話」五）

田口夫婦が「快よく」須永の「母の頼み」を受け入れたことには、須永の父への恩返しの意味が含まれていたかもしれない。「幅利でも資產家でもなかった」田口に、須永の父は須永の「母の妹」のお仙を「嫁に遣るやうに周旋した」わけであり、田口夫婦は須永の父によって結ばれた一組であるからだ。しかし、須永の「母の頼み」にはただ田口家と縁を結びたいという単純な目的ではなく、「田口の娘と市蔵との結婚によって血縁と家名を維持することを願う」[5]気持ちが込められていたであろう。ようするに、実母のお弓が死んで、継母である自分が、須永には秘密にしながら代わりに実母の役割を務めてきたのだが、父まで死んで、須永家の家門と血統が跡切れになる危うさを感じた彼女は、千代子と市蔵の結婚を企んだのである。この事実は、二人の「絆」が親同士の約束によって作られたものであることを指し示している。だとすれば、千代子の須永への気持ちとは別に、千代子はいくらでも自分の意見を押し通し、須永との関係から逃れる口実を作ることもできよう。親が決めた「絆」とはいえ、心の向かないところに嫁に行くはずはなく、よりよい条件を備えているところへ行くに決まっているからだ。

もう一つは、彼女の父母の田口夫婦が二人の結婚について肯定的な意志を表明しているかという問題である。当時とは状況がだいぶ変わっている。今の田口は、多くの会社も所有しているし、相当な地位も持っている「立派な服装をした老紳士」であるのだ。須永は、「彼等の社會に占め得た地位と、彼等とは脊中合せに進んで行く僕の性格」と彼等の地位と自分の性格を対照している。しかも外見においても、「彼等は第一に僕の弱々しい體格と僕の蒼白い顔色とを婿として肯がはない積らしかつた」と信じている。それが須永の一方的な思い込みではなく、事実であることがそれにすぐ続くお仙との会話の中、そして田口要作との会話の中に見出されている。「結婚問題」を話題にして「市さんも最う徐々奥さんを探さなくつちやなりませんね。」というお仙、「千代子さんの縁談はまだ纏りませんか」と聞く須永に、「何しろ六づかしくつて弱る」と答えた後、「今だから御前に話すが、實は千代子の生れたとき、御前の御母さんが、是を市藏の嫁に欲しいってね—生れ立ての赤ん坊だよ」と付言し、「大きな聲を出して笑」う田口要作から二人の結婚についての承諾は期待できない。

それでは、田口夫婦はそうだとして、千代子の気持ちはどのようなものであったのか。いってみれば、千代子の胸の奥底には須永への厳然たる恋心が存在していたのである。作者は、千代子の須永への「美しい心」が映っている場面を、わざとらしく、まるで千代子の出生直後の親同士の約束を見破るかのような田口夫婦の言動があった後に配置している。それは、千代子の家族が遊びに出て、千代子一人が風邪を引いて留守番をしていた時のことである。そこで、千代子は「咽喉に濕布をして」、「蒼い顔色」で須永に「微笑しながら」「今日は妾御留守居よ」と優しく迎えている。そして「沈んでいる姿」で、須永に「可憐な心」さえ起こさせている。千代子は須永から「優しい慰籍」の言葉を聞いて、「貴方は今日は大變優しいわね。奥さんを貰つたら左ういふ風に優しく仕て上なくつちや不可ないわね」という言葉まで投げ返している。

これをどう解釈すればよいのか。この場面は、須永の結婚相手として「親切な看護婦見た様な女」を推薦する母の言辞を聞いていた千代子が「不意に首を上げ」、いきなり、須永に向かって「妾行つて上げませうか」と口を挟んでいたところを思わせる。それは意外な言い返しであり、須永の「優しい慰籍」の言葉に報ぅ表現としてはあまりにも突発的な発言として感じられる。

が、「奥さんを貰」うことに飛躍させてしまう彼女の念頭には、須永の結婚問題が根を下ろしていたのではないか。須永の結婚問題の話題に口を挟んだり、それに敏感な反応を見せていた千代子はそのことに意識的であったといえる。なぜなら実は、その裏には千代子の孤独感が存在していたからである。千代子は、自分のことでありながら、その縁談のうわさからはいつも遠くの位置に置かれていた。自分の意志を貫徹してみるほどの出来事はなかったが、あったとしても、それが彼女に委ねられたとはとうてい思われない。その上に、推察してみると、彼女は、自分の出生後親同士の約束があったにもかかわらず、そのことへの成り行きが思う通りに進んでいかないのを見守っていたはずである。ところが、須永は自分との関係に曖昧な態度だけで一貫してきたのである。いかに彼女の感情がもつれて、わだかまりが残っていたか想像できる。「千代子の珍しい孤独の姿」[6]の影には、そのような要因が潜伏していたのであろう。他方、その「千代子の珍しい孤独の姿」が、「千代子さんの縁談はまだ纏まりませんか」という須永の問いかけと、親同士の約束についての田口の図々しい弁解の場面の後に来ることに留意したい。作者はそれを対照的に描くことによって、いっそう「美しい」千代子の恋心を引き出しているのだ。田口の弁解に須永の心は「千代子を貰はない方へ愈傾いた」のであり、彼の前に優しい千代子を立たせているわけである。

たしか「大變優しいわね」とは、須永だけではなく、この時の千代子にも聞かれるべき言語であると思われる。前の文章を読んでみるかぎり、千代子が風邪を引いたとはいえ、自分の胸から出る強い性情で相手に迫っていくような態度は見つからない。その優しさを、千代子の須永への思いやりとでも呼べるほどのものとして受け取られても差し支えなかろう。千代子の思いやりは、ついに千代子に「無愛嬌に振舞つても差支ない」と思ってきた須永を「自分が惡かつたと後悔」させている。

二人は殆んど一所に成長したと同じ様な自分達の過去を振り返つた。昔の記憶を語る言葉が互の唇から當時を蘇生らせる便として洩れた。僕は千代子の記憶が、僕より遙かに勝れて、細かい所迄鮮やかに行き渡つてゐるのに驚ろいた。彼女は今から四年前、僕が玄關に立つた儘袴の綻を彼女に縫はせた事迄覺えてゐた。

（「須永の話」九）

ここで二人は、ともに過去を回想しているが、須永の「昔の記憶」が漠然である反面、千代子のそれはより鮮明である。この時の須永の感情は、風邪を引いている彼女への「可憐な心」から出る一時的なものかも知れないが、前で述べたように千代子の感情はより根源的なところから出るものであるのだ。いわば、それは「千代子の中にある須永との結婚の願望」(7)とでもいうべきところから発散されている。いよいよ彼女は、「妾貴方の描いて呉れた畫をまだ持つててよ」と告白する。子供の時、須永から描いてもらった「畫」を大事に保管してきたということは、須永への愛の告白にほかならない。千代子にとって、その「畫」は、二人だけの持った過去時間の象徴なのである。彼女の心中には、二人の愛情の絆を再確認しておきたいという強い願望が働いていたのではないか。彼女は直接「見せて上ませうか」といい、その「畫」を持ち出してくる。『それから』での代助と三千代は「白い百合」を通じて「自然の昔」に帰るのだが、ここでは「畫」を通じて二人が過去を想起しているのだ。もちろん、ここには「畫」を見せる女千代子と、「畫」を見せられる男須永の構図が成立するのであり、「白い百合」を持って告白する側が代助である『それから』とはその内実が違う。この作品では、代助の役割を千代子が、三千代の役割を須永が任じているのである。それゆえ、惜しいことに「僕の存在には貴方が必要だ。何しても必要だ」という代助の積極性どころか、愛情の言葉さえ須永には見出されていない。それより女側の働きかけが目立つほどである。

たとえば、千代子はその「畫」を「妾御嫁に行く時も持つてく積よ」と聞かせ、「悲しい氣分」になって、「何時頃嫁に行く積か」と確認に迫る須永に、「もう極つたの」と嘘をついて彼を驚かせる。そしてそれによってようやく須永は千代子への愛を自覚するのである。

千代子の嫁に行く行かないが、僕にどう影響するかを、此時始めて實際に自覺する事の出來た僕は、それを自覺させて呉れた彼女の翻弄に對して感謝した。僕は今迄氣が付かずに彼女を愛してゐたのかも知れなかつた。或は彼女が氣が付かないうちに僕を愛してゐたのかも知れなかつた。(「須永の話」十)

「須永と千代子の二人の間における愛の意識の覚醒の瞬間だ(8)」と解釈しても差し支えはないであろう。ただ、千代子の立場に目を配ってみる時、やや誤解の余地が残るのではないか。つまり、「愛の意識の覚醒の瞬間」という表現に当てはまる側は須永の方である。須永は「今迄氣が付かずに彼女を愛してゐたのかも知れな」いが、千代子は須永を愛してきたのである。その愛を須永に刺激し、覚醒させているのが千代子である。ここに至るまでの過程においても、須永の感情は、風邪を引いている彼女への「可憐な心」から出る一時的なものから始まったかも知れないが、上述したように、千代子の感情はより根源的なところから出るものであったのだと考えられる。したがって、千代子の愛は、けっして「自分の氣分と自分の言葉が、半紙の裏表の様にぴたりと合つた愉快を感じた覺が唯一遍ある」ような性質を持つものではなかったといえよう。「直覺的に相手を目當に燃え出す」ようなものであっても、「純粋な塊まりが一度に多量に飛んで出る」ようなものであっても、「學問や經驗」に依存するものではなかったのである。しかし、須永は考えて、また考えるだけであった。そこに千代子の孤独と淋しさが潜んでいたわけである。

三　千代子の問題

それが、須永との関係においてついに千代子の意地として現われてくる。二人の愛が成就されないのも、一歩も譲らない二人の固執によるものであり、そこにまたこの作品の持つ男女関係の構図が垣間見られるのである。したがって作者は、二人の食違いをひたすら須永から起こった問題としてはしていないのである。とうぜん、千代子の問題も浮き彫りにしているわけである。

この節では、須永の言葉尻をとらえて難癖をつけたり、子供の死を悲しがっているお仙に、「宵子さんと瓜二つの様な子を拵えて頂戴。可愛がつて上げるから」と無邪気にいった千代子の問題はどのようなものであるか検討してみたい。「須永の話」の十一章には、千代子への次のような評価が載っている。

口の悪い松本の叔父は此姉妹に渾名を付けて常に大蝦蟆と小蝦蟆と呼んでゐる。二人の口が唇の薄い割に長過る所が銀貨入れの蟇口だと云つては常に二人を笑はせたり怒らせたりする。是は性質に關係のない顔形の話であるが、同じ叔父が口癖の様に此姉妹を評して、小蟇は大人しくつて好いが、大蟇は少し猛烈過ぎると云ふのを聞く度に、僕はあの叔父が何う千代子を觀察してゐるのだらうと考へて、必ず彼の眼識に疑を挟さみたくなる。（「須永の話」十一）

須永の口から洩れている話だが、当事者の須永からではなく、第三者である松本からの言葉であるだけにより客観的に受け取られる。安藤久美子が「須永の意識界にある千代子と現実存在の千代子は異なるのである。(9)」と述べているのも、千代子への評価が須永だけの視点によって規定された方向に傾く危険性を牽制しての意図からであろう。いわば、松本は、千代子の妹の百代子を「大人しくつて好い」と評しながら、千代子を「少し猛烈過ぎる」と断言している。松本は、須永との関係が進展しないのも、千代子にその「猛烈過ぎる」点があるがゆえだと思っていたに相違ない。後の「松本の話」において、松本は須永と千代子との関係を、「彼等は離れる爲に合ひ、合ふ爲に離れる」「氣の毒な一對」と見て、それは「宿命の力」によるものであることを強調するに至るが、二人の関係が結ばれず、平行線にとどまっているものとして描かれている背景には、「猛烈過ぎる」ほど遮二無二突進する女性と、それに適切に対応できない男性が激しく対立している姿が書き留められているのだ。

「小川町の停留所」での松本との待ち合わせの場面からも彼女の性格の断面が読み取れる。その性格を松本はよく承知していたわけで、四時半の待ち合わせの時間を守らず、一時間半も彼女を待たせ、六時になって現われる。千代子との待ち合わせの時、千代子の父の田口の企みがあることに無知な松本としては、実は一時間半も待たせる理由はなかったのである。一時間半も待たせられたのに、「だつて餘まりだわ。斯んなに人を待たして置いて」と一言で済ましている彼女は大人しくさえ感じられる。しかし、「猛烈過ぎる」彼女の性格は異論の余地なく、料理屋での二人の会話であらわになっている。


「今夜は不可ないよ。少し用があるから」

「何んな用?」

「何んな用つて、大事な用さ。中々さう安くは話せない用だ」

「あら好くつてよ。妾ちやんと知つてるわ。——散ざつぱら他を待たした癖に」（略）

「何しろ今夜は少し遲いから止さうよ」

「些《ち》とも遅かないわ。電車に乗つて行きやあ直ぢやありませんか」(「停留所」三十二)

もちろん、千代子が叔父の松本にねだっているのは、松本がお歳暮として指輪を買ってやるということを父から聞いたからである。しかしそれは、就職の世話を頼む敬太郎に、松本の行動を探偵して報知するように命じることを目的に、松本と千代子を会わせるための口実であった。ようするに田口の意図的なわざであったのだ。実は、田口は松本に自分の娘に指輪を買ってやることを頼んだこともなければ、松本も千代子に指輪を買ってやると約束したこともない。そこで、松本の方は前後の事情が分からない状態であり、千代子は父から騙されていると思うどころか、指輪を買ってもらえると信じている。とはいえ、あまりにも必死に迫ってくる千代子を松本は認めないわけにはいかない。結局、「強い感情」で一度に要求してくる彼女の性情が松本を屈服させてしまう。千代子の性格が分かる松本はせがんでくる千代子に、指輪は買ってやらないものの、自分の持っている「珊瑚樹の珠」をやる約束をするに至る。「ぢや行かなくつても可いから、あれを頂戴」と、またいいだす千代子に、ついに「そんなに欲しけりや遣つても可い」と自分のものを渡すことにする。このような千代子が松本に大人しく、しかも女らしく見えるはずがない。「遣るには遣るが、御前あんなものを貰つて何する氣だい」と聞く松本に、「貴方こそ何なさるの。あんな物を持つてゝ、男の癖に」という彼女の応酬は呆気に取られるほどのものであったであろう。

しかし、これに対して須永は、「叔父が何う千代子を觀察してゐるのだらうと考へ」、松本の千代子への見方を疑っているわけである。かえって、須永は「天下の前にたゞ一人立つて、彼女はあらゆる女のうちで尤も女らしい女だと」思っているのだ。それは女らしさに対する相互認識の差である。須永が千代子を、「尤も女らしい女だ」と思い込んでいるのは、他の理由ではなく、彼女がその真率で純粋な感情の持ち主であるからにほかならない。松本とは正反対に、千代子のそのところに惚れ惚れになっているわけである。すなわち、松本には「猛烈過ぎる」のが女らしくないかも知れないが、須永には「猛烈過ぎる」のが「餘り女らしい」のであり、彼は、千代子が「猛烈過ぎる」理由を、「優しい感情に前後を忘れて自分を投げ掛けるからだ」とまで見做しているのだ。

　それではなぜ須永にとって、千代子は結婚相手としては適任者ではないのか。「千代子を妻にするとしたら、妻の眼から出る强烈な光に堪えられないだらう」と須永は思い込んでいるからである。その「强烈な光」とは「怒を示す」のではなく、彼女の持つ「美しい天賦の感情」を指すのであろうが、彼女の持つ「强烈な光」を彼は恐れているのである。それに惹かれながら、それを受け入れることができないという自己矛盾が彼に内在していて、「僕の所へ嫁に來れば必ず殘酷な失望を經驗しなければならない」と思っているのだ。須永のいう「殘酷な失望」とは社会で通用する男性としての役割を諦めることである。須永は実際、「彼女は、頭と腕を擧げて實世間に打ち込んで肉眼で指す事の出來る權力か財力を攫まなくつては男子でないと考へてゐる。」というふうに決め付けているのであり、だからこそ彼女を「妻として」「不都合」に思っているのである。「根本的な不幸」を持って生まれた男としての人物設定ということを念頭に置かずに、彼の結婚相手としての選択基準を考えるなら、須永は女との関係に弱々しい自信欠如の人物にほかならない。

　一方、内田道雄は、千代子の「変貌は須永が「大学の三年から四年に移る夏休の出来事」（鎌倉事件）にはじまった[10]。」と述べているが、その「変貌」の意味は須永から「純粋な女」、「女らしい女」として見做されてきた彼女が、「技巧《アート》」の女に変ることを指し示すであろう。漱石の描く女は、相手の男が男らしくなく、弱っている時、働き掛ける手段として「技巧《アート》」を持って振舞い始める。とうぜんそこには競争者として、その相手の男を刺激するほどの立派なもう一人の男が登場してくるが、女はその男性を利用するに至る。あやふやな須永の態度に失望を経験したはずの千代子も、高木という男の出現を転機に変貌していくのだ。

　しかし、それが問題である。千代子はなぜ「技巧《アート》」の女として変貌しなければならなかったのかということである。いうまでもなく、普通男には、攻撃性・競争心・支配欲などの本性が付き纏うし、女には優しさ・受動性・依存性などの本性が付き纏うという。ところで、ここで見逃してはならないのは、漱石の描く男にはその徳目が欠けていて男らしさが見えない反面、女の場合は、いくら積極的な登場人物の女にしても、与えられている女としての規範を乗り越える姿としては描かれていない点である。それでその女は、相手に強い感情を持っていながらも、事件を解決するほどの能動的な行為は見せず、相手の男に「技巧《アート》」で迫っていくわけである。考えてみれば、男性と女性はそれぞれの本来の特性が決まっているが、時には男性が女性らしい、女性が男性らしい役割を果たすこともある。実際女らしい男もいれば、男らしい女もいるからである。だが、漱石は、女らしい男は許していながら、男らしい女は許していなかったのである。つまり、作者は「劇烈な競争を敢てしなければ思ふ人が手に入らないなら、

a

男女の葛藤問題（発信者 sender）	→ 愛（対象 object） →	須永（安定）（受信者 receiver）
千代子の純粋さ（助力者 helper）	→ 須永（苦悩）（主体 subject） ←	千代子の技巧（妨害者 opponent）

b

男女の葛藤問題（発信者 sender）	→ 千代子（対象 object） →	須永（安定）（受信者 receiver）
須永の母（助力者 helper）	→ 須永（苦悩）（主体 subject） ←	高木（妨害者 opponent）

僕は何んな苦痛と犠牲を忍んでも、超然と手を懐ろにして戀人を見棄てゝ仕舞ふ」と思う須永を始終傍観的な視線で見下ろしながら、女性の、もう一つの「ある方面の性質」を千代子には認めようともしなかったのである。それが、他者女性を描く上での作者の限界だったのである。

したがって、千代子の能動的な性向は彼女の「技巧《アート》」から引き出される。漱石はこの女性の持つ「技巧《アート》」を巧みに描きだしている。さらにしいていえば、漱石は、女性の「聖性と悪魔性との二面」(11)を描くのに達者な作者であったといえよう。漱石の描く女性

の二面性をA. J. Greimasの行為者模型[12]を通して図式化してみると前頁のようになる。

この行為者模型は、小説の基本構造を人物に焦点を当て、人物の行為を善と悪に区分して分析する時、有用なものとして用いられる方法である。ここでの「発信者」の意味は、作品での主題のように、書き手の作家が作品を通して読み手の読者に伝えたいものだから、「男女葛藤の問題」という名を付けておいた。そして、須永が千代子との関係において、「助力者」たるものとして受け取られるのと、「妨害者」たるものとして受け取られるのを区分してみた。aでは、千代子個人の内部的な性向を善と悪に分け、「千代子の純粋さ」を善として「千代子の技巧」を悪として設定したが、それらが彼女一人の内面で対立しているということに気付く。それは、受動的で女らしい性格と欲望に満ちている能動的な性格の対立でもある。千代子の内面を観察してみると、彼女が変貌し、「技巧《アート》」を持って振舞うのは、あくまで須永から男らしさを引き出すためである。が、須永は、千代子の「純粋さ」に惚れていたのであり、彼女が変貌し、「技巧《アート》」で振舞う時は、むしろその恋心を諦めてしまうのである。もし、千代子が「高木を媒鳥に」須永を「釣る積」であったなら、その狙いは何であったか想像できるのだ。

これに対し、bでは、別人が須永の「助力者」、「妨害者」として登場する。千代子を対象に、高木と競争しなければならない須永にとって、「妨害者」はその高木であるし、その助力者は須永に千代子との結婚を粘り強く勧める彼の母にほかならない。「あなた夫程高木さんの事が氣になるの」と千代子は聞くが、須永にはただ気になる相手に過ぎないだけではなく、まさに「妨害者」なのである。「貴方は卑怯だ」という彼女に「何故」ととぼけているのも、「妨害者」の高木という存在を意識しての答えであろう。ついに千代子は、「貴方は妾を……愛してゐないんです。つまり貴方は妾と結婚なさる氣が……」という告白をすることになり、千代子の能動的な性向がいっそう高まって、女性の持ちにくい「ある方面の性質」が現われたといえなくもないが、千代子の須永への告白とはいえ、その内実を垣間見ると、高木に嫉妬することを苛めるようなものであり、須永の心はまったく動く気色を見せない。

千代子が迫ってくればくるほど、須永の〈頭《ヘッド》〉は自分の〈胸《ハート》〉を押さえ付けてばかりしているのだ。「高木さんは紳士だから貴方を容れる雅量が幾何でもあるのに貴方は高木さんを容れる事が決して出來ない。卑怯だからです」という千代子の言葉は、須永に決定的な傷をつけてしまう。「須永が高木に激しく嫉妬するのは、自分には男らしさが欠如しているという自覚からである。[13]」という指摘からも窺えるように、それこそ須永にとって、もっとも辛いところであったのだ。彼の指向は、千代子のその純粋さのほうに向いていたのだが、事件の成り行きはその方向に向かわず、結局二人の関係は一歩も前向きに発展しないのである。

四　小間使いの作

高木に激しい嫉妬を感じながらも、競争心を持つのを恐れる須永は一人で鎌倉から東京の自宅へ帰ってしまう。この時須永は女性としての作を発見するのである。

　鎌倉から歸つて、始めてわが家の膳に向つた時、給仕の爲に黒い丸盆を膝の上に置いて、僕の前に畏こまつた作の姿を見た僕は今更の樣に彼女と鎌倉にゐる姉妹との相違を感じた。作は固より好い器量の女でも何でもなかつた。けれども僕の前に出て畏こまる事より外に何も知つてゐない彼女の姿が、僕には如何に愼ましやかに如何に控目に、如何に女として憐れ深く見えたらう。（「須永の話」二十六）

鎌倉での一日は須永にとって一年のようなものであったと思われる。海へ同行しようと千代子に誘われるが、高木を意識し断ってしまう須永は、「相變らず偏窟ね貴方は。丸で腕白小僧見たいだわ」と千代子に罵られ、「激烈な競争」を強いられたわけである。「男には理解できない基準で、男が女に選ばれることほど、男にとって恐ろしいことはありません(14)」という指摘からも窺えるように、須永の主体性がいっぺんに崩れてしまう事件であったといえよう。

さて、須永が帰ってきた東京の自宅はこの時どのようなところであるのか。まさに安らぎの場所にほかならない。同時に小間使いの作の態度が、須永にどれほど慰安を与えているものであるか予測できよう。須永にとって、それはけっして女性の「器量」や身分などの基準から得られるものではなく、いってみれば「尤も女らしい」品性から獲得できるものであるに違いない。彼女は、「不人情」を攻める毒説も出さなければ、人を翻弄する巧妙な手際も持っていない。作はこの時、須永に「純粋」、そして「美しい心」を持っている一人の女性として写っている。

山田輝彦は、「千代子にはそういう緊張を強いる何かがある。その千代子と対照的に温かく描かれるのは、「一筆がきの朝貌」にたとえられる小間使の作である。(15)」という。もっともな指摘だが、「前後を忘れて自分を投げ掛ける」「恐ろしい事を知らない女」千代子に比べると、作は須永にとって母のようなしなやかな女であるのだ。

僕が作の爲に安慰を得たと云つては、自分ながら可笑しく聞こえる。けれども今考へて見ても夫より外の源因は全く考へ付かない樣だから、矢つ張り作が――作がといふより、其時の作が代表して僕に見せて吳れた女性のある方面の性質が、想像の刺激にすら焦躁立ちたがつてゐた僕の頭を靜めて吳れたのだらうと思ふ。

（「須永の話」二十六）

まさにこの時点において須永に必要なのは、この「女性のある方面の性質」にほかならない。それを作は具えているわけである。思えば、漱石の作品には千代子のような「技巧《アート》」を持って振舞う女性がしばしば登場する一方、純粋で落ち着きのある故郷のような女性が登場する。そして前者の女性は紛れもなく、他者としての女性との関係において、「とぐろを捲き込む」自我中心の須永のような性格の男性を煩悶の淵に沈めてしまう。これに対し、後者の女性はときには慰めたり、ときには救いの手を差し伸べたりしながら古風で大人しい姿を一貫して見せるのだ。たとえば、『坊っちゃん』の「清」も作と同じく後者に属する人物である。それに身分も変わらない。ゆえに、「清」にも、「女性のある方面の性質」を見出すことができるわけだが、そこで「清」は「親譲りの無鉄砲」の「おれ」を疎外しない唯一の人物として描かれている。「おれ」にとって、「清」は単純な小間使いの存在にとどまっていない。「親子の情愛」の欠落からくる「おれ」の淋しさを埋め、現実社会の不条理に対抗していく「おれ」の精神的な柱としての役割を任じているのだ。

したがって、後者の女性はけっして自らその男性に働きかけていかない。漱石作品における後者の女性は身分の制約だけではなく、古風な性格のために相手を選択するという観念の下で異性に近寄ることができない。だが、ここで見逃したくないのは、その部類の女性側の意向はどうであれ、二人の関係が規定された社会規範を乗り越えられる可能性を提示しているかのように描かれている点である。考えてみると、『坊っちゃん』での「清」の遺言も読者の想像に刺激を与えるに足りる。祖先の墓地に埋めてくれることを「おれ」に頼み、「おれ」が墓参りにくるのをその墓地の中で楽しみに待っているというのだが、「清」の「おれ」への美しい愛の告白の場面であると読めなくもない。ここには死後の世界であるといえ、二人の愛の結合を試みる「清」の積極的な意志が表現されているのだ。

『彼岸過迄』においては、それが須永と作のやりとりとして書き留められている。須永は「珍らしく彼女に優しい言葉を掛け」、そして「年は幾何だ」と聞き、これに対し、彼女は、「十九だと答へ」「赧い顔をして下を向」く。それから、須永が「二階に上つて書架の整理を始めた」時、「作は時ならない拂塵の音を聞き付けて、梯子段から銀杏返しの頭を出」す。その後須永は、「ゲダンケ」という小説を読んで、「千代子の見てゐる前で、高木の脳天に重い文鎮を骨の底迄打ち込んだ夢」から目を覚まして次のように思う。

> 僕は僕の前に坐つてゐる作の姿を見て、一筆がきの朝貌の様な氣がした。只貴とい名家の手にならないのが遺憾であるが、心の中はさう云ふ種類の畫と同じく簡略に出來上つてゐるとしか僕には受取れなかつた。作の人柄を畫に喩へて何の爲になると聞かれるかも知れない。深い意味もなからうが、實は彼女の給仕を受けて飯を食ふ間に、今しがたゲダンケを讀んだ自分と、今黑塗の盆を持つて畏まつてゐる彼女とを比較して、自分の腹は何故斯う執濃い油繪の様に複雑なのだらうと呆れたからである。(「須永の話」二十九)

思えば、須永は父と小間使いとの間に生れた不幸な子である。須永の実母は小間使いであったのだ。確実に遺伝因子は親から子へ伝わっていくものであろう。たとえば、須永の父の跡を継ぎ、須永が作と結ばれることがあるなら、小間使いの作も須永の子を生む可能性が生じてくる。その場合、「一筆がきの朝貌」に例えられている作は、お弓の生き返った存在[16]になる。「彼女がもしも「先の見えない程強い感情が一度に胸に湧き出」し、その「感情に前後を忘れて自分を投げ掛ける」ような女であった時には、家庭の中も決して安全ではないことに気付いている漱石は、須永の出生がそうしたことの結果であることをにおわせた上で、須永に女性は恐るべきものであるという意識を出生以前に与えると共に、「何より先に結果を考えて」しまうが故に積極的に行動し得ない人間として設定した[17]」というなどの説がこの部分で詳しく触れられている。この説と筋は変わらない。ただ、漱石が「須永に女性は恐るべきものであるという意識を出生以前に与え」ようとしたのかと考えてみる時、疑問は残る。なぜなら、小間使いの作の前での今の須永は、けっして「恐れる男」ではないからである。むしろ、この時の作者は、作を女性として須永の前に立たせているわけで、須永が自分の「出生以前」の経過を作と共に探っていく可能性を読者に暗示しているのだ。それゆえに、「積極的に行動し得ない人間」とは、「小間使の腹から生れ」、小間使いの前に立っている現在の須永には適切な表現ではない。この時こそ、「積極的に行動し得」る須永の姿が想像できる。この説は須永と千代子との関係を想定し、考えていく場合、より当て嵌まるであろう。

こう考えていく時、作のごとく、須永の実母の小間使いのお弓も、彼の父には「一筆がきの朝貌」のように見えたのではないかと推測される。須永の父もたしか、小間使いのお弓の前で、「自分の腹は何故斯う執濃い油繪の様に複雑なのだらう」と呟いていたはずである。確実にいえることは、それがすべての人間から合理的に認められたものではなく、社会的道義を越えた閉鎖的な関係上に成り立っていたものであるということだ。『門』では「大風は突然不用意の二人を吹き倒した」と書いてあるが、ここには何一つ露骨な表現は見つからない。しかし、須永の父と小間使いのお弓との関係を想定するなら、彼らもこのような過程を踏んでいたに違いない。いわば、運命的な巨大な力に身を任せていたのではないか。彼らはもう一組の宗助と御米にほかならない。いってみれば、「不徳義の男女」であるのだ。それゆえ、二人は過去の痕跡に付きまとう「結核性の恐ろしいもの」を背負って生きていかなければならないのだが、ここでは私生児だけを残して死んでしまう。そしてその実母の役割を義母が務めながら、その「出生」に関わる隠密な部分は秘密にしておくというふうに描かれているのである。したがって、この作品には須永の実母に関する話はあまり書かれていない。作者はこれを十分に意識していて、小間使いの作を、激しい嫉妬に追い遣られて一人で帰京した須永の前に出現させ、読者の想像を刺激するとともに、須永の「出生の秘密」をも暗示しているのだ。小間使いの作を読むことによって、彼の実母のお弓の物語に遡ることができるのである。

註

（1）平岡敏夫「「彼岸過迄」論」（『漱石序説』塙書房、一九七六・十）

（2）同註（1）

（3）金正勲「彼岸過迄の方法」（「専門技術研究四輯」全南専門大学、一九九五・一）で論者は、小森陽一「構成」（『読むための理論』世織書房、一九九一・六）での文章を引用したことがあるが、推理小説的構成においては、作家はいうまでもなく、登場人物さえもその「事件の真相」を知っており、その事件がその通り起こってくるということを指す。

（4）三好行雄「子殺し」（三好行雄編「別冊国文学　夏目漱石事典」学燈社、一九九〇・七）で三好は、宵子の死に触れ、「『彼岸過迄』（明四十五）の「雨の降る日」、宵子の死は実生活の事実（五女ひな子の急死）だったとしても、この章の低音部に痛切な漱石の肉声は、語り手の交替という形で、物語性の枠組み自体を瓦解させた。」と述べながらこう付け加えている。

（5）内田道雄「『彼岸過迄』再考」（「古典と現代」五十五号、一九八七・九）

（6）熊坂敦子『夏目瀬石の研究』（桜楓社、一九七三・三）

（7）大竹雅則『漱石その遐なるもの』（おうふう、一九九九・四）

（8）松元寛『夏目漱石―現代人の原像』（新地書房、一九八六・六）

（9）安藤久美子「彼岸過迄」（「解釈と鑑賞」五十五巻九号、一九九〇・九）

（10）内田道雄『夏目漱石―『明暗』まで』（おうふう、一九九八・二）

（11）相原和邦「原体験としての女」（「国文学」学燈社、一九八九・四）

（12）Robert Scholes『文学と構造主義』（セムン社、一九八七）のこの行為者模型では、登場人物に与えられている役割を主体、助力者、妨害者、発信者、対象、受信者の六つのものに分けて提示している。作品を単純化するおそれはあるが、主要人物を善人と悪人の二つの類型に区分して、その行為に注目しようとする時よく使われている。

（13）工藤京子「彼岸過迄」（『漱石がわかる。』朝日新聞社、一九九八・九）において工藤は、須永が高木に嫉妬している理由をこう述べながら、「須永が「卑怯」なのは、小森陽一氏が指摘しているように、一般的な男らしさ（ひきしまった筋肉、血色のよさ、社交性など）の基準で千代子が高木と須永の優劣を比較していると思い込み、直接千代子の判断をあおぐことをしないからだ。」という見解を示している。

(14) 小森陽一『漱石を読みなおす』（筑摩書房、一九九五・六）

(15) 山田輝彦『夏目漱石の文学』（桜楓社、一九八四・一）

(16) 平岡敏夫には、「「彼岸過迄」論―青年と運命―」（『漱石序説』塙書房、一九七六・十）という論があるが、そこで平岡は「そうだとすると、彼はまた父の轍を踏むことになる。父と女中との関係が、別な形で、こんなところに匂わせられていると見るのは、考えすぎであろうか」という（吉田精一「『漱石全集第九巻』解説」一九六一、角川書店）の見解を引用しながら、「作はお弓の残像であろう。」と述べている。それを「作は、お弓の生き返った存在」であるという表現に置き換えてみても差し支えなかろう。

(17) 片岡懋『夏目漱石とその周辺』（「新典社研究叢書二十一」新典社、一九八八・三）

第六章　『行人』試論
――不幸な夫婦・男女の群れ――

一　諸説の検討

『行人』は、「友達」「兄」「帰ってから」「塵労」という四つの短篇を連ねて一つの長篇にした作品である。形式的に新しい方法が試みられた前作『彼岸過迄』に続いての二作目に当る作品である。『彼岸過迄』の中では、須永と千代子が激しく対立、相克する姿が赤裸々に描かれていたが、この作品でも「他者の不可解性」(1)や「性の争ひ」の問題が提示されている。ただ『行人』では、それが未婚の男女間だけの葛藤としてではなく、夫婦関係の中での「両性相克の悲劇」(2)としても現われてくるのだ。よく観察してみれば、この作品には一郎とお直夫婦を始め、岡田とお兼夫婦、佐野とお貞組、三沢と「あの女」との関係に至るまで様々な夫婦ないし男女が登場し、結婚生活の断面や結婚に至るまでの過程、または「性の争ひ」の「暗闘」の場面が詳細に照らし出されているが、この作品の持つ特徴ともいえよう。

しかし、ここで問題なのは、夫婦・男女関係といえども、一郎夫婦を除いて、岡田とお兼夫婦や佐野とお貞組の見方への意見がすべて一致するわけではないという点である。たとえば、「これらの結婚はすべて」「極めて手軽に結ばれたものである」(3)が故に、「危い網渡りをしているようなもので、一つまちがえば結婚に破れた狂女の場合を生む危険をともなっている」という見解がある反面、「物事を深刻に考えない故に平穏な「幸福」（五）が保証されている岡田・お兼夫婦の場合、少なくともその幸福は作品の終幕まで破綻する兆は見えない。[4]」あるいは、「岡田夫婦のみならず、結婚後のお貞と佐野の生活もまた、「両性の冷たい相克」とは無縁であることが判明する。[5]」という意見もある。つまりこの問題は、一郎夫婦以外の周辺の夫婦・男女関係をどのように把握していくかということであり、それは、彼の周辺の夫婦・男女関係を幸せなものとして受け取るかどうかの意味に結びつく。もし作者が、一郎夫婦の不幸な結婚生活を浮き彫りにするため、周辺の夫婦・男女関係を対照的に描こうとしたのであれば、周辺の夫婦・男女関係はとうぜん幸せなものとして映るはずであり、他方、一郎夫婦の不幸な結婚生活を暗示するための伏線として描こうとしたのであれば、それは不幸な兆しを見せるものとして映るはずであろう。

はたしてどちらの意見がより正確であろうか。本稿では一郎夫婦の周辺の夫婦・男女関係に注目し、この問題の解明を試み、それが一郎夫婦の不幸を浮き彫りにするための前兆であったと確認するとともに、結局、その問題が『行人』の主題にどう関わっていくのかを考えてみたい。

二　岡田夫婦・その不幸への兆候

岡田は、二郎の目に極めて平凡に映る人物として描かれている。「酒精に染められた」「四角な顔」を持っている彼は、長野家で書生をしていたが、高商を卒業し、二郎の父の世話で大阪の保険会社に入社、その一年後にお兼と結婚している。一方、岡田の妻お兼も、二郎の父と繫がりを持っている。二郎の「父が勤めてゐたある官省の屬官の娘で」あり、「器量は大程でもないが、色の白い、皮膚の滑らかな、遠見の大變好い女」である。同時に「態度は明瞭で落付いて、何處にも下卑た家庭に育つたといふ面影は見え」ない女性でもある。この二人に二郎の「父と母が口を利いて、話を纏めて遣つた」のである。

二郎の目に映る岡田夫婦は幸福に見える。実際二郎は、お兼が「薄化粧をして」、「お酌を」しながら「時々は團扇を持つて自分を扇いで呉れ」、「自分は其風が横顔に當るたびに、お兼さんの白粉の匂を微かに感じ」、「岡田君は何時も斯うやつて晩酌を遣るんですか」と羨ましく彼女に聞くのである。まさに、彼らは幸せな一組の夫婦であるのか。だが、けっして次の場面を見落とすことができない。

「君とお兼さんとは大變仲が好いやうですね」といつた。自分は眞面目な積だつたけれども、岡田にはそれが冷笑のやうに聞えたと見えて、彼はたゞ笑ふ丈で何の答へもしなかつた。（略）

少時してから彼は今迄の快豁な調子を急に失つた。さうして何か秘密でも打ち明けるやうな具合に聲を落した。それでゐて、恰も獨言をいふ時のやうに足元を見詰ながら、「是であいつと一所になつてから、彼是もう五六年近くになるんだが、どうも子供が出來ないんでね、何ういふものか。それが氣掛で……」と云つた。

（略）

「結婚すると子供が欲しくなるものですかね」と聞いて見た。

「なに子供が可愛いかどうかまだ僕にも分りませんが、何しろ妻たるものが子供を生まなくつちや、丸で一人前の資格がない様な氣がして……」（略）

するると岡田が「それに二人切ぢや淋しくつてね」と又つけ加へた。

「二人切だから仲が好いんでせう」

「子供が出來ると夫婦の愛は減るもんでせうか」（「友達」四）

岡田の、子供を持つことへの切なる願いが込められているだけではなく、お兼が子供を生まないことを、彼がどれほど気にしているかがよく示されている。岡田の言葉によると、子供を生まないお兼は「一人前の資格がない」女である。つまり岡田は、妻お兼と自分を「仲が好い」円満な夫婦として思ってはいない。「君とお兼さんとは大變仲が好いやうですね」と聞く二郎に、「どうも子供が出來ないんでね、何ういふものか。」と返事する岡田は、「仲が好い」夫婦の条件として子供を持つことを念頭においているのだ。夫婦になった以上、子供がいればこそ、幸せな夫婦であると思い込んで、子供を持つことを幸せな夫婦の前提にしている彼は、幸せどころか「淋しく」さえ感じている。それではお兼はどう思うか。


「奥さん、子供が欲しかありませんか。斯うやつて、一人で留守をしてゐると退屈するでせう」

「左様でも御座いませんわ。私兄弟の多い家に生れて大變苦勞して育つた所爲か、子供程親を意地見るものはないと思つて居りますから」

「だつて一人や二人は可いでせう。岡田君は子供がないと淋しくつて不可ないつて云つてましたよ」

　お兼さんは何にも答へずに窓の外の方を眺めてゐた。顔を元へ戻しても、自分を見ずに、疊の上にある平野水の罎を見てゐた。自分は何にも氣が付かなかつた。それで又「奥さんは何故子供が出來ないんでせう」と聞いた。するとお兼さんは急に赤い顔をした。自分はたゞ心易だてで云つたことが、甚だ面白くない結果を引き起したのを後悔した。けれども何うする譯にも行かなかつた。其時はたゞお兼さんに氣の毒をしたといふ心丈で、お兼さんの赤くなつた意味を知らう抔とは夢にも思はなかつた。（「友達」六）

　二郎は、結婚して四五年も経っている岡田夫婦に子供が生まれないことをお兼にもしつこく聞くのだが、お兼の弁解ははなはだ巧いと思われる。なぜなら、「子供程親を意地見るものはない」という彼女の答えは、子供の不在を気にしていないことをわざと二郎の前で見せ付けるための場当たりのように感じられるからだ。この瞬間、彼女は自分の本心をとうていいうことができなかったのではないか。かりに、彼女が子を生まないのではなく、子が生めない女であったなら、さらにそのような言葉は口に出せなかったはずである。しかし、すぐ続く二郎の鋭い質疑にお兼の本心は見抜かれてしまう。すなわち、彼女の弁解の内容とは反対に、夫岡田は「子供がないと淋しくつて不可ない」と思っていることが、二郎によって明らかになるのである。この事実は、彼女と岡田の意見が確実に異なるのであり、少なくとも、子供のことに関して岡田夫婦の間に決定的な不和が存在しているのを意味する。そのようには思われないが、お兼が弁解ではなく、真実としてその言葉を二郎に発したとしても、自ら夫婦の食違いを他人に明かしたことになる。ところで「子供が出來ない」理由は書かれていない。「岡田君は子供がないと淋しくつて不可ないつて云つてましたよ」と二郎に聞かされ、「何にも答へずに窓の外の方を眺めてゐた」彼女の姿から孤独感すら伝わってくるのだが、「お兼さんの赤くなつた意味」は、明確に記されていないのだ。

思えば、漱石は、子供が持てない夫婦を幸福な夫婦として描いていない。その代表的な作品が『門』である。いわば、『門』のお米は三度懐妊するものの、一度も生めない不幸な女として登場する。易者から子供が生めないのは、昔人に済まないことをしたからといわれる。そこには子を失った母親の痛恨がありありと刻まれているわけであり、そしてそれは夫の安井を裏切って宗助と結ばれたゆえ、その結果受けざるをえない罪のようなものとなっている。『こゝろ』でも静の、子供が生めないことが非常に重要なものを暗示している。まるで、過去の痕跡に付きまとう罪からの因果であるかのように仄めかされているのだ。「子供でもあると好いんですがね」という静に先生は、「子供は何時迄經つたつて出來つこないよ」「天罰だから」といいきるのである。

もちろん子が生めないことの内実において、お米や静とお兼とは較べかねる隔たりがあると思われる。むしろ、子が生めないことに対しては、お米と静の間により多くの共通点が見出せるのだ。『行人』ではお兼のそのような過去もなければ、「罪を犯した悪人と己を見傚」すような事件もない。だが、子供が生めないこと自体を多くの作品に深刻に書き込んでいる作者の視線を意識すれば、漱石の描く夫婦の「子沢山と子なし」[6]の持つ意味も推定できよう。岡田夫婦が紹介されるとともに、彼らに子供がいないことが余所から訪れた語り手の二郎によって、本格的に話題として提示されていることに注目せざるをえない。二郎は、岡田だけではなく、改めてお兼にも「奥さんは何故子供が出來ないんでせう」と聞くのであり、岡田夫婦への二郎の関心は子供の不在に焦点を当てているからだ。

たとえば、彼らの結婚について、駒尺喜美は、岡田とお兼や佐野とお貞の場合を例として取り上げ、「ごくお手軽な結婚である。少し深く考える人からみれば、無責任と思われる形で、簡単に結びつけられた結婚。」[7]と述べている。実際結婚の成立過程において岡田夫婦の場合、彼らが結ばれるのに、慎重に取り扱われるものは何一つもなかった。文字通り、「簡単に結びつけられた結婚」であったのだ。その経緯においても、語り手二郎によって、岡田は「夫から一年程して彼は又飄として上京した。さうして今度はお兼さんの手を引いて大阪へ下つて行つた。これも自分の父と母が口を利いて、話を纏めて遣つたのださうである」（「友達」二）と語られているだけである。だからといって、不幸な結婚とはいえないわけだが、「自分の結婚する場合にも事が斯う簡単に運ぶだらうか」と二郎が洩らしているごとく、岡田夫婦は結婚に至るまで「簡単に運」んだ経緯の上に成り立った夫婦であることには間違いない。

「帰つてから」の結婚式の場面では、岡田夫婦のその危うさがより鮮明に露出されている。

縁女と仲人の奥さんが先、それから婿と仲人の夫、其次へ親類がつゞくといふ順を、袴羽織の男が出て來て教へて吳れたが、肝腎の仲人たるべき岡田はお兼さんを連れて來なかつたので、「ぢや甚だ御迷惑だけど、一郎さんとお直さんに引き受けて戴きませうか、此場限り」と岡田が父に相談した。（「帰つてから」三十五）

（略）

「岡田さんは實に呑氣だね」と云つた。

「何故です」

彼は自ら媒妁人をもつて任じながら、その細君を連れて來ない不注意に少しも氣が付いてゐないらしかつた。自分から呑氣の譯を聞いた時、彼は苦笑して頭を搔きながら、「實は伴れて來ようと思つたんですがね。まあ何うかなるだらうと思つて……」と答へた。（「歸つてから」三十六）

岡田夫婦の二人の間に隙間が垣間見られるところであるといってよい。佐野とお貞の結婚式だからとうぜん岡田夫婦が参加するべきなのに、岡田の妻お兼は彼に付いてこなかったのだ。岡田夫婦の「周旋」で佐野カップルは結ばれることになったのであり、「仲人たるべき」立場は彼らであることに疑いの余地はないのに、肝心な結婚式にお兼だけは不在である。「彼は自ら媒妁人をもつて任じながら」という二郎の語りから推察すると、岡田は結婚式に公式的な「媒妁人」として参加したかったのである。ようするに神殿の左の別室には、「縁女」のお貞を「仲人の奥さん」お兼が連れて入り、神殿の右の別室には、「仲人の夫」岡田が「婿」の佐野を連れて入ることになったのだ。ところが、結婚式が行なわれる直前、岡田はお兼の不在を理由に、二郎の父と「相談し」、「媒妁人をもつて任じ」ることを辞めるのである。

二郎の父母の「周旋」で縁を結んだ岡田夫婦としては、その恩返しのためにも、必死になって岡田の会社の職員の佐野と長野家の下女との縁談をまとめようと努力してきたのであり、この縁談には彼らの色々な思いが込められているに相違ない。二郎と佐野との初対面を周旋する岡田夫婦の姿は情熱的にさえ見えた。佐野との初対面の直前「何してお貞さんが、そんなに氣に入つたものかな。まだ會つた事もないのに」と佐野という人物に疑わしく思う二郎に、「佐野さんはあゝいふ確かりした方だから、矢張辛抱人を御貰ひになる御考へなんですよ」（「友達」七）とお兼は熱心に弁護していた。そして初対面の日、岡田は、「會社を午で切上て歸つて」、「洋服を投出すが早いか勝手へ出て水浴をして「さあ行かう」と云ひ出し」、また「今日は御前も行くんだよ」とお兼にいっていたので、彼女も「何時の間にかもう着物も帯も取り換へてゐた」（「友達」八）のである。それほど岡田夫婦は佐野とお貞の縁談に関心を注いでいた。岡田夫婦の立場からみれば、岡田は長野家の書生の身分であったし、お兼は二郎の父の職場の同僚の娘で、長野家に仕立物を持って出入りをしていたわけで、全ての条件が自分らと変わらないぐらい似ているこの縁談に格別な愛情を持って見守っていたはずである。

一体この夫婦に何事が起こったのか。なぜお兼は結婚式に参加しなかったのか。たしかに読者の想像をそそるのだ。これに触れ、内田道雄は「佐野とお貞さんの婚礼に際し仲人格の岡田は妻を伴わず一人で上京する。（帰三十六）そのわけを岡田は説明し切れてはいない。つまりこの夫婦にも十分のコミュニケーションは成り立っていない(8)」という。「十分のコミュニケーション」どころか、お兼が参加できないほどの深刻なことが二人に起こっていたといえば過言であろうか。だが、これは、岡田夫婦にも夫婦に必要なすべてのものが揃ってはいないことを暗示している。逆にいえば、彼らに重要なものが欠けていることを指していると見てよい。それは、この夫婦にとって不安な要素であり、暗い影でもあるはずで、彼らの奥底に潜んでいる危うさでもあるのだ。作者はこの点を念頭においていたのであり、それでお兼をその結婚式に送り出さなかったのではないか。岡田夫婦にも、家庭から弾きだされた「その娘さん」の場合が生じる可能性がいくらでもある。実際それは、他の夫婦・男女に怪しい雰囲気を漂わせながら伝わっていくのである。

三　一郎とお貞・佐野「新夫婦」

佐野とお貞の関係はいよいよ実を結んだ。二人を周旋し、結婚式に至るまで岡田と共にずっと見守ってきたお兼が、式場の「大神宮の式臺」に姿を見せなかったのが気掛かりであったが、結婚式は予定通り行なわれ、佐野とお貞組は岡田夫婦の後を継いで夫婦となったのである。実をいうと、佐野とお貞の間に進められてきた縁談は、この小説の構成において大きな役割を果たしていると見て差し支えなかろう。冒頭の二郎を初めとし、二郎の母と一郎の夫婦まで主要人物がその「例の一件」と関わりを持って登場する。そしてすべての出来事がそれを中心軸にして展開されていくわけである。お貞の「結婚の経緯が、原『行人』の時間的（表層的）ストーリーを形成している」(9)という解釈がその事実をよく代弁しているといえよう。

ところでここで注目すべきは、佐野とお貞組も岡田夫婦の持つその陰気なものを引き継いでいるかという点である。もし佐野とお貞組も、その陰気なものを引き継いでいるなら、この組からも不幸な兆しがとうぜん見られるはずである。だが、結婚を控えていたお貞に一つの看過して通れない出来事があったのを想起せずにはいられない。

「お貞さんは何處に居るんです」と母に聞いた。すると兄が「あゝ忘れた。行く前に一寸お貞さんに話があるんだつた」と云つた。

みんな變な顔をしたうちに、嫂の唇には著るしい冷笑の影が閃めいた。兄は誰にも取り合ふ氣色もなく、「一寸失敬」と岡田に挨拶して、二階へ上がつた。其足音が消えると間もなく、お貞さんは自分達の居る室の敷居際迄來て、岡田に叮嚀な挨拶をした。彼女は「さあ何うぞ」と會釋する岡田に、「今一寸御書齋迄參らな

ければなりませんから、いづれ後程」と答へて立ち上がつた。（略）

彼等二人は其處で約三十分許何か話してゐた。其間嫂は平生の冷淡さに引き換て、尋常のものより機嫌よく話たり笑つたりした。けれども其裏に不機嫌を藏さうとする不自然の努力が強く潜在してゐる事が自分に能く解つた。岡田は平氣でゐた。

自分は彼女が兄と會見を終つて、自分達の室の横を通る時、其足音を聞き付けて、用あり氣に不意と廊下へ出た。ばつたり出逢つた彼女の顔は依然として耻づかしさうに赤く染つてゐた。彼女は眼を俯せて、自分の傍を擦り拔けた。其時自分は彼女の瞼に涙の宿つた痕迹を慥かに認めたやうな氣がした。けれども書齋に入つた彼女が兄と差向ひで何んな談話をしたか、それは未だに知る事を得ない。自分丈ではない、其委細を知つてゐるものは、彼等二人より以外に、恐らく天下に一人もあるまいと思ふ。（「歸つてから」三十四・傍線論者）

いったい一郎のお貞さんへの「約三十分許」の「話」の内容とは何だったのか。二郎は「彼女の瞼に涙の宿った痕迹を慥かに認めたやうな氣がした」と語っているが、二人には何事が起こっていたのか。作者は、一郎とお貞の間には、すくなくとも彼女が涙を零すような出来事があったかのように仄めかしながら、その内実は明確に記しておかない。そして「其委細を知つてゐるものは、彼等二人より以外に、恐らく天下に一人もあるまい」と二郎を通して付け加えている。そのことは、「約三十分許」の「談話」の内容が二人だけの内緒話であるのを示すと同時に、重要で隠密なものを含んでいるのを物語っていると見てよかろう。したがって、読者は注意を注ぎながら、一郎とお貞の間に起こりうるだろうと思われる全てのことを想像してみるに違いない。また、お直の態度においても疑惑が残る。「嫂の唇には著るしい冷笑の影が閃めいた」と二郎は語っている。お貞が一郎に呼ばれて一郎の「書齋」に入っている間、表面的には「機嫌能く話たり笑つたりした」ものの、「其裏に不機嫌を藏さうとする不自然の努力が強く潜在してゐる事が自分に能く解つた」という二郎の判断を信じるなら、お直も、その二人の「談話」の内容についてまったく無知だったかという疑問を抱かざるをえない。お直はその内実についていくらでも情報を持っている可能性を否定できないからだ。つまり、「不機嫌を藏さうとする不自然の努力」という表現に接した時、もしかするとお直はその内実について熟知しているかもしれないと思われるのだ。しかし、どこにもそのようには書いておらず、これから「不機嫌を藏さうとする不自然の努力」という意味が、一郎の妻であるお直にどのようなものであったか問われるべきであろう。

それではお貞は、一郎の目にどのような女として映っていたのか。それは「塵勞」でのHさんの二郎宛の手紙によって明らかになっているが、そこでHさんは、「兄さんはお貞さんを宅中で一番慾の寡ない善良な人間だと云ふのです。あゝ云ふのが幸福に生れて來た人間だと云つて羨ましがるのです。自分もあゝなりたいと云ふのです。」（四十九）と二郎に認めている。お貞の話が出たのは、一郎とHさんが浜を散歩する途中、一郎が「其宵に出逢つた幾組かの若い男や女から、お貞さんの花嫁姿を連想でもし」てのことになっているのであるが、一郎に、お貞が「善良な人間」で、「幸福に生れて來た人間」で、「自分もあゝなりたい」人間であるということは、それほど彼女が彼に信頼されていたといえよう。それで、嫁に行った彼女のことを一郎は繰り返して想起している。その翌朝にも先に一郎が「又お貞さんの名を」Hさんの「耳に訴へ」る。「お貞さんがまだ嫁に行かないうちは、丁度今私がしたやうに、始終兄さんのお給仕をしたものださうですね。昨夜は性格の點からお貞さんに比較され、今朝は又お給仕の具合で同じお貞さんにたとへられた私は、つい兄さんに向つて質問を掛けて見る氣になりました。」（五十一）というHさんの言葉で窺えるように、一郎には彼女がただの仲働きとしてではなく、いい性格の持ち主としてHさんと比較するほど親近感溢れる女であったであろう。続きのHさんの「君は其お貞さんとかいふ人と、斯うして一所に住んでゐたら幸福になれると思ふのか」という、二人を繫ぐような質問も突飛なものだとはとうてい受け取られない。Hさんに聞き質されるのに十分一理があろうし、むしろ、「僕はお貞さんが幸福に生れた人だと云つた。けれども僕がお貞さんのために幸福になれるとは云やしない」という返事が、この場合に的確ではなく、変に聞こえる。それゆえHさんは、「兄さんの言葉は如何にも論理的に終始を貫いて眞直に見えます。けれども暗い奥には矛盾が既に漂つてゐます。」と指摘しないわけにはいかないのだ。

「君は結婚前の女と、結婚後の女と同じ女だと思つてゐるのか」（略）

「嫁に行く前のお貞さんと、嫁に行つたあとのお貞さんとは丸で違つてゐる。今のお貞さんはもう夫の爲にスポイルされて仕舞つてゐる」

「一體何んな人の所へ嫁に行つたのかね」と私が途中で聞きました。

「何んな人の所へ行かうと、嫁に行けば、女は夫のために邪になるのだ。さういふ僕が既に僕の妻を何の位惡くしたか分らない。自分が惡くした妻から、幸福を求めるのは押が強過ぎるぢやないか。幸福は嫁に行つて天眞を損はれた女からは要求出來るものぢやないよ」（「塵勞」五十一）

たしかに一郎のお貞への思いの一面が読み取れるといえよう。「結婚前の女」、「結婚後の女」としてのお貞を確実に区別している一郎の念頭には、「結婚前の女」としてのお貞が根強く意識されている。しかも、妙なことに結婚前と後の彼女を区別する一郎の基準は、「嫁に行く前のお貞」の方向により重みを置いてあるものとして受け取られる。一郎にとって、「丸で違つてゐる」結婚後の彼女は、お貞の姿としては認識されていない。結婚前の彼女こそお貞の永遠な姿として認識されているわけである。そうすると、このことはそれほど、お貞の過去の記憶に対して愛着を持っていることへの裏付けでもあろうが、いってみれば、「今のお貞」を強く否定している、そして

「嫁に行く前のお貞」への未練がましい心が無意識中に現われたといえなくもない。他人の妻になってしまって、「夫の爲にスポイルされて」いると意識すればするほど、「嫁に行く前のお貞」への執着は深くなりつつあるだけだ。しかし、いくらお貞が、「善良な人間」として思われてきたとはいえ、一郎が忘れられず、それほど執着している理由はどこにあるのか。「自分が幸福に生れた以上、他を幸福にする事も出來る」能力を彼女が持っていたからなのか。「自分が悪くした妻」お直から幸福を求めることが出来なかったからなのか。

一郎は長野家の長男として大事に育てられ、大学の教授になったものの、自分を家族どころか妻にも理解されない人間と思い込んで苦しんでいた。いわば、妻お直を愛しながらも、彼女の心をつかみきれず、苦悩していたのだ。やがてお直の貞操に疑いさえ懐くことになった一郎は、弟二郎に兄嫁を連れて和歌山に旅行に行って、一泊して帰ることを頼んだ。当時の彼の心がいかに辛いものであったか想像するまでもない。ちょうどその時、一郎にお貞はどのように映っていたのか。たぶん、一郎に彼女は「慾の寡ない善良な人間」としてだけではなく、黙然としているとはいえ、心情的な同義を齎してくれる、しなやかな女として映っていたに相違ない。

思い出してみると、『彼岸過迄』においても須永は、[10]高木に激しい嫉妬を感じ、一人で鎌倉から東京の自宅へ帰ってしまう。そして、小間使いの作に「一筆がきの朝貌」を見出だすのである。彼も千代子を信じることが出来なかったわけで、その時の作の態度がいかに須永に慰安を与えていたか説明するまでもない。この部分に触れて、平岡敏夫は、「『彼岸過迄』の須永は、千代子をめぐり高木という青年に嫉妬せざるをえなかったが、その直後、「一筆がきの朝貌」ともいうべき小間使いの作を「発見」する。その奥には実母（同じ須永家の小間使いだった）のイメージがちらついているが、夫・妻・女の子（妙ちゃん）という須永家の家族構成の背後（過去）にお弓という小間使いが存在し、お弓は須永を生んで死んだのであった。漱石はあいまいにおわらせているが、おそらく一郎とお貞さんとの間には何もなかっただろう。[11]」という。「一郎とお貞さんとの間には」何かがあったようにも響くが、その推定には一理があるだろう。というのも、二郎とお直が日帰りの予定で和歌山への旅行に立つが、暴風に襲われ、戻れなくなり、和歌山の宿で一泊してしまう時点での一郎の心境と、高木に激しく嫉妬し、鎌倉から一人で上京してしまう時の須永の心境は同質のものを含んでいると考えられるからだ。須永が小間使いの作を最も女らしく意識していた瞬間と評するなら、一郎も、お貞を最も美しい心を持つ女として認めていた瞬間であったのではないか。『彼岸過迄』で須永と小間使いの作に垣間見られた妙なものが、そのまま『行人』では一郎とお貞に置き換えられているのだ。身分から見ても、品性から見ても、相手との関係から見ても、お貞と作に異なるものは見つからない。他方、一郎も理知的だが、内向的で退嬰主義の男であり、須永と変わらない人物である。『彼岸過迄』での須永と作の関係が、『行人』で再現されるとすれば、一郎とお貞の関係にほかならないわけである。

このように読んでいく時、気掛かりだった、一郎のお貞への「約三十分許」の「談話」の内容への推測も不可能なものではなかろう。「作者が最初に意図した『行人』の主題、ついに未完成に終ったそれは、実にこの辺に潜在しているのではないか[12]」といいながら、主題まで探ろうと試みた説もあるが、その内質については容易に触れることができなかったのである。しかし、もし「一郎とお貞さんとの間に」何かがあったとしたら、その「談話」の内容は、その「何か」と密接に関わるものではなかったか。換言すれば、二人だけが、交感の時間の中で引き摺ってきたものと、何らかの形で結びつけられる話が二人の間に交わされていたといえよう。そしていうまでもなく、その「談話」の内容にはお貞に強過ぎるほど傷をつける要因が入っていたのであり、そこで彼女は涙を零していたに違いない。それゆえ、一郎はお貞を呼び出していたのではなかろうか。ようするに、その出来事は、二人の関係に区切りを付け、二人の関係を「彼等二人より以外に」知るものは「天下に一人も」いないように、秘密にしておくための一郎の措置であったかもしれない。作者も、「歸つてから」三十七章で、「結婚當日の少し前、兄から書齋へ呼ばれて出て來た時、彼女の顏を染めた色と、彼女の瞼に充ちた涙が、彼女の未來のために、何を語つてゐたか知らない」と二郎の語り口を借り、再びその出来事を「彼女の未來」にまで結びつけて読者に喚起させているのであり、読者は、それが彼女に不幸な出来事であったことに気付かざるをえないのだ。

しかし、作者はけっしてその不幸をお貞だけのものにしていない。結婚前のお貞に妙な出来事を配置した作者の狙いは、佐野夫婦の「未來」にまで陰を降ろそうとしているのである。たとえば、大阪へ向う「新夫婦」を「雨のプラットフォームの上で」見送ってから下宿へ帰って、「自分にも當然番の廻つてくるべき結婚問題を人生に於ける不幸の謎の如く考へた。」（「歸ってから」三十六）と二郎は洩らしているが、作者はいわば「新夫婦」の佐野夫婦を不幸の汽車に乗せたといってよいかもしれない。二郎は佐野夫婦を通して、その「結婚問題を人生に於ける不幸の謎の如く」考えるに至ったのであり、それを考えさせるために、作者は二郎を「雨のプラットフォームの上」へ送り出したことになるのだ。そこで佐野夫婦の不幸への兆しがいちおう露呈されたわけだが、佐野夫婦の不幸な兆しが明確に浮き彫りになっているところはその結婚式の場面にほかならない。

　彼等は既に過去何年かの間に、夫婦といふ社會的に大切な經驗を彼等なりに甞めて來た、古い夫婦であつた。さうして彼等の甞めた經驗は、人生の歷史の一部分として、彼等に取つては再びしがたい貴いものであつたかも知れない。けれども何方から云つても、蜜に似た甘いものではなかつたらしい。此苦い經驗を有する古夫婦が、己れ達のあまり幸福ではなかつた運命の割前を、若い男と若い女の頭の上に割り付けて、又新しい不仕合な夫婦を作る積なのかしらん。（「歸ってから」三十六）

「式壇を正面に」一郎夫婦と佐野「新夫婦」が座っている姿を見て二郎は、この二組の夫婦を、「二樣の意味を有つた夫婦」と見做している。この「意味」とは何を指しているのか。不幸な一郎夫婦が仲人として務め、佐野夫婦にその不幸を譲ってやるというその「意味」にほかならない。『こゝろ』において、先生が「心臓を破つて、其血を」若い「私」の「顔に浴せかけやう」とした如く、「苦い經驗を有する」一郎「古夫婦」が佐野「新夫婦」に、その「苦い經驗」を「割り付け」るということを物語っているのだ。「形式的習慣的にではなく、真の魂の交流を求めるならば、いかなる結婚も悲劇におちいらざるをえないのではないかと、作者は考えている」[13]に間違いはなく、一郎組はその代表的な夫婦として登場させられたのである。とうぜん、一郎夫婦の「あまり幸福ではなかつた運命の割前」が佐野夫婦にもその根を下ろすわけである。佐野夫婦の運命が、いかに不幸な兆しの上に成り立っているかが訴えられているといえよう。作者は結婚式を設け、「新しい不仕合な夫婦」を誕生させているのだ。一郎夫婦の立場を、「凡ての結婚なるものを自ら呪詛しながら、新郎と新婦の手を握らせなければならない仲人の喜劇と悲劇」と書き込んだ作者には、佐野「新夫婦」をもう一組の不幸な夫婦として定めようとする意図があったのである。

四　三沢と「あの女」

ところで、『行人』にはより悲劇的な男女が浮き彫りにされているが、それほど論点になっていない話がある。その三沢と「あの女」の挿話で、そこには「自分で自分を統御できぬ不可解なもの」[14]が認められている。その三沢と「あの女」の挿話を注意深く読めば、この作品の持つ核心に近付くことができるであろう。そこでは「淋しい笑ひ顔」で象徴される「女の悲劇」[15]が鮮やかに描かれていて、それが「人間の離合」の不合理的な問題と結ばれるという形で形象化されている。この節では「あの女」の話を彼女の登場する最初の場面から徹底的に究明してみたい。

「あの女」が初めて偶然に二郎に見出だされるのは、三沢の入院している病院である。が、彼女は二郎に妙に深い印象を与える。この時は、「あの女」の話が二郎に伝わっていない時点であり、「あの女」も病院に入院している一般患者に過ぎない程度で思われるべきであろう。ところが、二郎の観察は鋭い。「あの女」が「廊下の薄暗い腰掛の隅に丸くなつて横顔」を見せる場面だけを見るのではなく、「「あの女」の忍耐と、美しい容貌の下に包んでゐる病苦とを想像」し、「胸が腹に着く程背中を曲げてゐる所に、恐ろしい何物かゞ潜んでゐる様に思はれて、それが甚だ不快」（「友達」十八）とまで感じ取る。いわば、作者の意図によるものであろうが、「あの女」の登場には陽気なところはどこにも見られなく、陰惨な雰囲気だけが醸し出されている。特に、「背中を曲げてゐる所に、恐ろしい何物かゞ潜んでゐる」という表現は、まるでこれから彼女には不吉なことが近付いてくるかのような予感を与えている。作者が用意周到に仕組んだ結果であると思われるが、ここで引っ掛かるのは、彼女が病気に掛かるまでの過程である。

彼女が病気に掛かったのは、「暑い所爲か食慾がちつとも進まないので因つてゐ」た彼女に、三沢が酒を無理に飲ませたからである。


「君も飲むさ。飯は食べなくつても、酒なら飲めるだらう」

彼は女を前に引き付けて無暗に盃を遣つた。女も素直にそれを受けた。然し仕舞には堪忍して呉れと云ひ出した。それでも凝と坐つた儘席を立たなかつた。

「酒を呑んで胃病の蟲を殺せば、飯なんかすぐ喰へる。呑まなくつちや駄目だ」

三澤は自暴に酔つた揚句、亂暴な言葉迄使つて女に酒を強ひた。それでゐて、己れの胃の中には、今にも爆發しさうな苦しい塊が、うねりを打つてゐた。（略）

「知らないんだ。向は僕の身體を知らないし、僕は又あの女の身體を知らないんだ。周圍に居るものは又我々二人の身體を知らないんだ。それ許ぢやない、僕もあの女も自分で自分の身體が分らなかつたんだ。其上僕は自分の胃の腑が忌々しくつて堪まらなかつた。それで酒の力一つ壓倒して遣らうと試みたのだ。あの女もことによると、左右かも知れない」（「友達」二十一・傍線論者）

よく注意して読んでみると、この酒を飲む場面は非常に象徴的である。最初、飲み始める時には「夫ぢやまあんたと飲んでから後の事にしよう」と三沢は、彼の前にある盃をぐっと干して、それを女の前に突き出す。「女は大人しく酌を」する。「何處かの茶屋」で会っただけにごく平凡に見えるが、やがて、三沢が「あの女」に、「亂暴な言葉迄使つて」「酒を强ひ」ることによって局面は変わってしまう。いわば、酒を強いる男と酒を断る女との相克の断面があらわになっているのだ。三沢は「身體を知らない」というが、知らないのは『身體』だけではなかろう。ここに「他の心が解るか」という一郎の命題が提出されているといってよい。自分の心も解らない人に「他の心が解る」はずがないわけで、人間の不可思議さが問われているわけである。

数多くの説が、この本文の傍線の部分から修善寺大患の時の作者漱石の肉体的状態を照らしだしている。[16] それだけではなく、「自暴酒を芸者に飲ませて自分も飲んだ、は如何にも不都合な論理である。（略）おのれに背くもの[17]」という解釈もされているわけだが、そのことは、肉体的なものはもちろん、人間の不合理性の齎した精神的矛盾の露出をも指し示すであろう。ここでの、その「おのれに背くもの」は「三沢の中にひそむ理不尽な情熱[18]」にほかならない。そうすると、「一郎の言動の謎を説き明かす重要な手がかり[19]」という指摘も適切であるに違いない。考えてみると、一般の人間関係においても、三沢と「あの女」が酒を挾んで揉めるような不合理なやり取りの過程を経ながら接点を見付けていくといえる。しかし、その関係が、ほんの些細なことからの互いの行き違いのため、悲劇を招いてしまう場合が少なくない。「あの女」が入院するに至るまでの経緯は、この点を如実に示しているのだ。

その人間の不合理なやり取りは、三沢の入院している病院で再び再現される。だが、その病院では、以外にそれが、二郎と「あの女」の看護婦、三沢と「あの女」との間で、「性の争ひ」の形を持って現われるからいっそう興味を引く。しかもさらに、三沢の看護婦と「あの女」の看護婦の間、または「あの女」と「あの女」の看護婦の間さえ、「人間の我儘と嫉妬」の問題が問われているわけである。まず、看護婦同士の「暗闘」がどのように刻み込まれているか追ってみよう。

「暑いせゐか大概は其柱にもたれて外の方ばかり見てゐた」「あの女」の看護婦を見て、二郎は「看護婦としては特別器量が好い」と思う。ところで、女同士の三沢の看護婦にはどう見られていたのか。「彼の看護婦はまた別の意味からして、此美しい看護婦を好く云はなかつた。病人の世話を其方退にするとか、不親切だとか、京都に男があつて、其男から手紙が來たんで夢中なんだとか、色々の事を探つて來ては三澤や自分に報告した。」（「友達」二十二）とあるように、彼女の奥底にはその「美しい看護婦」への「嫉妬」が内在しているわけである。おそらくその「嫉妬」は、女性として「美しい看護婦」への羨みから発するものであろう。

「あの女」の看護婦は依然として入口の柱に靠れて、わが膝を両手で抱いてゐる事が多かつた。此方の看護婦はそれを又器量を鼻へ掛けて、わざ〳〵あんな人の眼に着く所へ出るのだと評してゐた。自分は「まさか」と云つて辯護する事もあつた。けれども「あの女」と其美しい看護婦との關係は、冷淡さ加減の程度に於て、當初も其時もあまり變りがないやうに見えた。自分は器量好しが二人寄て、我知らず互に嫉み合ふのだらうと說明した。（「友達」二十五）

まさに、三沢の看護婦の「あの女」の看護婦への意識は、我執に基づいた「我儘」なものである。「美しい看護婦」の姿勢を勝手に解釈しているからだ。とはいえ、「美しい看護婦」の姿勢を批評する彼女の内面に潜む悲哀を感じずにいられない。その裏には女性として欠如したものへの願望が働いていたといえなくもない。彼女は、「小さい時膿毒性とかで右の眼を悪くし」、その「眼には白い雲が一杯掛つてゐた」のである。「本間に器量の好いものは徳やな」という彼女の言葉は、「美しい看護婦」への羨みと激しい「嫉妬」から出たに相違ない。

「あの女」と「あの女」の看護婦との関係も、けっして仲のいいものとして設定されているわけではない。二人の関係も、二郎に「冷淡さ加減の程度」の立場から測られ、「我知らず互に嫉み合ふのだらう」と推定されるのであり、「性の争ひ」の対象として描き出されている。そして、三沢が退院することを決め、二郎を通じて「美しい看護婦」に「あの女」へのお見舞いを求めた時の彼女の態度にも、それと同様なものが見出されているのだ。つまり、作者はこの「美しい看護婦」も嫉妬する女として捉えているわけであり、それゆえ、面会の旨が彼女に告げられ、三沢が「あの女」の病室に入った後の彼女の反応を、「冷淡なのは看護婦であつた。一寸侮蔑の微笑を唇の上に漂はせて自分を見た」と書き込んでいる。彼女の立場から推察してみると、彼女としては、何気なく話を交わしていた二郎がお見舞いの主体ではなかったものの、彼の友達が自分の患者に接近してくることを歓迎の視線で見詰めているわけにはいかなかったのではないか。裏返していえば、他人である異性が、自分以外の別の女性に格別な関心を示していることを知って、女性として本能的に忌々しく感じ、それがちょうど彼女の表情に現われたと見てよかろう。まさに「「性の争ひ」、「中心を欠いた興味」とは、単に男同士の嫉妬のみではあるまい[20]。」という見解の通りであるに違いない。

やがて、「我儘と嫉妬」からの「性の争ひ」の問題は、二郎と「あの女」の看護婦、三沢と「あの女」の関係に至って絶頂に達する。二郎が「美しい看護婦」に特別に関心を寄せていたのは、彼女の外見が好い器量であったからだけではなく、彼女が「あの女」の看護婦であったからであろう。それで二郎は「この美しい看護婦とは何時の間にか口を利く様になつてゐた」のである。ところで、この二組の関係が暗示するものは、思ったよりもっと重要であると思われる。それは、女を挟んでの男同士の「性の爭ひ」や男を挟んでの女同士の「性の爭ひ」だけを意味するものではなかろう。作者は次のように二郎にいわせている。

自分の「あの女」に對する興味は衰へたけれども自分は何うしても三澤と「あの女」とをさう懇意にしたくなかつた。三澤も又、あの美しい看護婦を何うする了簡もない癖に、自分丈が段々彼女に近づいて行くのを見て、平氣でゐる譯には行かなかつた。其處には自分達の心付かない暗闘があつた。其處には持つて生れた人間の我儘と嫉妬があつた。其處に調和にも衝突にも發展し得ない、中心を缺いた興味があつた。要するに其處には性の爭ひがあつたのである。さうして兩方共それを露骨に云ふ事が出來なかつたのである。

（「友達」二十七）

二郎の言葉によれば、二郎が三沢と「あの女」の関係を牽制しているのは、異性として「あの女」に「興味」があるからではない。逆にいって、三沢も「美しい看護婦」に魅力を感じ、二郎と「美しい看護婦」の関係に嫉妬の視線で凝視しているわけではない。いわば、友達が他者である特定の異性に引かれていくことを恐れるわけである。実は二郎が大阪で泊まり続けるもう一つの理由は、「此時既に一週間内に自分を驚かして見せるといつた」佐野の「豫言」のためでもあった。が、二郎は「お兼さんからの不意の訪問」を受けるまで、まるでそのことを忘れていた。それほど友達の三沢の看病に尽くしていたことになる。いわゆる、「三澤の病氣、美しい看護婦の顔、聲も姿も見えない若い藝者」で象徴される病院生活に馴染んでいたとしかいい様がない。友達の関係とはいえ、二人の交際は、「此方が大事がつて遣る間は、向ふで何時でも跳ね返すし、此方が退かうとすると、急に又他の袂を捕まへて放さないし、と云つた風」（「友達」二十七）なものであり、二人がどれほど親密であったかいうまでもない。二郎の事情を知って、「ぢや一所に海邊へ行って靜養する譯にも行かないな」と惜しむ三沢に、二郎が「海岸へ一所に行く積りででもあつたのか」と念を押し、「無いでもなかつた」という彼の答えを得るが、それに対し、「彼の眼には、實際「あの女」も「あの女」の看護婦もなく、たゞ自分といふ友達がある丈のやうに見えた。」（二十七）という二郎の反応から、二人の厚い友情を確認するのだ。「友達」という題が連想されるのであるが、この確認は、友達がその特定の異性に虜になって、異性のため、二人の関係が遠ざかっていくことを願わない男同士の確執にほかならない。同性の友達を失わないため、異性を牽制する心理がそこには垣間見られるのであり、異性との「暗闘」が新たな問題として浮上しているのた。

いよいよ、三沢と「あの女」の関係はより深刻な方向へにじりよっていく。三沢は二郎に、「あの女はことによると死ぬかもしれない。死ねばもう會ふ機會はない。（略）妙なものだね。人間の離合といふと大袈裟だが。」（「友達」三十二）という。三沢は、その「人間の離合」の不条理性の前に深刻に立たされているわけであるが、酒を強いることが、彼女を死に直面させるとは夢にも予想していなかったはずである。彼女の「身體」を知っていたなら、少なくともそのような危険な状態に至るまで飲ませはしなかったものなのに、それを知らなかったので、絶望的な運命に追い遣ったのである。三沢自身も、酒を飲み過ぎて胃病で入院してしまい、お見舞いにきた二郎に、「母の遺傳で體質から來るんだから仕方がないと」いい訳はしていたが、自分の「身體」すら正確に知らなかったつもりになる。「あの女」にしても、他人の三沢の「心が解る」どころか、「またどうして「あの女」までが、三沢の盃を「素直に受け」、「擬と坐つた儘席を立たなかつた」のだろうか。」[21]と疑問に思わせるほど、自分の「心」さえ自覚的ではなかったといえよう。

結局、「あの女」は三沢と別れてから舞台から身を隠す。「又會ふ」といって二郎は、「『あの女』の爲に」、「三澤の手を固く握つた」が、二人が会う場面は二度と出てこない。おそらく三沢との別れは、「あの女」にとって死であったであろう。[22]

振り返れば、漱石は『行人』に様々な夫婦・男女の話を描いている。したがって、いわば複数の夫婦・男女が登場し、彼らの日常生活の断面を見せている。ところで妙なことに、その夫婦・男女が「性の争ひ」の姿を持って表面に現われる場合が少なくない。しかし、漱石の描くこの「性の争ひ」の問題は、単純なその意味に留まらず、より高次元の方へ向かっていく。すなわち、作者はそれを人間の根本問題に繋いで照明しようとするのである。ゆえに漱石作品の「人間の我儘と嫉妬」による「性の争ひ」や「暗闘」の問題は、より根源的なものを提示するための前提であるといわなければならない。たとえ、漱石の作品中、男女主人公の葛藤する姿や「性の争ひ」の問題が描かれていない作品はないとはいえ、それを描くこと自体が目的だったとはとうてい思われない。作者はそれを通じて、熊坂敦子の言葉を借りれば、「人間存在の底辺にある不合理で不安定な意識」[23]のようなものを読者の前に訴えていたのであろう。『行人』での岡田夫婦、佐野「新夫婦」、一郎とお貞、三沢と「あの女」、そしてここでは論じていなかったが、一郎とお直との関係に至るまで、『行人』に描いたすべての夫婦・男女が悲劇性を内包しているのもその理由にほかならない。結局彼らすべては、不幸な夫婦・男女の群れであったのである。

註

(1) 佐藤泰正『夏目漱石論』(筑摩書房、一九八六・十一)
(2) 宮本百合子「『行人』について」(「新潮」一九四〇・六)
(3) 瀬沼茂樹『夏目漱石』(東京大学出版会、一九七〇・七)
(4) 秋山公男『漱石文学論考』(桜楓社、一九八七・十一)
(5) 同註(4)
(6) 平岡敏夫は、『漱石序説』(塙書房、一九七六・十)での論文「「門」の構造」において、崖の上の坂井家と崖下の

（7）野中家とを比較しながら、「金満と貧乏というのもそこから出てくる。陽気と陰気という対照もきわだっている。それは子沢山と子なしということである。」と述べている。作者は『門』での宗助を通して、「子沢山と子なし」の意味をいわせている。たとえば、「仕舞に其家庭の如何にも陽氣で、賑やかな模様に落ちて行つた。宗助は其時突然語調を更へて、「何金があるばかりぢやない。一つは子供がないからさ。子供さへあれば、大抵貧乏な家でも陽氣になるものだ」と御米を覺した（十三）」という本文には子供をほしがっている宗助の切ない願いがよく現れている。

（8）内田道雄『夏目漱石『明暗』まで』（おうふう、一九九八・二）

（9）酒井英行『漱石　その陰翳』（有精堂、一九九〇・四）

（10）論者は、前章（五章）において、作者は「小間使いの作を、激しい嫉妬に追い遣られて一人で帰京した須永の前に出現させ、読者の想像を刺激するとともに、須永の「出生の秘密」をも暗示しているのだ。」と述べたことがある。

（11）平岡敏夫『漱石序説』（塙書房、一九七六・十）

（12）宮井一郎『漱石の世界』（講談社、一九六七・十）

（13）駒尺喜美『漱石　その自己本位と連帯と』（八木書店、一九七〇・五）

（14）熊坂敦子『夏目漱石の世界』（翰林書房、一九九五・八）

（15）安東璋二『私論夏目漱石』（おうふう、一九九五・十一）

（16）たとえば、小泉浩一郎は、ここでの本文に接し、「『行人論』」（「言語と文芸」五十八、一九六八・五）において、漱石の「『修善寺大患』における自己の肉体的深部に潜む非条理性への認識」であると捉えている。その外に水谷昭夫『漱石文芸の世界』（桜楓社、一九七四・二）、玉井敬之『漱石研究への道』（桜楓社、一九八八・六）、酒井英行『漱石　その陰翳』（有精堂、一九九〇・四）などの文献にも触れられている。

（17）水谷昭夫『漱石文芸の世界』（桜楓社、一九七四・二）

（18）同註（17）

（19）同註（17）

(20)　佐藤泰正『夏目漱石論』（筑摩書房、一九八六・十一）

(21)　玉井敬之『漱石研究への道』（桜楓社、一九八八・六）

(22)　玉井敬之は、同註(21)の「『行人』論への一視点」において、この部分について触れ、かつて平岡敏夫が「『坊っちやん』試論」（『漱石序説』（塙書房、一九七六・十）で使った「死のイメージ」という言葉を用いている。その通り、この「駅頭の情景」は『坊っちやん』での「おれ」と「清」との別れと通じるものがあろう。駅前で二郎が「又會ふ」といったのは、「列車の音と共に忽ち暗中に消え」ていくはずの「あの女」の運命を予告する逆説ではなかったか、と思われる。

(23)　同註（14）

第七章　韓国から読む『行人』

――結婚儀式と夫婦関係をめぐって――

一　結婚物語としての『行人』

漱石は『行人』で様々な場合の夫婦・男女の関係を描いている。そこには、若い男女の縁談話が持出され、結婚に至るまでの過程が生き生きとはめこまれていれば、結婚後の深刻な夫婦の問題も赤裸々に露呈されている。いわば、結婚物語といってもよいほど、数多くの結婚話が出てくるわけである。が、皮肉にもその中には今の時代から見て共感できない場面が少なくない。「結婚問題を人生に於ける不幸の謎」と捉えようとして、作者が巧みに仕組んだ結果であると思えば済むわけだが、その裏を垣間見ると、すべてが当時の日本社会全般の風習・制度と密接に関わっているから度外視することができないのだ。木村功は、一郎とお直の関係に注目し、「当時の社会における夫婦の人間関係は、選択的夫婦別姓制が論議される現代社会のものとは明らかに異なって[1]」いたと指摘しながら、明治民法の条項を取り上げ、一郎夫婦の関係を「支配と被支配」の関係として見直している。新しい視点からの試みであると思われるが、このことは、当時の日本社会からのみ見られる傾向であったわけではない。むしろ、隣の国、韓国での当時の夫婦関係は、儒教倫理によって、より男性中心的思考が社会全般の意識構造の中で見いだされるものであった。

いうまでもなく、結婚は、国は勿論性別を問わず、その当事者にとって生涯にもっとも大切な行事である。特定の男女が永続的な生活を共にしていくのであり、すべてのことの結合を意味するからだ。それゆえ、時代によって儀式に異なる点があったとはいえ、古くから東洋では普通は結婚が決まると、何段階の儀礼を経てそれに慎重に備えていたのである。そこには国独特なものが含まれ、当時の文化が反映されていると見てよい。しかし、その儀礼も男女平等という思考のもとで行なわれたわけではない。あくまでも男性中心の社会制度により、家庭内外のすべてのことにおいて女性は疎外されるまま進められたのである。

藤澤るりは、『行人』のお直に触れ、「「他家から嫁に来た女」（帰ってから九）である嫂直が加われば、事は必然的に変質する。(2)」と述べている。この言葉通り、お直はたしかに他の長野家の家族とは区別される姿として描かれている。

本稿では、この作品を結婚物語として捉え、縁談が持ち上がって儀式に至るまでの過程とその結婚式、そしてお直の問題に着目し、その当時の韓国の状況と比較してみることによって、その時代の家父長的社会制度下においての男女関係の実と虚を明らかにするとともに、韓国から『行人』を読む場合、それがどのように映るかを照明してみたい。

二　お貞の縁談

『行人』の冒頭の部分の描写であるが、二郎が大阪の「梅田の停車場《ステーション》」を降りた一つの理由は、友達三沢との約束からであったが、もう一つの理由は、お貞の結婚相手として有力な候補の佐野という人物について調べて、母に報告するためであった。二郎は、「先方があまり乗氣になつて何だか劒呑だから、彼地へ行つたら能く様子を見て來てお呉れ」（「友達」七）と母に頼まれたのである。二郎の母としては「器量から云つても教育から云つても、是といふ特色のない女」、下女お貞であっても、けっして「劒呑」な相手に嫁にいかせようとは思っていなかったのであろう。しかし留意したいのは、この縁談が決まることを前提に進められていたという事実である。

「二郎さん寫眞は見たでせう、此間僕が送つた」（略）

「えゝ一寸見ました。」

「何うです評判は」

「少し御凸額だつて云つたものも有ります」（略）

「お重さんに何と云はれたつて構はないが肝心の當人は何うなんです」

自分は東京を立つとき、母から、貞には無論異存これなくといふ返事を岡田の方へ出して置いたといふ事を確めて來たのである。（「友達」七）

この場面で窺えるように、佐野という人物の容貌は優れたものではない。むしろ、「御凸額」という言葉で評されるように、見栄えのしない顔立ちであったのだ。縁談において相手を選ぶのに外見がすべてを決定する基準ではないとはいえども、まったく無視してしまう要素でもなかろう。「肝心の當人は何うなんです」という岡田の問いに二郎は「當人は母から上た返事の通りだ」と答える。もちろん、「母から上た返事」とは、「貞には無論異存これなくといふ返事」を指すのであろうが、問題なのは、お貞本人の意思がいっさい反映されないまま縁談が進められている点である。このような縁談の進め方が可能であったのか。「家の厄介」の身分であったから相手を選ぶ権利がなかったのか。この問題を解くためには、まず日本の嫁の在り方の変遷過程を辿り、この時点でのお貞の位置を確認しておく必要があろう。

たとえば、宮本常一の「嫁の座」によれば、「生活改善の運動で、いつも話題にのぼるものの一つに結婚改善がある。これには改善すべきことに二つの意味があるようである。一つは家本位・親本位の結婚を、本人同士の意志にもとづく結婚にかえようとするものであり、いま一つは結婚式をできるだけ簡素にしようとするものである。ともに重要な問題であるが、もともと必ずしも古くから本人の意志が無視されて結婚させられたり、結婚が華美であったわけではない。庶民の間にあってはむしろ本人の自由意志が多分にみとめられており、また結婚も簡素であった場合が多い。[3]」と書き留められている。これは、「家本位・親本位の結婚」の問題を指摘している説だが、それは日本の江戸時代の武家政治の家父長制に基づいたものである。「嫁入婚は、嫁入りの儀式をもって開始され、当初から婚舎すなわち夫婦の寝所が聟の家におかれるという形式の婚姻で、歴史的には、中世の武家社会において行われるようになった婚姻であるとされている。その背景としては、女性労働力の価値の減少、儒教倫理に基づく男尊女卑的価値観の浸透などが考えられる。いわゆる家父長制の普及によって、身分や家の格式を重視し、自分の家の格に見合った家の者を婚姻の対象とする[4]」という詳しい説明もあるが、当時の社会制度と嫁入婚との関係をよく窺うことができる。しかし、当時のすべての男女が嫁入婚で結婚したわけではない。嫁入婚は、あくまで武士階級の間で主に行なわれていた儀式であって、もちろん一般庶民の間にも普及したものの、一般庶民の間では聟入り婚も盛んであったのであり、家父長制だけが社会的雰囲気を支配していたとはいいきれない。ようするに、武家政治からの家父長制が支配的な社会雰囲気を誘導していたが、生産を中心としてきた農耕社会からの母系制もその中に混じっていたといえよう。

実はもっと古くから、日本では婿入り婚があったと伝わっている。[5] 韓国の三国時代の高句麗でも婚姻が決まると、婿が、嫁の家の後の小屋で嫁と暮らし、子供を生んでその子がある程度成長した時、嫁と子供をつれて自宅へ戻ってくるという母系制の風習があったが、日本でも奈良・平安時代から婿入り婚がもう始まっていた。男性からのよばいがあって、男女の関係がまず成立すると、その後、それを認定する形で、婚姻成立祝いが嫁の家で挙げられ、婚舎も嫁のほうに置き、聟の母親が家事の一切の権利を譲る時、嫁は聟方に引き移るという婿入り婚があったといわれている。(6) これが江戸時代を経て明治時代の初期まで続いたから、明治維新までの日本での男女関係がひたすら女性に不公平なものであったとはいえない。明治維新は日本において、ヨーロッパ列強と比較して遅れた文明の差を克服しようとする改革であった。明治政府は、法律の制定だけではなく、婚姻の形や結婚儀式などの風俗文化に至るまで様々な角度から旧体制への再検討を行なうのである。

明治の終わりころまでは結婚も簡単であり、男女の自由意志も尊ばれた世界は、かなりひろかったようで、いわゆる道徳教育がやかましくさけばれて、ヨバイとよばれる自由恋愛がとめられたり、離婚の自由が男の手にのみあるようになると、女の世界はずっと窮屈なものになり、そのうえ通婚の区画がひろくなるにつれて、男女の交際にもとづいて結婚するということがむずかしくなり、そういうことがまた家の格式に応じた結婚や親の意志による結婚をつよくよびおこすようになったのである。(7)

これに接すると、社会変化の中で男女関係がどう改まったかについてすぐ分かる。明治改革によるヨーロッパの価値観やキリスト教の倫理観の浸透から、当時までの夫婦・男女関係は見直され、新たな制度に置かれることになったのである。しかし、女性にはひじょうに厳格なものであったと見てよい。例を上げれば、「明治民法下では、妻は〈夫ノ家ニ入ル〉ばかりか〈夫ト同居スル義務〉を負わされ、財産までも管理される被支配的存在であったことが分かる。(8)」という見解に異議なしで、韓国の朝鮮時代の儒教倫理のようなものが女性に強いられていたといえなくもない。

したがって、前に戻るが、たしかお貞の縁談の進め方には、大正初の結婚風習が反映されていると見て間違いなかろう。いってみれば、『行人』は、大正元年（明治四十五年）十二月から翌年十一月まで、東京・大阪の「朝日新聞」に連載されたものであり、その当時の夫婦・男女関係の実態が作品中に溶解されているわけである。お貞が長野家の使用者の身分であったが、長野家の一女性であったのであり、当時の儀礼に従わざるをえなかったのも、彼女が不平等な制度の中に置かれていたからにほかならない。それゆえ、彼女の意思とは別に縁談が二郎の母に委ねられ、花婿が佐野と決まることを前提に進められていたのである。嫁入り婚を控えていたお貞の未来が、どれほど旧体制での女性の既得権を排除しようとする渦の中に巻き込まれるものであったか想像できよう。お貞の縁談から当時の日本社会の過渡期的社会制度による男女の意識構造の問題まで探ることができるのである。

三　異様な結婚風景

お貞の縁談の進め方は、韓国でもよく見かけるようなものであった。それでは、当時の韓国での婚礼についても考え、韓国の読者には『行人』での結婚場面がどう映るかという問題を検討してみたい。

韓国での婚礼は、中国の周の影響を受けたもので、それがいわゆる伝統婚礼の根本となって定着したといえる。その伝統婚礼は、お見合い結婚を意味するのであり、その格式と手順が厳格、複雑であったため、現代に至るまで多くの変化を見せてきたが、その基本構造は今でも変わっていない。当時男は十六歳、女は十四歳になると婚礼を上げることができたが、あくまでも本人の意志よりは、父母の決定によって左右されるものであった。最初に必要なのは「議婚」という手続きであった。この「議婚」とは言葉通り、婚礼について議論の過程を示すのであるが、この過程の中には三つの内容が含まれている。

その一は「媒酌」である。両家の事情がよく分かる媒酌人が両家を往来しながら、両家の意志を伝えたり、情報を知らせたり、意見を調節し、婚姻を成立させるのである。いわば、岡田夫婦が「佐野といふ婿になるべき人の性質や品行や將來の望み」について話して聞かせるようなことに当たるのである。『行人』での媒酌人は岡田夫婦にほかならない。「当の岡田夫婦は手紙の中で、「あれ程仲の好い岡田さん夫婦の周旋だから間違はないでせう」と、いわば佐野という男の価値を外側から保証する存在として位置付けられ、「結婚」を知らない二郎にとって、唯一身近にいる「結婚」という物語の中に身を置く二人だったのである。(9)」という指摘からも窺えるように、岡田夫婦は充分に媒酌人としての役割を果たしていたのである。韓国では、岡田夫婦のように夫婦揃って媒酌人として務める場合がほとんどなく、昔から経験の豊富な媒酌専門の個人がその役割を代行してきたのであり、現代社会でも媒酌を職業としてしている人間さえいるわけである。だが、媒酌人の任務の差異は見つからなく、岡田夫婦の役割には十分共感できるものがあるといえよう。勿論、たまには密かに他人を雇って相手の人柄や家柄について調べてみることもあったが、公式的には両家はこの媒酌人にすべてを依頼したのである。したがって、結婚を控えている家では媒酌人の選択に、慎重に慎重を期したのである。

その二は、「請婚紙」というが、結婚することに両家が合意した時に新郎側から媒酌を通じて新婦側に送る手紙を指すのである。が、それは、新郎が直接に新婦に送るのではなく、新郎側の代表が新婦側の代表に送るのを指すのであり、かならず仲人を通して伝えるものであった。しかも、その内容においても直接の告白を込めた恋文の形式ではなく、相手の家門と縁を結びたいという間接的な形式のものであった。やがて、仲人がそれを持って新婦側に行き、新郎側の意志を懇切に伝えると、今度は女側から結婚を承諾する意味として手紙を送るが、それがいわゆる「許婚紙」である。「許婚紙」の内容も露骨な表現は避けたのであり、仲人の勧誘を断らないという程度のものであったのである。このような「議婚」という過程を踏むのが婚礼の前提であったが、今から考えると、如何に保守的で複雑な過程であったかいう必要もない。

岡田が二郎に写真を送り、長野家で佐野という人物を評価する本文での段階は当時の韓国でも縁談の初期段階によく行なわれることであった。また、お貞の身分が長野家の純粋な血族ではない使用人で、適当な保護者がいない場合であるので、その代わりに二郎の父母がその役割を務め、彼らによって縁談が進められることも、両家の父母の合意が婚姻の成立に決定的であった当時の韓国の状況を考えると、それほど不思議とは思えない。韓国の当時の風土の中では結婚の条件として、家柄をもっとも重視したのであり、家を代表する父母の意見に逆らうわけにはいかなかったからだ。そうすると当事者が幸せになれるかといわれるならば、それは別問題であったのである。したがって、お貞の立場を意識すれば、お貞は、長野家の使用人であれ、不公平な縁談の進め方に振り回されていたといえるが、その当時の社会の雰囲気から見れば、納得いくであろう。さらに韓国の読者は、女性には厳しかったその時代の状況を振り返って頷くのである。

佐野とお貞の結婚式は予定通り行なわれる。いうまでもなく神前結婚式である。さて、前論でも触れたことがあるが[10]、一つ気になるのは結婚当日、媒酌人が岡田夫婦から一郎夫婦に変わってしまう点である。作者は、媒酌人の交替が当日儀式の直前、その場で即興で行なわれる場面をまた次のように書く。


父は簡單に「好からうよ」と答へた。嫂は例の如く「何うでも」と云つた。兄も「何うでも」と云つたが、後から、「然し僕等のやうな夫婦が媒妁人になつちや、少し御兩人の爲に惡いだらう」と付け足した。

「惡いなんて—僕がするより名譽でさあね。ねえ二郎さん」と岡田が例の如く輕い調子で云つた。兄は何やら其理由を述べたいらしい氣色を見せたが、すぐ考へ直したと見えて、「ぢや生れて初めての大役を引き受けて見るかな。然し何にも知らないんだから」と云ふと、「何向ふで何も彼も教へて異れるから世話はない。お

前達は何もしないで済むやうにちゃんと拵へてあるんだ」と父が説明した。(「帰ってから」三十五)

お兼がついてこなかったので岡田は、「一郎さんとお直さんに引き受けて戴きませうか、此場限り」と二郎の父に相談するが、二郎の父の答えはとても簡単である。列席者の前に三宝《さんぽう》に昆布《のしこぶ》を乗せたものが出される公式的な儀式だから、何週間前から全てのことについて用意を整えているはずであり、媒酌人のことも決まっていたと思われるが、岡田の過ちへの長野家の家族皆の応対が極めて簡単である。もちろん、お兼の不在が岡田当人の軽薄からだけに起因するものではなく、そこに夫婦の葛藤なるものを想定するわけだが、それにしてもその結果は非常識も甚だしい。一郎夫婦にしても、その役を引き受けるとは予想もしなかったのであり、それで、「何にも知らないんだから」といって不安な態度でそわそわしているのである。

いってみれば、公式の結婚式だから媒酌人として夫婦が務めるのであり、お兼の不在で都合が悪い岡田としては一郎夫婦にその役割を代行させてしまうわけだが、それが、当時の日本においては可能なことであったかもしれない。だが、この儀式場での媒酌人の交替にはすぐ納得できないものがある。韓国での伝統結婚式は、日本の神前結婚式のように、「神殿の左右」の「別室」から媒酌人の夫婦が各々新郎、新婦をつれて出てきて着席し、双方の家族が別々に向い合わせに着席し、新夫婦は正面に座って、神主さんより祝詞《のりと》を読み上げてもらうような形ではなかった。専用の結婚式場が現われる前には、新郎側が新婦側の自宅へ行って儀式を上げ、新婦をつれてくる順序を踏まなければならなかった。だから、儀式は新婦の自宅の庭で行なわれる場合が多かったのだが、場合によってはこの時が新郎と新婦には初対面であることもあった。にもかかわらず、二人には一生の契りを誓う儀式であったことは確かである。したがって、儀式に媒酌人が当事者をつれて着席するような形式ではなかったから、媒酌人にはそれほど関心を寄せていなかったわけだが、とはいえ、媒酌人が参加しない例もほとんどなかったのである。もちろん、当時の日本でも媒酌人の夫人が出席しないなどは異例で、一般的な傾向ではなかったと思われる。漱石はけっして、無意識に媒酌人の片一方のお兼を欠席させたのではないと見てよかろう。読者は、この部分に接し、岡田夫婦の関係に疑いを差し挟むのだが、それはとうぜん作者の意図によるものであるに間違いない。同時に社会制度への漱石の鋭い視線を感じずにはいられない。作者は、一方では、その岡田夫婦間の葛藤を仄めかしながら、他方では、明治末期の文明開化、大正初期のリベラリズムという日本の目まぐるしい社会変化の中で、過渡期の中流階級の人達の旧い因習に対する半ば意識的な無視と反撥を書き込みたかったのではないか。『こゝろ』で先生は、「自由と獨立と己れとに充ちた現代に生れた我々は、其犧牲としてみんな此淋しみを味はわなくてはならないでせう」（上十四）と語っているが、当時の社会制度からの矛盾を孤独な視線で見下ろしていた作者の、形式を忌む批判的姿勢が具現されているわけである。

四　一郎夫婦の葛藤・お直の運命

明治政府によって社会全般においての改革が進められ、それが一般の夫婦・男女関係にまで影響を及ぼしたものの、結果的には女性に不平等な方向に傾いていたことについてはすでに述べたとおりである。「『行人』のテクストは、そもそも、「女」がなんらかの抑圧された「内面」を持っているという想定のもとに、周囲の人間たちがそれが何であるかについて思いめぐらし、探り出そうとする、という探偵小説的な構造を持っている。(11)」といえよう。明治政府としては西洋と比べて、当時の日本の夫婦・男女関係には文明の遅れを感じていたのであり、それを改めようとしていたに相違ない。宗教と教育はもちろん、風俗の問題に至るまで、西洋のキリスト教倫理観の立場から見ても納得できるようなものとして整えることが求められたであろう。長野家へ嫁入婚で入ったお直と、長野家の長男である一郎の間に起こった相克のドラマは、夫婦間の問題ではあったが、それ以前に社会制度が要求した枠に、二人の関係がぴったりはまらなくて屈折したから起こったものではないか。これを解くためには一郎の立場から探る必要があろう。

兄は學者であつた。又見識家であつた。其上詩人らしい純粋な氣質を持つて生れた好い男であつた。けれども長男丈に何處か我儘な所を具へてゐた。自分から云ふと、普通の長男よりは、大分甘やかされて育つたとしか見えなかつた。自分許ではない、母や嫂に對しても、機嫌の好い時は馬鹿に好いが、一旦旋毛が曲り出すと、幾日でも苦い顔をして、わざと口を利かずに居た。(「兄」六)

家父長制での長男の位置が一目で分かるところだが、一郎は、二郎に羨ましく思われるほど、父母の愛情の中で育ったのである。「家父長制というのは男の戸主が絶対に権力をもつ制度であり[12]」、一郎の父母としても、長野の家系を継ぐ長男の彼に特権を与えてきたに違いない。二郎は、「自分と兄とは常に此位懸隔のある言葉で應對するのが例になつてゐた。是は年が少し違ふのと、父が昔堅氣で、長男に最上の權力を塗り付けるやうにして育て上た結果である。母も偶には自分をさん付にして二郎さんと呼んで呉れる事もあるが、是は單に兄の一郎さんのお餘りに過ぎないと自分は信じてゐた。」(「兄」二)と語っていたが、二郎は兄一郎を羨望の対象として見守ってきたのである。祖先の祭司を大事にしている韓国の儒教社会でも、長男の位置は尊重され、家のことに関しては他の兄弟より優先されてきたのであり、韓国の読者は、一郎の享受するあらゆることについてすでに熟知しているはずである。ただ、見逃せないのは、一郎が「普通の長男よりは、大分甘やかされて育つた」という事実であり、それゆえかもしれないが、「機嫌の好い時」と「旋毛が曲り出す」時の差があまりに激しい点である。したがって、元々一郎には、長男として社会制度の持つ問題の外にも、性格的な欠陥が内在していたわけである。それではお直は二郎にどう映っているのか。

彼女は決して温かい女ではなかつた。けれども相手から熱を與へると、温め得る女であつた。持つて生れた天然の愛嬌のない代りには、此方の手加減で随分愛嬌を搾り出す事の出來る女であつた。自分は腹の立つ程の冷淡さを嫁入後の彼女に見出した事が時々あつた。けれども矯め難い不親切や殘酷心はまさかにあるまいと信じてゐた。

不幸にして兄は今自分が嫂について云つた様な氣質を多量に具へてゐた。從つて同じ型に出來上つた此夫婦は、己れの要するものを、要する事の出來ないお互に對して、初手から求め合つてゐて、未だにしつくり反が合はずに居るのではあるまいか。時々兄の機嫌の好い時丈、嫂も愉快さうに見えるのは、兄の方が熱し易い性丈に、女に働き掛ける温か味の功力と見るのが當然だらう。さうでない時は、母が嫂を冷淡過ぎると評する様に、嫂も亦兄を冷淡過ぎると腹のうちで評してゐるかも知れない。（「兄」十四）

二郎によって語られるお直の性格の断面であるわけだが、お直も相手が働き掛けると、初めてそれに応じる女として描写されている。「相手から熱を與へると、温め得る女であつた。」という言葉から推察すれば、逆に「熱を與へ」ないと「温め得る」ことができない女にもなるわけで、いわば「無口な性質」の持ち主である。その反面、「初めから運命なら畏れないといふ宗教心を、自分一人で持つて生れた女」、「平生から落ち付いた女」としても登場している。和歌山で一泊する時の彼女を二郎は、「嫂は何處から何う押しても押し様のない女であつた。此方が積極的に進むと丸で暖簾の様に抵抗がなかつた。仕方なしに此方が引き込むと、突然變な所へ強い力を見せた。其力の中には到底も寄り付けさうにない恐ろしいものもあつた。又は是なら相手に出來るから進ようかと思つて、まだ進みかねてゐる中に、弗と消えて仕舞ふのもあつた。」（「兄」三十八）と評するが、引用文の彼女の描写と一脈相通ずる部分があるといえよう。ようするにお直も、一郎に劣らないほど自我の強い女性として描かれているのだ。

とうぜん二人は噛み合わない。換言すれば、「お互いがお互いの愛を求めているということと、もうひとつは、求めてはいるのだが、お互いにそれぞれエゴイスティックな求め方であって、相手の中へ入ってゆこうとしないことである。[13]」としかいい様がない。とはいえ、一郎とは反対に男性中心社会制度の中で、自意識の強いお直の前に如何に困難なことが待ち構えていたか、説明するまでもない。一郎の苦悩が妻お直との関係から由来するものであれば、お直のそれは、夫と妻の関係を主従関係として捉えがちな長野家の意識構造に対する反撥に由来するものではなかったか。佐々木英昭は、「平塚明子とほぼ同世代にあり、かつ新聞を読まないわけではないはずの直は、明治四十一年の「煤煙事件」から四十四年の『青鞜』創刊へという「新しい女」の動きに同時代人として立ち会った女性として、小説世界に送り出されているはずである。[14]」と述べている。作品を書くことにおいて、漱石の苦悶の一つは、当時の深刻な社会状況をどのように小説の主要人物の中に取り入れ、活かすことができるかという点にあったと予想される。それがこの作品ではお直に絞られていることに間違いない。そのような社会状況と家制度の中でのお直の立場から推察すると、彼女が幸せであったとはとうてい思われない。たとえば、韓国の読者に、お直は長野家の長男の妻としての存在にどれほど満足して暮らしていたかについて聞くと、その答えは懐疑的であろう。特に、儒教の「女必従夫」（妻は必ずその夫に従うべし）という理念に拘束されてきた過去を振り返って、嘆くはずの韓国の女性の読者の立場を意識すれば、その問いに否定的な返事をする読者が多数を占めるだろう。長野家でお直の位置が露呈されている場面を引いてみよう。

「何ですか」と自分は聞き返した。

「あれだから本當に困るよ」と母が云つた。其時母の眼は先へ行く二人の後姿を凝と見詰めてゐた。自分は少くとも彼女の困ると云つた意味を表向承認しない譯に行かなかつた。

「又何か兄さんの氣に障る事でも出來たんですか」

「そりやあの人の事だから何とも云へないがね。けれども夫婦となつた以上は、お前、いくら旦那が素つ氣なくしてゐたつて、此方は女だもの。直の方から少しは機嫌の直るやうに仕向けて吳れなくつちや困るぢやないか。あれを御覽な、あれぢや丸であかの他人が同なじ方角へ歩いて行くのと違やしないやね。なんぼ一郎だつて直に傍へ寄つて吳れるなと賴みやしまいし」

　母は無言の儘離れて歩いてゐる夫婦のうちで、唯嫂の方にばかり罪を着せたがつた。是には多少自分にも同感な所もあつた。さうして此同感は平生から兄夫婦の關係を傍で見てゐるものゝ胸には屹度起る自然のものであつた。（「兄」十三）

二郎の母、一郎とお直、そして二郎の四人が「和歌の浦」に着いて散歩に出るが、二郎の母と二郎が、「二十間ばかり」先に歩いている一郎とお直の後ろ姿を追いながら交わす会話である。二郎はこの時、一郎夫婦の後ろ姿を見る母の見方を気にしているが、すぐ「其見方が又餘りに神經的」であることに気付く。一郎夫婦の関係が他の家族構成員にどう照らされていたかが明らかになっているといえる。一郎夫婦とは同じ家屋で同居していて、もっとも身近な存在であるから、だれより夫婦の内幕に詳しい情報を持っているはずの母と弟が洩らす言葉は、一郎夫婦の葛藤を明白に示すものである。ところで看過することができないのは、二郎の母の考え方である。「夫婦となつた以上は、お前、いくら旦那が素つ氣なくしてゐたつて、此方は女だもの」といいながらお直を責めているが、この時の彼女は単純な一郎の母としての立場に立っていない。いわば、長野家の姑としての立場から嫁に厳しく戒めているのである。家父長制下の姑の嫁への待遇は、極めて厳格なものである。とりわけ、長男の嫁には、度が過ぎるほど徹底的であるのが普通である。一郎の父は一郎に長野家の実権を譲り、家を継承するよう、家督を相続させるのであり、一郎の母はお直に家事の権限をすべて譲渡するはずであるからだ。一家の興亡が次の世代の長男夫婦に掛かっているのであり、これをよく熟知している一郎の母としては、嫁の内助に期待を寄せているわけだ。したがって、一郎の母は、けっして夫婦の葛藤を望まないわけであり、夫婦の葛藤の兆候が見えると、嫁入婚で長野家に入った他人のお直を叱責するしかないのである。しかも何より、当時の家族倫理自体が、男を優先するものであったし、彼女にはお直の「方にばかり罪を着せたがつた」根拠があったのであろう。

しかし、自意識の強いお直が、それに順応する状態に満足していたのであろうか。暴風雨のため和歌山で二郎と一泊する時、母と一郎の安否を心配する二郎に、「妾死ぬなら首を縊つたり咽喉を突いたり、そんな小刀細工をするのは嫌よ。大水に攫はれるとか、雷火に打たれるとか、猛烈で一息な死に方がしたいんですもの」（「兄」三十七）と大胆な言葉を発する彼女の心の裏には、長野家の長男の妻、二郎の兄嫁という重苦しい家族内の位置から脱したい願望が働いていたのではないか。和歌山の宿でのお直は、長野家の嫁でもなければ、一郎の妻でもなく、二郎の兄嫁でもない「囚はれない自由な女」として描かれている。条田和夫は、「明治という近代社会が二重構造として内包していた封建的家族制度の下で、家庭内存在として閉塞して生きるしかない女達は、漱石の作品世界にあって、「恐れない女」として、その秘められた強靭性のうちに測り知れない覚悟を持して男達と対峙しているのである。『行人』のお直はまさにその典型として登場してくる。(15)」という見解を示している。すぐれた指摘である。お直は、おそらく社会的に近代化の実現や文明の高度化を目指す雰囲気の中にいるものの、不合理な制度によって、家庭内の人間関係がさらに封建化しつつある現実の矛盾を淋しく凝視していたのではないか。それに、「靈も魂も所謂スピリツトも攫まない女と結婚してゐる事丈は慥だ」と信じている夫一郎との関係にも、期待するものはないと思っていたのであろう。にもかかわらず、作者はお直をさらに苛酷な試練の淵へ誘導する。つまり、作者は「和歌の浦」へ長野家の兄弟を送り、読者は、一郎が二郎を通じてお直の「節操を試す」場面に接するが、長野家の最高権力者とはいえ、一郎を極端な行為の持ち主としてしか認められない。特に韓国の読者はこの部分に接し、呆気に取られてしまう。というのも、あまりにも常識外れの設定上に、一郎とお直が立たされていると感じるからだ。当時の韓国では、一家の長男が、家の重要な出来事に主導権を握っていたし、夫婦関係においても有力な位置を占めていたわけであり、今でもそのような傾向が見られ、一郎の立場が理解しにくいものではない。が、妻の「節操を試す」目的で、弟と妻を余所へ旅行に行かせるなどという彼の行為まで、共感するわけにはいかないのである。そして、その前に、妻の「節操を試す」ようなこと自体が、そもそも卑怯な方法であると思われがちである。韓国では、女性には朝鮮時代の末期までも、再婚さえ禁ずる厳格な倫理が適用されていたのであり、「三従之法」、あるいは「七去之悪」という封建的制度がその根を下ろしていたので、社会通念が貞淑な女性像を求めていたわけである[16]。だから、結婚してから別に妻の「節操を試す」必要を感じていなかったのである。当時の夫にとって、妻の「節操を試す」のが、如何にプライドに欠けることであると思われたかいうまでもない。一郎の妻の「節操を試す」行為にはただちに理解し難いものがあるのだ。

さらに、キリスト教が定着した韓国の読者に許されないのは、弟を通じて妻の「節操を試す」ことや不可解な形に描かれている弟と兄嫁との関係であろう。すでに橋本佳[17]、伊豆利彦[18]の作業があり、論じるまでもないが、和歌山での二人の話を怪しく思わずには読まない韓国の読者はいないだろう。

たしかに気になるのはお直の運命である。振返ってみれば、『行人』には不幸な女の話が数多く描かれていた。「あの女」、「精神病の娘さん」、「盲目の女」、「お直」に至るまで過渡期を生きる日本近代の女性達の悲運がまざまざとはめこまれているわけである。そこで、心配だったのは、このような女性群の悲劇が「不幸な結婚」から起因したという点である。「あの女」の場合には、既婚者と思われる確証がまったくない。が、既婚者であったとすれば、彼女も文明開化という時代の流れの中で嫁入婚で結ばれ、夫婦関係を保っていたのだが、社会制度の持つ限界による堪え難い逆境に陥り、その犠牲者の一人となったのではないかと想定することも可能であろう。「精神病の娘さん」は、不幸にも「ある纏綿した事情のために」「夫の家」を出たと書き込まれている。彼女の仲人は三沢の父であったのであり、その「義理合から當分此娘さんを預かる事になつた」が、彼女は「精神に異狀を呈して」三沢が外出する時は、「玄關迄送つて出」て、「必ず、早く歸つて來て頂戴ね」というのである。いったい「精神病の娘さん」の結婚生活はどのようなものだったのか。「其娘さんの片付いた先の旦那といふのが放蕩家なのか交際家なのか知らないが、何でも新婚早々たび〳〵家を空けたり、夜遲く歸つたりして、其娘さんの心を散々苛め拔いたらしい。けれども其娘さんは一口も夫に對して自分の苦みを言はずに我慢してゐたのだね。」(「友達」三十三) という三沢の語りから窺えるが、「不幸な結婚」生活であったに違いない。夫に「節操」まで試されるお直にも「精神病の娘さん」のようなことが起こらないとは限らない。

「精神病の娘さん」は病院で死んだ。

思えば、「あの女」も病院へ入った。ところで、お直は「あの女」に似ているような「淋しい色澤の頬」と「淋しい片靨」を持っている。韓国の読者もお直から死の影を見るのである。

註

（1）木村功「『行人』論―一郎・お直の形象と二郎の〈語り〉について―」（『国語と国文学』七十四―二、一九九七・二）

（2）藤澤るり「「行人」論・言葉の変容」（「国語と国文学」一九八二・十）
（3）宮本常一「嫁の座」（『庶民の発見』講談社、一九八七・十一）
（4）『日本民族大事典（上）』（弘文館、一九九四）
（5）同註（4）には、「かつて柳田国男は、日本の民族社会には聟入りの儀式をもって開始される聟入り式の婚姻と、嫁入りの儀式をもって開始される嫁入り式の婚姻の二種が存在するとし、歴史的には前者から後者へと変化してきたという説を提唱した」と掲載されている。
（6）『日本風俗史事典』（弘文館、一九七九）には「平安期の物語類によれば、結婚は当人同士の恋愛からはじまるのが普通であった。聟入婚では、男の家より女の家の方に重点がおかれ、その結婚をまず認めるのは女の親たちであった。「三日夜の餅」は妻方の親が聟を認める儀礼で、これを「ところあらわし」とか、「露見」という。また年期聟といって、二年なり三年なり男が女の家で働いて、その期間の労力をすべて嫁方に提供した上で嫁をもらって出るという、労働婚ともいうべき形式があり、東北地方では近年まで多くみられた。」と説明されている。
（7）同註（3）に掲載
（8）木村功「『行人』論―一郎・お直の形象と二郎の〈語り〉について―」（「国語と国文学」七十四―二、一九九七・二）
（9）小森陽一「「交通する人々」―メディア小説としての『行人』―」（『日本文学第八集』有精堂、一九九〇・十二）
（10）前論「―不幸な夫婦・男女の群れ―」において筆者は、結婚当日のお兼の不在に注目し、岡田夫婦間の葛藤を想定した論を展開したことがある。
（11）小谷野敦「「女性の遊戯」とその消滅」（片岡豊編『夏目漱石二』若草書房、一九九八・九）
（12）宮本常一「嫁の座」（『庶民の発見』講談社、一九八七・十一）
（13）駒尺喜美『漱石　その自己本体と連帯と』（八木書店、一九七〇・五）
（14）佐々木英昭『「新しい女」の到来』（名古屋大学出版会、一九九四・十）
（15）粂田和夫「『行人』論」（「作品」一九七三・六）

（16）朝鮮時代の婚姻制度は、夫に従属されるものであったのであり、いわゆる「三従之法」を強いられたわけである。「三従之法」とは、「幼い時には親に従い、嫁に行ってからは夫に従い、夫の死後には息子に従うべし」ということを指す。そして「七去之悪」というのは、夫の側の都合によって妻を追い払えるという不合理な制度であったが、その内容というのは、「舅と姑に逆らうこと、子供が生めないこと、嫉妬、淫行、悪性病気、泥棒、悶着を起こすこと」の七つの項目であった。

（17）橋本佳「『行人』について」（「国語と国文学」一九六七・七）

（18）伊豆利彦「『行人』論の前提」（「日本文学」一九六九・三）

第八章　『こゝろ』再考

——「私」の語る物語——

一　「私」の存在

漱石は、「個々の短篇を重ねた末に、其の個々の短篇が相合して一長篇を構成するやうに仕組ん」で、作品『彼岸過迄』を手初めに、物語の構成法の変換を試みた。『彼岸過迄』が三つの短篇、『行人』が四つの短篇、そして、『こゝろ』がまた三つの短篇をもって構成されているのは周知のとおりである。前論にも触れたように(1)、そこには「新聞小説として存外面白く讀まれはしないだらうか」という作者の狙いが隠されていたはずだ。

時間帯に沿う物語の出来事の順番においても、各作品には作者の巧みな技巧が垣間見られる。本論では『こゝろ』を取り上げるわけだが、もし、『こゝろ』という物語の論理的な順番をいうならば、「私」という語り手が生きて語っている、物語の現在に当たる「先生と私」「兩親と私」が最後に置かれ、「先生」の語る「先生と遺書」の部分は最初に来るべきである。しかし、ここでは「先生」の過去の秘密が最後に置かれ、語り手が少しずつそれに接近していき、結局明らかになるという構成になっている。つまり、「存外面白」いものへの工夫に悩んでいた書き手である作者は、三つの短篇の組合せの方法において、出来事の順序を逆方向に並べ立てることで、読者から好奇心を引き出し、読者を物語の奥深いところに吸いこんでいくわけである。

作者の狙いは構成に限られているばかりではない。なによりも、各物語において、全体の繋ぎとなる一人の人物が登場することに注目せざるをえない。彼らはあたかも形式的な役割に置かれているにすぎないような形で描かれているのだが、実のところはいわば、その一人の人物が一つ一つの「短篇」を繋いで一つの「長篇」を形作っていくのである。

『彼岸過迄』において、「個々」の「短篇」を自由に貫く敬太郎という青年は、語り手の視点から聞き手の視点へ変貌しながら、テクストの中に生きる存在として描かれている。この人物が、『行人』になると、二郎という人物として取り上げられ、四つの短篇を繋ぐ役割を担っている。すべての登場人物との関係に、二郎の役割がより強調されている感じさえもする。二郎の後を継いで、『こゝろ』にも異論の余地なく、先生の『告白の唯一の相手』として「私」という人物が登場し、作品の中でさらに重要性の深まった存在となっている。玉井敬之は「『こゝろ』における私は、一面においては敬太郎や二郎の延長線上におかれたものであった。『彼岸過迄』『行人』が「恐れる男と恐れない女」とを、敬太郎や二郎を通してみたとすれば、「恐れる男と恐れない男」とを「先生と私」に、私を通してみたのである。そのような意味では、私は敬太郎や二郎の再生ではない。ここに『こゝろ』におけるモチーフの深化をみることができよう(2)」と指摘している。

面白い指摘であると思うが、注意したいのは、「一面において」や「その意味では、私は敬太郎や二郎の再生ではない。」という矛盾しているかに見える状況にわざとこだわる表現である。それは次のように解釈できるのではないか。つまり、ここでの「一面」は小説の技法上の問題であり、いっそう物語の構成において欠かせない、短篇を繋ぐ語り手や聞き手たる視点人物の位置や役割を指しているに違いない。玉井は、この文章を述べる前に、『彼岸過迄』からの三作を「実験報告書(3)」と呼び、小説の方法上の問題を話題にしていたわけである。『彼岸過迄』の前作とは異なる「新しい小説の実験的な方法」を一人の人物を通じて試みたのであり、ようするに敬太郎から二郎へ、また二郎から「私」へと引き継がれてゆくその人物の系譜を意識しての指摘であろう。

それでは「私」を「恐れない男」として設定する解釈はどうであろうか。これは敬太郎の系譜に置かれている人物が、物語が変わるにつれ、発展していき、主な人物としてその物語の内部に直接参与し、自立しえたかの問題であろう。振返ってみれば、『彼岸過迄』の敬太郎や『行人』の二郎は、すべての登場人物から声を掛けられる存在ではあるが、物語の内容の当事者ではなかった。これが『こゝろ』では破られ、「恐れない男」としてより主要人物に近い位置を占めることになったという解釈にほかならないであろう。

したがって、各物語に登場する彼らに置かれている役割は当然大きい。『彼岸過迄』において敬太郎は、「風呂の後」「停留所」「報告」において生き生きとした人物として描かれているが、「須永の話」以降、後退していくような気がしてならない。しかし、彼は姿を消したわけではなく、すべての人物に関わりながら媒介的存在としてテクスト内に現存している。しかも前篇においては物語内容に奥深いところまで参与し、森本から受け取った貴重なステッキを手に握り、事件に乗り出すわけであり、主要人物の須永は前篇に出ておらず、敬太郎こそ自由自在にテクストの中に生きている存在である。

敬太郎と同じく、『行人』の二郎も、語り手の視点から聞き手の視点へ変貌することによって身を隠したかのように見える。が、この聞き手に置かれている時、二郎は敬太郎より、物語の舞台の上により鮮明に立たされている。「友達」においては、他人には打ち明けることの出来ない秘密の経験を友達の三沢から聞くのであり、「兄」「帰ってから」においては、長野家に所属する次男として母や妹や兄嫁から遠慮なく、話し掛けられる相手にとどまらず、全ての人物の姿をありのまま映す役割を十分任じている。妻に苦悩する一郎は、二郎を嫉妬の対象に思いつつも、また妻の貞操を試みることを依頼さえし、二郎を通じて事件を解決しようとする。一郎は二郎を通してより相対化されるのであり、二郎こそこの物語に欠かせない存在であるといえる。

両者と比べ、『こゝろ』における「私」の場合は、より発展した存在である。「「先生の遺書」と題されていた最初の連載（現在の『こゝろ』の原型）が終わったあと、別の短篇（「私」のその後の物語か）が『こゝろ』という総題にふくまれる一篇として予定されていたという。最初の短篇が長くなりすぎたので断念したのだが、その理由はなによりも「先生と遺書」の章が膨大化したことにあった。」[(4)]という解説は、「私」の存在の重要性を物語っている。このことはまた、「最初の短篇が長く」ならなかったなら、「私」の別の物語が書かれても不思議ではないことを示し、独立的な「私」の物語が出来上がるほどの位置に、確かに「私」が置かれていることを証明する。一見「私」を、「先生」を離れては単独で存在できない人物として捉えてしまう可能性もあるはずだ。なぜなら、「私」は視点人物であり、語り手であるがゆえに、つねに「先生」の出来事に絡み付かれることによって、存在感を持ちうる人物であるかに受け取られるからである。しかし、「私」は、報じられた遺書を受け取る瞬間から、「先生」不在の新しい生の前に立たされる。そして「先生」の「人生から教訓を受けたい」気持ちで次代の青年たる生を生きていくはずである。結局、「私」が前二作の二人に比べ、より主人公に密着した位置にいるといってもいいのではないかと思われる。短篇の繋ぎの役割や物語内容に関わる一人の人物としての「私」の存在にとどまらず、すべての焦点が彼に集められ、終始独自の世界を持つ重要な位置に置かれていると見てよい。

二　「私」と「先生」

この「私」についての評価においても、多いとはいえないが、様々な解釈がなされている。「私」を「先生」と同じ世界に属している人物として捉えている評価もあり[(5)]、まったく別人であるように見ている評価もある。[(6)]しかも両方を同時に認めて統一的な視点で見ている意見もそこにはあるのだ。

ところで、二人がこの同じ世界に属する「精神上の親子」[(7)]たるものを持っていると見る場合、それは個人の感情や思想などの個性を含め、全てのものをあたかも複製したような状態を指すのであろうか。しかし、けっして一般的な意味での血肉による肉親の親子の関係をいうのではなかろう。いわば人間同士の信頼による純粋な結びつきを指すのである。それは、「人間として最も近い存在」としての「私」と「先生」との関係を認めるのであり、全てが同じであることを意味するものではない。まさに「精神上の親子」とは精神的に結ばれた血肉関係にほかならない。「私」は、「先生」にとって「心臓を破つて、其血を」「顔に浴せかけやうとしてゐる」ほど親密感に満ちた存在であったといってよい。「私」が「先生」との関係において「精神的な子」(8)である自分を見いだす場面を引いてみよう。

私は心のうちで、父と先生とを比較して見た。（略）父は、單なる娯樂の相手としても私には物足りなかつた。かつて遊興のために往來をした覺のない先生は、歡樂の交際から出る親しみ以上に、何時か私の頭に影響を興へてゐた。たゞ頭といふのはあまりに冷か過ぎるから、私は胸と云ひ直したい。肉のなかに先生の力が喰ひ込んでゐると云つても、血のなかに先生の命が流れてゐると云つても、其時の私には少しも誇張でないやうに思はれた。私は父が私の本當の父であり、先生は又いふ迄もなく、あかの他人であるといふ明白な事實を、ことさらに眼の前に並べて見て、始めて大きな眞理でも發見したかの如くに驚ろいた。（上・二十三）

父の病気で田舎に呼び出され、「父と先生」とを比べるところであるが、父は「私」にとって、「娯樂の相手としても」「物足りな」く、ただの血肉の親に過ぎない存在としてしか描写されていない。「私」の精神の「血のなかに先生の命が流れてゐる」のであり、すでに父は「本當の父」ではなく、代わりに「先生」が「本當の父」になっている。「先生」を「本當の父」と、父を「あかの他人」と思ってきたかも知れず、一瞬、現実に目醒め「驚ろ」く「私」は、この時「精神上の親子」の関係を認めたのである。「兩親と私」の最初の場面には「先生」と父の二人がより対照的に描写されている。


「卒業が出來てまあ結構だ」

父は此言葉を何遍も繰り返した。私は心のうちで此父の喜びと、卒業式のあつた晩先生の家の食卓で、「御目出たう」と云はれた時の先生の顔付とを比較した。私には口で祝つてくれながら、腹の底でけなしてゐる先生の方が、それ程にもないものを珍らしさうに嬉しがる父よりも、却つて高尙に見えた。私は仕舞に父の無知から出る田舍臭い所に不快を感じ出した。（中・一）

「私」は「父の無知から出る田舎臭い所に不快を感じ出した」というが、言葉通り「本當の父」は、「私」にとって尊敬の対象でもなければ、博学な知識人でもない。ただ腎臓病を患っている病弱な老人でありながら、「私」だけには過分な期待と希望を持っている単純な人間である。「自分の居なくなつた後で卒業してくれるよりも、丈夫なうちに學校を出てくれる方が親の身になれば嬉しい」と信じ、何よりも肉体上の関係に忠実な父は、「私」にとってけっして「高尚に見え」ない「無知」な父であるのだ。それに対し、「私」にとって「先生」は、いってみれば人格で結ばれた精神上の父であり、「高尚」な知識人でもある。結局「私」は、「死に近づきつゝある父を國元に控えながら」、「先生」の死を見守るため東京行きの列車に身を委ねることで「父」を裏切ってしまうが、その時、私の心の中ではあくまでも肉体上の親よりは「精神上の親」が優先しつつあったのである。

だが、ここでいえることは、「先生」と「私」の関係を、「精神上の親子」のような関係でありながら、同時に独立した人格を持つ別の関係として捉えることもできるという事実である。実際、「先生」の「遺書」を受け取るまでの「先生」と「私」との関係において、二人は大きな食違いを見せている。有名な『こゝろ』の一節であるかと思うが、「私は淋しい人間です」、「私は淋しい人間ですが、ことによると貴方も淋しい人間ぢやないですか」と聞く「先生」に、「ちつとも淋しくはありません」と「私」は答えるわけである。淋しくて孤独に見える「先生」に魅かれていく「私」の心の中には、孤独や淋しさはまだまるきり存在しない。「私」は、いわば極めて経験の乏しい「若々しい書生」であって、深い人間不信の世界に陥っている「先生」とはまるで通じるところのない、一見単純な青年であるのだ。

さらに、『こゝろ』における劇的な場面は「先生」と「私」の個別関係の上に成り立っている。つまり「私」が「先生」の「遺書」を読み始める瞬間から、自分の手記を公開するに至るまでの過程において、もう「先生」はこの世には存在しない。すでに「私」は「先生」から断絶されており、別個の存在になっている。そしてこの別人であることが、実は「先生」の告白を相対化し、「先生」の死に直面する絶対的な他者としての「私」を自立させるのである。勿論、尊敬の対象である「先生」の「遺書」は、「私」の中に絶望的な根を下ろすものであり、未来に暗い影を投げることになるに相違ない。それからその「遺書」は「先生」の自殺を呼び寄せる結果を齎す。結局先生にとって、「私」が親密感を抱きうるもっとも濃密な存在でなかったなら、「遺書」を渡すことはできなかったはずであり、同時に「私」が別人でなかったなら、「先生」の過去の物語を現在に立って語ることはできなかったはずである。「先生」は「私」を通して自殺の道を見付けだし、「私」は「先生」を通して現在の「私」に生き返るのである。

三　現在の「私」・「當時の私」

ところで、この現在の「私」に関わる問題だが、この物語が「先生」の「遺書」で終わっていることに気付く必要がある。「私」を東京行きの列車に乗せたまま「私」の語る物語は終わっている。「遺書」を読んだ後の「私」の行方や心境についてはいっさい語られていない。

さきの解釈においても少し触れたことであるが、大正三年九月に刊行された『こゝろ』の初版の「序」には次のように書かれている。

『心』は大正三年四月から八月にわたつて東京大阪兩朝日へ同時に掲載された小説である。當時の豫告には數種の短篇を合してそれに『心』といふ標題を冠らせる積だと讀者に斷わつたのであるが、其短篇の第一に當る『先生の遺書』を書き込んでいくうちに、豫想通り早く片が付かない事を發見したので、とう〳〵その一篇丈を單行本に纏めて公けにする方針に模樣がへをした。

然し此『先生の遺書』も自から獨立したやうな又關係の深いやうな三個の姉妹篇から組み立てられてゐる以上、私はそれを『先生と私』、『兩親と私』、『先生と遺書』とに區別して、全體に『心』といふ見出しを付けても差支えないやうに思つたので、題は元の儘にして置いた。

右の事実から窺えることだが、作者は三つの短篇を書き上げたわけではない。『先生と遺書』という一つの短篇を書き上げて『先生と私』、『兩親と私』という題目をつけたものを、それに加えたわけである。いってみれば最初には「數種の短篇」を書きたかった漱石の意図は破られ、『先生の遺書』を単行本にしたという意味だか、惜しいことにも結局、「豫想通り」書けなかったことにほかならない。勿論、全体的に見て、『先生の遺書』の部分が最後に置かれ、しかも量も多く、構成においてもそれなりの形式は取られているといえる。

しかし逆に、三つの短篇の割り当ての長さを比較して考える時、『先生と私』、『兩親と私』という上・中があまりに短すぎるような気がしてならない。漱石はもっと時間を掛けて片付けるはずであったのに、『先生の遺書』を書いている途中、「豫想通り早く片が付かない事を發見したので」それに時間を費やしてしまい、三つの短篇のバランスが取れなかった事になる。「豫想通り」であったら、『先生と私』、『兩親と私』のほうにも注意が傾けられたはずで、この二篇の短篇の中に「先生」の死後の現在の「私」の物語が具体的に書かれる可能性も十分にあったに相違ない。なぜなら、「遺書」を読んだ後の「私」が東京に着いてからどうなっていくのか、読者は「私」を離れず、あくまで追っていくのであり、これに答えるのが作者の仕事であったからだ。だが、あいにくそこには具体的な現在の「私」の物語はない。物語の現在において、それはすべて消えているように見えるし、実際に「私」に対する手掛かりを摑めるほどの出来事はそれほど見つからない。

が、幸いに現在の「私」の物語は、語り手の「私」が物語の現在に復帰し、自分の手記を語り始めることによって蘇ってくる。「先生」は、「私の鼓動が停つた時、あなたの胸に新しい命が宿る事が出來るなら」といったが、「私」はまさに「新しい命」を受け継いで生きていく。次の最初の一節は多くのものを暗示している。

私が先生と知り合になつたのは鎌倉である。其時私はまだ若々しい書生であつた。（上・一）

いわば、手記と呼べるような形で振り返って回想していく語り口だが、まず気になるのは、「私」が語り始める現在の時間と、「其時」に当たる過去の時間との差があまりにも遠く感じられる点である。とうぜん、語り手の現在の時点が問われるべきであり、それはこの小説の発表の時期、つまり、大正三年と見る観点が定説になっているようだ。[9] すると実は、「私」が「先生」の遺書を読んだ当時の時間から現在の「私」の時間まではそれほど遠く離れているわけではない。現在の「私」といっても、大学卒業してから数年後の「私」であり、まだ若さを保っている青年期の人物であるに違いない。ところが妙なことに、現在の「私」は、当時の自分を「若々しい書生」に評価できるほどの老熟の域に達しているのだ。現在の時間と過去の時間を区別することで、現在の「私」と「其時」の「私」の差異を明確化しようとする作者の意図によるものであろう。「其時私はまだ若々しい書生であつた」ということは、現在の「私」はもはや「若々しい書生」ではないことをはっきり示している。たしかにだれかを（読み手でもいいが）意識した発言であり、読み手は、「私」がもう変貌していることに気付くはずである。そして「私」の変貌をいう時に、過去の「私」から現在の「私」に至るまでの過程に、読者の想像力だけで解釈できる何かの出来事があったのではないかと思われる。いってみれば、それは「先生」の死後の「私」だけの物語のようなものかもしれない。あまりにも現在の「私」は急激に成長し過ぎているからである。語り手の現在にもっと注目してみよう。

幸いにして先生の豫言は實現されずに濟んだ。經驗のない當時の私は、此豫言の中に含まれてゐる明白な意義さへ了解し得なかつた。私は依然として先生に會ひに行つた。其内いつの間にか先生の食卓で飯を食ふやうになつた。（上・八）

「私にはあなたの爲に其淋しさを根元から引き抜いて上げる丈の力がないんだから」、「今に私の宅の方へは足が向かなくなります」という先生の宣言に対し、「私」は本文のように解釈するのである。「先生」は、「私」が淋しいから自分に近付いてくると思い込んでいたのであり、「先生の豫言」とは、「私」が「先生」に近付かなくなることを示すものである。結局、二人は離れるどころか、「懇意になつ」てしまい、「先生」の「豫言」は外れたことになる。ここでもやはり現在の「私」は、「其時」の「私」を「經驗のない當時の私」として見下ろしている。現在の「私」が「當時の私」を相対化し、語っているわけで、少なくとも現在の「私」は「其時」の自分について批評できるほどの位置を占めているといえる。それればかりか、現在の「私」はある程度の経験を積んだ経験者で、すでに「當時」の、「先生」の「豫言」の「明白な意義」さえ「了解し得」ている立場にいる。

いってみれば、この「明白な意義」とは、「先生」は「恐ろしい悲劇」の過去を持っている、つねに罪意識に悩まされる「淋しい人間」であるゆえに、だれとも「懇意」にならないという意味であろう。したがって「私」は、絶対「先生」とは「懇意」になるはずがなかったが、「先生」の「心臓《ハート》」は「頭《ヘッド》」を制圧してしまったのである。つねに孤独の縁にいながらも、自分の持ってきた悲劇のために、妻以外の人間に近付いていけない「先生」にとって、「あかの他人」と「血」と「肉」で迫ろうとしていた「私」は、彼の「心臓《ハート》」を動かす人間であったのだ。しかし「年の若」くて「眞面目」な「當時の私」はこの「明白な意義」が分からなかったのである。

私は若かつた。けれども凡ての人間に對して、若い血が斯う素直に働かうとは思はなかつた。私は何故先生に對して丈斯んな心持が起るのか解らなかつた。それが先生の亡くなつた今日になつて、始めて解つて來た。（上・四）

地方出身の青年であり、「比較的强い體質を有つた私」がいくら「稍ともすると一圖になり易かつた」とはいえ、全ての人間に対して尊敬の念を抱いたのではない。三浦泰生の、「一言にして言えば「眞面目」であった。そしてそれこそが、私を先生に結びつけ、又先生をして私に結びつけ得しめたのだ[10]」という通り、先生との交渉がうまく続いたのは、「當時の私」が「眞面目」であったからにほかならない。同時にこの「私」の「眞面目」であることが、「先生」が自ら自分の過去を「私」に語って聞かせる理由ともなったのである。

一方では、「當時の私」の内面に見られる経験のなさ、未熟さ、無知要素などが逆に「先生」の側には全部備わっていることから、「私」は「先生」の内面に肉薄し、それらを求めて接近しようとしたとはいえないか。「私は最初から先生には近づき難い不思議があるやうに思つてゐた。それでゐて、何うしても近づかなければ居られないといふ感じが（上・六）」したと、現在の「私」は振り返っていうのだが、その「不思議」とは、「先生」の経験や知識に感応する妙な「私」の「直感」のようなものであったのであろう。

このような「私」に対し、「私は何千萬とゐる日本人のうちで、たゞ貴方丈に、私の過去を物語りたいのです。あなたは眞面目だから。あなたは眞面目に人生そのものから生きた教訓を得たいと云つたから。（下・二）」と「先生」は述べている。

私はあなたの意見を輕蔑迄しなかつたけれども、決して尊敬を拂ひ得る程度にはなれなかつた。あなたの考へには何等の背景もなかつたし、あなたは自分の過去を有つには餘りに若過ぎたからです。私は時々笑つた。あなたは物足なさうな顔をちよい〳〵私に見せた。其極あなたは私の過去を繪巻き物のやうに、あなたの前に展開して呉れと逼つた。私は其時心のうちで、始めて貴方を尊敬した。あなたが無遠慮に私の腹の中から、或生きたものを捕まへやうといふ決心を見せたからです。私の心臟を立ち割つて、温かく流れる血潮を啜らうとしたからです。其時私はまだ生きてゐた。死ぬのが厭であつた。それで他日を約して、あなたの要求を斥ぞけてしまつた。私は今自分で自分の心臓を破つて、其血をあなたの顔に浴せかけやうとしてゐるのです。私の鼓動が停つた時、あなたの胸に新しい命が宿る事が出來るなら満足です。（下・二）

「當時の私」が現在の「私」に至るまでの過程において欠かせないところであり、「自分の過去」を明かさない「先生」が「私」に告白してしまう心境も読み取れる箇所でもある。「先生」にとって「當時の私」の「考へ」や、「過去」はそれほど認めるべきものではなく、物足りない未熟なものであった。したがって、「先生」は「私」のいうことを聞いてくれるはずがなかった。が、断られても「眞面目」に迫ってくる「私」に、「先生」が屈服してしまうことによって二人の関係も新しい局面に入る。「先生」は「私」を過去の告白の対象として認識するのであり、「私」もそれにこたえ、変貌していくのだ。

「當時の私」は、「何故先生に對して丈斯んな心持が起るのか解らなかつた」という未熟な存在、「遺書」を読んだ後、その遺書を公開することに至った現在の「私」はそれを悟っている存在である。したがって、「先生」の死に結ばれた「恐ろしい悲劇」に接し、人間の心の不可思議な世界に導かれ、もう人間の淋しさが分かるはずの現在の「私」は、その当時の「先生」に対する「心持」がいかなるものであったのか正確に判断できよう。しかも「人生そのものから生きた教訓を得たい」といっていた「當時の私」が、「先生」の死を経験してから自己の存在への問いかけを繰り返してきたことも想像できる。「私」は、先生とは断絶された自己の存在を、「先生」の死によって初めて、「先生」との関係の中ではなく、独立した立場から確認することができるのだ。現在の「私」が、当時の「先生」との関係において、すべてのことが分かるような姿をつねに見せているのも、「當時の私」を乗り越えることができる彼独自の目を持つことになったからにほかならない。

四　『こゝろ』の方法

もとより『こゝろ』は「先生と私」「両親と私」「先生と遺書」の、この三つの短篇をもって構成されているが、短篇の長さから見ると「先生と私」が三十六章、「両親と私」が十八章、「先生と遺書」が五十八章になっているから、「先生と遺書」にこの物語の重点が置かれていることになる。「私」の役割も、「先生と私」「両親と私」においては、先生に関するすべてのことを読者に伝える語り手の視点から、「先生と遺書」においては、「私」が遺書の読み手の視点に変貌することによって、「私」を通して三つの短篇が寄り合って統一感を持てるものの、『彼岸過迄』の敬太郎のように自らの身を消すことになり、薄くなっていくのは事実である。したがって「先生と遺書」をひたすら「先生」を主人公とした短篇として読むならば、「私」という存在は「先生と遺書」を引き出す役割にすぎないと受け取られがちである。この「先生と遺書」を探ることで、本作の本質が究明できると思い込み、数多くの研究がそのような立場に立って行なわれてきたこともそれを証明する。

が、「私」という存在を抜きにして「先生」の過去の秘密の告白は成り立たない。「先生」が、過去における経験を物語の現在の時点で、「私」という読み手に回想的に語ることで、彼の告白は初めて意味を持つことができるのである。「先生と遺書」の重要性を先程述べたが、逆に「作品の中心が先生の遺書にあるとすれば、遺書の成立を支えている私という人物の存在が注目されねばならない」(11)という指摘もある。このことは、「先生と遺書」の部分こそ、「私」の存在の必然性の上に成り立っていることを示すのであり、「先生」と「私」の二人の関係が「精神上の親子」(12)であることをも物語っている。そうなると、「先生と遺書」を中心に読むなら、ひたすら「先生」を主人公とした小説になるという論理も崩れるのであり、いわば「私」という存在にも重みを置くことが出来る。この節では「私」と「先生」との関係を具体的に探ることによって、『こゝろ』の方法について考えてみたい。

「私」と先生は、それまでどこかですれ違ったこともないまったく他人であった。「私」が鎌倉の海岸に遊びに行って偶然に会ったのであり、二人が会って特別な関係を持つ理由は全然ない。ところが、「私」という語り手は無条件に「先生」に近付いていく。なぜそのような「心持が起るのか解らな」く、「先生」に吸い込まれざるをえない。ただ理由があるとしたら次のような文章から推測できる。

私は最後に先生に向つて、何處かで先生を見たやうに思ふけれども、何うしても思ひ出せないと云つた。若い私は其時暗に相手も私と同じ様な感じを持つてゐはしまいかと疑つた。さうして腹の中で先生の返事を豫期してかゝつた。所が先生はしばらく沈吟したあとで、「何うも君の顔には見覺がありませんね。人違ぢやないですか」と云つたので私は變に一種の失望を感じた。（上・三）

結局、「私」の「先生」への接近はどこかでの「見覺」からのものであるが、「先生」からの「返事」のように二人は初対面である。むしろ、先生は「自分に近づかうとする人間に、近づく程の價値のないものだから止せといふ警告を與へ」るのである。決して「先生」は働きかける人物としては描かれていない。働きかけていくのは、もっぱら「私」だけの願望からなのである。しかし、この引き込まれていく「私」の、「先生」に対しての態度は、一度たりとも退く形を見せない。「不安に搖がされる度に、もつと前へ進みたくな」るものになっている。はたして「私」は「先生」に一貫して否定される人物であったのか。

この点に作者の狙いは刻み込まれているはずである。つまり、語り手でありながら主人公たる「私」が「先生」に近付こうと一方的に迫るのに対し、「先生」は「私を遠けやうとする不快の表現」ばかりで一貫しているわけではない。思い出して見ると、他人との交際を一切許さない「先生」との会話が交わされたのは、「私」が海から上がってきた「先生」に、落とした眼鏡を拾い、直接渡す時である。「次の日私は先生の後につゞいて海へ飛び込んで、「先生は後を振り返つて私に話し掛けた」のであり、「「もう歸りませんか」と云つて私を促がした」わけで、そこから二人の関係は進展していく。それから、「是から折々御宅へ伺つても宜ござんすか」と聞く「私」に、「えゝ入らつしやい」とはっきり答える。この事実は、二人の関係において「先生」が「私」を拒否したり、否定したりするのではなく、すくなくとも積極的とはいえないものの、「私」を自宅に呼べるほどの対象として認めたという証拠である。だから「先生」は自宅を訪問した「私」に、「また來ましたね」といって笑うのである。

この時点で作者はすでに、二人の間の交際に転機をもたらし、次第に確実な関係として捉えていく。それは、両者の関係においては、一定の距離を設けながらも、二人の関係を容認してゆく過程を描きだす書き手の精密な構成によるものであろう。それで当然、「先生」は、一方では「私」を受け入れながら、他方では「私」との交際に、ある程度の距離を置かざるをえない。この効果は、劇的であって、二人が平行線に立っているからこそ、より引き締まった感じを読み手に与えるのであり、巧みな仕掛けである。したがって、「私」との関係において、「先生」はけっして否定する姿として描かれてもいなければ、さらにすべてを打ち明けることのできる人物としても描かれていない。ようするに「適當な時機」が来るまで、二人は引いたり押したりして、一方に傾くことなく、均衡を保っている関係として設定されているのだ。

たしかに『彼岸過迄』からの作品において、構成の問題が指摘されるわけだが、漱石はこの『こゝろ』の新聞の連載に当り、当時の読者の興味を引くため、真剣に工夫していたに違いない。注意深く読んでいくと、各章に読み手に疑問を起こしたり、好奇心を誘発させるところが数多く散らばっている。由良君美は「読者の心を惹いて止まない巧みな仕掛けこそ芸術の巧みであり、『こころ』において、この仕掛けが極めて緻密に張りめぐらされている」(13)

という。「読者の心」を惹く「巧みな仕掛け」によって、読者はその物語に深く関わり、己れの想像力を最大限に生かし、興奮と期待、緊張と推測に身を任せ、物語の特質を把握しながら自分なりの意味形成の作業をしていく。読者の想像力が活発に働くのは、とうぜんその「巧みな仕掛け」からのものだが、語り手が「私」という一人称だからでもある。つまり、その一人称の「私」という語り手から語られる話を読むことで読者も、「私」という小説的人物になって、先生の秘密を暴いていくわけであり、この過程において「私」のように、「先生」の事件に深く参与し、推理していくはずであるからだ。

実際「先生と私」において、語り手である「私」は先生を観察し、その事件を追っていくわけだが、そこに折りよく「先生」の「恐ろしい悲劇」や「雑司ケ谷の墓地」の疑惑などが効果的に配置されている。したがって、読者は、「先生」と関わる重大な事件の核心をつねに念頭に置きつつ、それに接近するのに有効な情報を拾い集めていくのである。そしてこの情報は、読者に一層の興味を与えている。各部分を詳しく読んでいくと、本文の至る所にその情報が散在しているのに気付く。たとえば「先生と私」において、「先生」の態度や言語行為にはいつも不確かさや意外さが付きまとう。具体的にいえば、「私」と「先生」、「先生」と「奥さん」、「私」と「奥さん」との日常会話からそのような場面が見出される。

私は私が何うして此所へ来たかを先生に話した。
「誰の墓へ参りに行つたか、妻が其人の名を云ひましたか」
「いゝえ、其んな事は何も仰しやいません」
「さうですか。—さう、夫は云ふ筈がありませんね、始めて會つた貴方に。いふ必要がないんだから」

（上・五）

「先生」の自宅を訪問したが、不在中で、「奥さん」から「雑司ケ谷の墓地」へ「花を手向けに行」ったと聞いた「私」が、追っ掛けていき、「先生」と話を交わす場面であるが、「私」と「先生」の会話は、重大な何かを秘めていて、その種を明かさずに途切れてしまう。勿論、重大な何かを秘めている「先生」の態度は、「先生」の「恐ろしい悲劇」に根を持っているのであり、その「悲劇」は友達の「墓へ参り」ということと結びついているが、読者は当然「誰の墓」か、「其人の名」はなにかと疑問を抱くはずであり、その事件の背景に確実に暗示的な意味が込められていることを熟知しながら、はっきりとした形として摑む事ができないままの状態に置かれる。それがふとした瞬間、別のところに提示され、前の事件とも結びついて、より深刻な新たな意味の層を作り出すのだ。


「子供でもあると好いんですがね」と奥さんは私の方を向いて云つた。私は「左右ですな」と答へた。然し私の心には何の同情も起らなかつた。（略）

「一人貰つて遣らうか」と先生が云つた。

「貰ツ子ぢや、ねえあなた」と奥さんは又私の方を向いた。

「子供は何時迄經つたつて出來つこないよ」と先生が云つた。

奥さんは黙つてゐた。「何故です」と私が代りに聞いた時先生は「天罰だからさ」と云つて高く笑つた。


（上・八）

子供に関する、「奥さん」と「先生」との会話の場面だが、再読して見る時、どうしても引っ掛かるのは、「子供でもあると好いんですがね」、「貰ツ子ぢや、ねえあなた」と、二回とも「私の方を向いて」発話する「奥さん」の態度である。かつて、この「ねえあなた」という二人称的呼び方や「私の方を向」く「奥さん」の行為に注目し、「私」に「子供がすでにいることを暗示してもいる」[14]という見方まで示しているのは小森陽一である。この説をめぐって多くの論争があるようだが、「奥さん」に向かう「私」が介在されることによって、微妙な雰囲気が漂っているものの、「奥さん」との深い関係を想定できるほどのものは読者の想像力の外に何もない。これからの課題として問われる問題であろう。だが、ここで確実にいえることは、「先生」と「奥さん」は暗い過去を持つ宿命を背負っていて、子供ができないという事実である。他に、子供が生めない夫婦が、過去の痕跡に引きずられながらひっそりと暮らしていく場面が出る作品は『門』である。読者は、前の引用文を読みながら、『門』の宗助と御米の子供の問題を想起するはずであり、犯した罪から子が生めぬことにすぐ思いつくこともできる。子供が生めないことは、一夫婦の罪によって齎された運命であり、小説的仕掛けとして巧みに用いられていると想像をめぐらすであろう。

しかし、虚心にこの引用文を読んで見るとき、「子供は何時迄經つたつて出來つこないよ」といい聞かせ、その理由を「天罰だからさ」といって笑う「先生」の態度に謎の核心が潜んでいる気がしてならない。このような小説的仕掛けによって、「先生」の「過去」を明かそうとしている「私」と、その「過去」を懸命に守ろうとしている「先生」との関係、そして「恐ろしい悲劇」を巡ってのやりとりが浮き彫りになっていることが分かる。いわば、「先生と私」は、守ろうとしている「先生」の過去を明かそうとする「私」の物語であるのだ。その事件の解決に至るまでに、事件に絡みつく伏線や手がかりなどを前以て一つ一つ散りばめていき、読者の緊迫感を最大限に高めた後、一気に事件の核心を提示してしまう方法、これこそ、この『こゝろ』の物語への興味を読者に一層持たせる作者の狙いだったのである。「先生と私」の十二章には、これが一遍に暴露されているような形で描かれている。

先生は美くしい戀愛の裏に、恐ろしい悲劇を持つてゐた。さうして其悲劇の何んなに先生に取つて見惨なものであるかは相手の奥さんに丸で知れてゐなかつた。奥さんは今でもそれを知らずにゐる。先生はそれを奥さんに隠して死んだ。先生は奥さんの幸福を破壊する前に、先づ自分の生命を破壊して仕舞つた。私は今此悲劇に就いて何事も語らない。其悲劇のために寧ろ生れ出たともいへる二人の戀愛に就いては、先刻云つた通りであつた。二人とも私には殆んど何も話して呉れなかつた。奥さんは慎みのために、先生は又それ以上の深い理由のために。（上・十二）

実はこの時点において、語り手である「私」は「先生」の身辺に関わる「悲劇」についてはまだ語る立場には至っていない。この時点は、作品に関しては全知全能な作者が「私」を通じて、読者に提供する情報を操作し、物語内容の進行につれ、少しずつ配置していく過程であり、より好奇心を注がせるところである。にもかかわらず、「先生」が「美くしい戀愛の裏に、恐ろしい悲劇を持つてゐた」と暴いてしまう。無論、読者は、「美くしい戀愛」や「恐ろしい悲劇」とは何かと、それを物語の種であると信じながら読んでいくはずで、大きな支障はないが、この表白は読者にとって予想外の衝撃に違いない。それは単なる伏線としては具体的過ぎる「私」の告白だからでもあろうが、ここで読者は三つの事実を早くも承知してしまう。「先生」が「恐ろしい悲劇」を持っていることと、「奥さんは今でもそれを知らずにゐる」こと、そして結局「先生」は「自分の生命を破壊して仕舞つた」ということである。実はここに来るまで、「先生」が「悲劇」的な過去を持っていたことや、「先生」がもう死んでいることなどは仄めかされている。第四章には、「先生の亡くなつた今日」という「私」の語りがはっきりとはめこまれているし、「私は淋しい人間です。」と「私」に漏らしている「先生」は、すでに自分が「悲劇」的な過去を持っていることを読者にそっと暗示してもいたことになるからだ。それがここで全て頷けるように確認されている。

はたしてここで、早めに「先生」の「悲劇」の持つ重要な情報の「半面」を読者に伝えなければならない必然性はあったのか。考えてみると、「先生」の死を前もって知らせることは、それ自体が物語の行方を左右するほど大きな影響を及ぼすのを意味するであろう。これから語られていく具体的な過去の物語に、「先生」はいうまでもなく、「奥さん」も何にも「知らずに」参与するという可能性を試みているともいえる。「私」の日常の上に、「悲劇のために寧ろ生れ出たともいへる二人の戀愛」と「二人の結婚の奥に横たはる」悲劇を描くのに、十分な説得力を得るための作者の意図にほかならない。しかし、実をいうと作者は、物語において読者に与えるべき決定的なものは読み始めてすぐ見付けだせる場所にはなく、読者の手の行き届かないところに描いておく。引用文の場面は情報の「半面」といえども、それはあくまで読者の注意力を惹くための比喩的な言辞に過ぎないのである。「何事も語らない」、「何も話して呉れなかつた」、「深い理由のために」と続く文章は読者にさらに疑問を持たせるのであり、それゆえ読者は、その後の物語の展開が気遣わしくて堪らなくなるのだ。

ただ、活発な議論が行なわれているが、[15]「今でもそれを知らずにゐる」という重大な秘密の明かしは新たな告白として受け取らざるをえない。検討されるべき課題であろう。結局、物語が終わって事件が解消される時点に入らない限り、つまり「適當な時機」が来て、「恐ろしい悲劇」を持つ「先生」の過去が打ち破られ、なんらかの形で整理されない限り、この物語の中で露出されている人間関係の持つ不思議な引き合いは消滅に向かうことが出来なくなっているわけである。

註

（1）金正勲「彼岸過迄の方法」（『専門技術研究第四輯』全南専門大学、一九九五・一）

（2）玉井敬之「『こゝろ』をめぐつて」（『夏目漱石論』桜楓社、一九七六・十）

（3）　同註（2）
（4）　三好行雄「漱石作品事典」（三好行雄編「別冊国文学　夏目漱石事典」学燈社、平成二・七）
（5）　例えば熊坂敦子は、『夏目漱石の研究』（桜楓社、一九七三・三）において「私」と「先生」との関係を「精神的同族」として、梶木剛は、『夏目漱石論』（勁草書房、一九七六・六）において二人の関係を「精神的な血族」として見做している。
（6）　秋山公男は『漱石文学論考』（桜楓社、一九八七・十一）の「「私」の位置と役割」という論文の中で「両者の相異点」に注目している。また三浦泰生も「漱石の「心」における一つの問題」（「日本文学」一九六四・五）の中で、「私」は先生と「人格的に最も近い存在」でありながら、「同時にやはり別個の存在である」と述べている。
（7）　瀬沼茂樹『夏目漱石』（東京大学出版会、一九七〇・七）
（8）　同註（7）
（9）　三好行雄「ワトソンは背信者か」（「文学」一九八八・五）
（10）　三浦泰生「漱石の「心」における一つの問題」（「日本文学」一九六四・五）
（11）　畑有三「「心」」（「国文学」十巻十号、一九六五・八）
（12）　瀬沼茂樹『夏目漱石』（東京大学出版会、一九七〇・七）
（13）　由良君美「「こゝろ」の構造」（「国文学」二十六巻十三号、一九八一・十）
（14）　小森陽一「「こころ」を生成する心臓」（『文体としての物語』筑摩書房、一九八八・四）
（15）　三好行雄「ワトソンは背信者か」（「文学」一九八八・五）

第九章　『こゝろ』研究
――静の実相――

一　静の心としぐさ

静は、「先生と遺書」では「御嬢さん」として登場する。鳥取出身の軍人の父は、日清戦争で戦死してしまい、「軍人未亡人」の母を持つ一人娘である。静は、「先生と遺書」においては語り手の「先生」の目を通して、また「先生と私」においては「私」の目を通してのみ描かれていて、もう一人の謎に覆われている「恐れない女」たる人物である。「先生の奥さんである静に移れば、『こゝろ』論において彼女が正面からとりあげられることはほとんどなく、彼女の形象性の稀薄さが持つ問題についてもつきつめられてはいない(1)」という説が出るのも当然である。

一歩前進して、押野武志は「静を手掛りに読んだらどうなるだろうか。静に関する情報は極めて少ないのにもかかわらず、静のこころを読むことで、先生や青年のこころのかたちとは大きく異なった『こゝろ』が現れてくるはずである。(2)」という。具体的な描写が少ない状況の中で、はたして「静のこころを読むことで、先生や青年のこころのかたちとは大きく異なった『こゝろ』が現れてくる」かは疑問であるが、たしかに静に焦点を当てることは「先生」を注目して読んできた従来の読みを再考してみることにもなり、意義あることに違いない。

そこで本論では静の描写に注目し、「御嬢さん」時代の静から物語の現在に至るまでの静を辿っていき、再考してみることによって静の実相を明確にしたい。

この時注意したいのは、「先生」が語り手になり、自分を「私」と呼ぶことによって青年の「私」と混同してしまう危険性をはらんでいるところである。そして、その「私」という語り手個人の目に映る静の言動やしぐさをすべての登場人物、あるいは読者の目に映るものとして客観化してしまう可能性があるという点である。読者にとって、「私」の語る語り口は、まるで読者自身の語るものであると思われやすく、また「私」の想像は読者の想像になりがちのものであるからだ。「先生と遺書」においても、一人称の「私」という文字を用いて語り掛けていくことによって、読者は青年の「私」から「先生」の「私」に素早く適応しないかぎり錯覚しやすくなってしまうだろうと思われる。したがって「先生」の「御嬢さん」への想像も、読者の想像に当然影響を与えるものである。この点を念頭に置くべきであろう。

二人は静の家で最初に会う。

私は始めて其所の御嬢さんに會つた時、へどもどした挨拶をしました。其代り御孃さんの方でも赤い顔をしました。

私はそれ迄未亡人の風采や態度から推して、此御孃さんの凡てを想像してゐたのです。然し其想像は御孃さんに取つてあまり有利なものではありませんでした。軍人の妻君だからあゝなのだらう、其妻君の娘だから斯うだらうと云つた順序で、私の推測は段々延びて行きました。所が其推測が、御孃さんの顔を見た瞬間に、悉く打ち消されました。さうして私の頭の中へ今迄想像も及ばなかつた異性の匂が新らしく入つて來ました。

（下・十一）

叔父に財産を横領され、嫌な思いをして人を疑うことを覚えた「先生」が奥さんの家に住むことになり、お嬢さんに最初に会って感じる場面だが、一人の女性としての静に対する「先生」の純粋な第一印象としかいいようがない。作者は、他の作品においても主要男女二人が初めて会う場面を印象深く描いているのであり[3]、ここでも例外ではなく、「御嬢さんの顔を見た瞬間」、女「異性の匂」を臭いで一目惚れしてしまう男「先生」を結んでいる。そしてその「異性の匂」を、決してただの「肉の臭ひ」ではなく、「神聖な感じ」を起こすものとして呼び立てているのだ。さらに「先生」は、「御嬢さんの顔を見るたびに、自分が美くしくなるやうな心持がしました」と述べているが、それが「愛といふ不思議なもの」に変わり、またその愛は「信仰に近い愛」として発展するのである。

ところで、「先生」への静の心は分からない。繰り返すが、静は「先生」の目を通しての姿を見せるだけだから、読者は「先生」と同じく彼女の内面を覗き込むことは出来ない。ただ、語り手の語り口から想像できるわけだが、この時の彼女は「活花」や「琴」の稽古をしている典型的な「御嬢さん」である。父が不在の娘が「琴」や「活花」の稽古をしていたという事実は、自分の未来に対しての期待からのものであろう。いわば結婚の修業として、「下手な活花」や「下手な」「琴」を練習し、「御嬢さん」に相応しい素養を身につけるため、力を尽くしていたことは確かである。この「活花」と「琴」が下手であることを指摘し、「静は「良妻賢母」としての母親である奥さんとは、女性として違うタイプの人間だったと思われます。[4]」という面白い説もある。しかし、逆に「活花」と「琴」に素質がなく、下手ではあったが、父不在の一人娘の静としては当時「良妻賢母」を目指して修業をしていたといえる。

むしろ、「未亡人」の奥さんが「先生」を「靜かな人、大人しい男と評し」、「勉强家だとも褒めて呉れ」、のみならず、「鷹揚な方だと云つて、さも尊敬したらしい口の利き方をした」事実を見逃すことが出来ない。日清戦争で夫を死なせて一人の娘と暮らしてきた軍人未亡人の奥さんに、その一人娘がいかなる存在であったか想像しがたくない。「先生」が後、静に直接結婚を申し込まずに、母である奥さんに申し込むという設定は、その当時の社会環境を考えると意外なことではない。母は一人娘を頼りに、娘は母を頼りにお互いに慰め合いながら戦死者の遺族として淋しい日々を送ってきたのであり、娘は極端にいえば「母親の付随的存在」[5]にほかならない。とすれば、母に讃められることを近いところで見守っていた静が、「先生」に好感を持つのは自然なことである。「茶の間を抜けて、次の室の襖の影から姿を見せ」、「先生」の「名を呼んで、『御勉強？』と聞」く静の意識の底には、「先生」への親密感があったはずだ。静と「先生」との関係を暗示する静のしぐさは微妙な波長を呼び起こす。

さつき迄傍にゐて、あんまりだわとか何とか云つて笑つた御孃さんは、何時の間にか向ふの隅に行つて、脊中を此方へ向けてゐました。私は立たうとして振り返つた時、其後姿を見たのです。後姿だけで人間の心が讀める筈はありません。御孃さんが此問題について何う考へてゐるか、私には見當が付きませんでした。御孃さんは戸棚を前にして坐つてゐました。其戸棚の一尺ばかり開いてゐる隙間から、御孃さんは何か引き出して膝の上へ置いて眺めてゐるらしかつたのです。私の眼はその隙間の端に、一昨日買つた反物を見付け出しました。私の着物も御孃さんのも同じ戸棚の隅に重ねてあつたのです。（下・十八）

奥さんは娘の結婚についてどう思うかと疑問を持っていた「先生」が、「奥さんの意中を探」るために会話を交わした後、「自分の室へ歸らう」としているところで、「先生」の見た静の姿である。実は、奥さんの所に移ってから「先生」は、静には「信仰に近い愛」を持ち、一方「奥さんが、叔父と同じやうな意味で、御孃さんを私に接近させやうと力めるのではないか」と考えるのであり、奥さんを「狡猾な策略家」としても見做してしまう。そこで「先生」は、奥さんに「反感を抱くと共に」静に「戀愛の度を増」していくのだ。が、さらに「先生」は「奥さんと同じやうに御孃さんも策略家ではなからうかと」思いこんでしまう。「先生」が静を愛しながらも、「信念と迷ひの途中に立つて」彼女に一歩も前進できなかったのはそれに起因したのだ。ようするに、「先生」が彼女に自分の心を打明けられなかったのは、静の「心が讀め」なかったからにほかならない。

とはいえ、三人で日本橋へ行って買った「先生」の着物も静の着物も、彼女が「同じ戸棚の隅に重ねて」おいたという事実を看過することができない。これはちょうど『それから』において三千代のしぐさを連想させる。三千代は代助の友達平岡と結婚し、夫の平岡と共に「京阪地方」へ移る事になるが、平岡が金銭上のことで、勤める銀行の支店を辞めてしまう。三千代は、一人で東京へ戻り、代助の自宅を訪れるに至る。そしてそこで三千代は、「代助の前に腰を掛け」、「奇麗な手を膝の上に疊ね」る。その時三千代の下にした手にも、上にした手にも「指輪」がはめてある。ところで、上にした手の「指輪」は皮肉にも「三年前結婚の御祝として代助から贈られたもの」であると書き込まれているのだ。「その時彼女は、「畳ねた」手の、「上にした手」に代助の贈った「指輪」をはめている。いや、代助の贈った「指輪」をしている手の方を「上にした」というべきなのかもしれない。「指輪」には、常に三千代の側からの沈黙のメッセージがこめられている。(6)」という説や「作者は『それから』という作品を通して一貫して、三千代に「真珠の指輪」を与えたのは夫平岡ではなく、友人代助という設定にしているのである。とすると、作者は明らかにある意図のもとに代助が三千代に与えた「真珠の指輪」という〈小道具〉を作中に出し、使用している(7)」という説にも一理がある。

前の静のしぐさもこれと同様であり、「先生」の着物と自分の着物を「引き出して膝の上へ置いて眺め」、「同じ戸棚の隅に重ね」る彼女の行為も単純な意味として用いられたわけではない。静の結婚の相手としての「先生」を読者に想起させながらも、静の内面を明確に見せることを望まない作者の意図が垣間見られる。この時点においての作者は、異性との関係において静を自分の男性を選ぶ立場にけっして立たせていない。ただ選ばれる立場に立たせているのだ。だが、それが静の心に対しての私達読者の想像力までを限定してしまうものではない。静は、自分の結婚についての話題を「先生」と母が交わしているのを「傍にゐて」聞くのであり、「先生」が「好い加減な所で話を切り上げて」しまう時に、「戸棚の隅」に行ってその行為を行なうのである。この事実は、少なくとも「先生」に対しての静の無言のメッセージであるかのごとく受け取られなくもない。静についての心を明らかにせず、躊躇している「先生」への、彼女のできる最大限の自分の意志表現であるともいうべきものである。「自分の娘」と「先生とを接近させたがつてゐ」た奥さんの心には、すでに静の結婚の相手として「先生」が据えられていたのであり、これを知っていた静が、自分の「結婚について、奥さんの意中」に答えるような形で、そのようなしぐさを見せていたとはいえないか。未亡人の母と一人娘の間には、当時の未婚の女性にとって、未来における最大の関心事である結婚についての論議が十分にあったはずである。下宿のため、「先生」が二人の住んでいる家を訪ねた時にも、奥さんは「先生」の「身元やら學校やら専門やらに就いて色々質問し」たのであり、その時から静の結婚の相手たる可能性を持つ人物として、「先生」の存在が奥さんの念頭に置かれていたのかもしれない。

二　「技巧」としての振舞い・「笑い」としての振舞い

しかし、この下宿屋にもう一人の男、Kが登場することによって静の態度は急変している形で描きだされていく。漱石の作品には自分の前で心を決めず、曖昧な態度で一貫している知識人の男性に、その振舞いを利用し、じょじょに自分を意識させていく女性が多く登場するが(8)、静もその系譜に属する女性である。そこで重要な事実は、もう一人の男性が出現するまでは、その女性の振舞いが潜在的なものに止まっており、本格的な行為として表れてはいなかったのだが、もう一人の男性がその女性に絡む事によって、それが露出されるという点である。作者は他の作品においても、「純白」で女性的な姿を持っていながら、「策略」を弄する女性を巧みに描いているのであり、憧憬の対象としての「純白」な女姓と、「僞り」の内面を持っている女性像の構図をつねに意識していたといえる。それが新しい男性の出現と共により積極的に、より赤裸々に現われてくるのだ。白い百合を持参して、昔の男の自宅を訪問する三千代や、宗助の下宿に「ふと」「遣つて來」る御米の積極性は、もう一人としての男性の出現を意識せずには起こりうるものではない。親友Kを下宿屋へ引っ張るために頼む「先生」に、「止せ」といいきっていた奥さんには、「先生」と娘との関係が予期しないところに陥る可能性を恐れる懸念があったのかもしれない。実は、Kの出現の前からも早くも微かに静の振舞いの前兆が見られていた。

時たま御孃さん一人で、用があつて私の室へ這入つた序に、其所に坐つて話し込むやうな場合も其内に出て來ました。さういふ時には、私の心が妙に不安に冒されて來るのです。さうして若い女とたゞ差向ひで坐つてゐるのが不安なのだとばかりは思へませんでした。私は何だかそわそわし出すのです。自分で自分を裏切るやうな不自然な態度が私を苦しめるのです。然し相手の方は却つて平氣でした。これが琴を浚ふのに聲さへ碌に出せなかつたあの女かしらと疑がはれる位、耻づかしがらないのです。あまり長くなるので、茶の間から母に呼ばれても、「はい」と返事をする丈で、容易に腰を上げない事さへありました。それでゐて御孃さんは決して子供ではなかつたのです。私の眼には能くそれが解つてゐました。能く解るやうに振舞つて見せる痕迹さへ明らかでした。（下・十三）

この段階での「先生」は、奥さんと静が自分の財産を目当てに結婚を企んでいるとは全然思っていない。叔父とのことで、すべての人間には不信を抱いてはいるものの、静に対する先生の愛は「信仰に近い愛」である。「私は金に對して人類を疑ぐつたけれども、愛に對しては、まだ人類を疑はなかつた」という「先生」の証言がそれをよく裏付けている。したがって、「先生」には、金銭との関係で他者と結ばれていると思われる時が一番辛い時である。「先生」が奥さんと静を見分けて、奥さんには「反感」を、静には愛を増していくことになるのも、奥さんがもしかして自分を娘の政略的な結婚相手として思っているのではないかという疑問からである。『私は他を信じないと心に誓ひながら、絶對に御孃さんを信じてゐたのですから。それでゐて、私を信じてゐる奥さんを奇異に思つた」という「先生」の言葉は、「下宿した始めより」複雑になっている三人の関係をよく代弁している。

ただ、上の静の描写に留意したいのは、静に対しての「先生」の疑心がまったくない時点であるにもかかわらず、妙な静の姿が早くも出ている点である。後に出る「先生」の最後の希望にも当たるのだが、「純白」な女性としての静の姿が説得力を持つべき舞台なのに、もう「振舞つて見せる」彼女が「先生」の目に映るのだ。だが、これこそ金銭的、政略的な意図から「振舞い」を見せる立場から脱しており、作者の描きたい静の本来の姿ともいえる静像である。「若い女」と座っているだけで、「不安」になる「先生」に対し、「却つて平氣」な、恐れない静はきわめて対照的である。「先生」よりはむしろ、「母に呼ばれて」自分の部屋に戻るのをもっと恐れる静のほうが、より大胆で度胸があるといえる。佐々木英昭は、漱石の自伝小説『道草』の文章、「女は策略が好きだから不可い(略)」、「何と云つてたつて女には技巧があるんだから仕方がない」という健三の言葉を引用し、「女の「技巧」を批判する主人公を、作者がその上に立って批判している(9)」と述べている。健三を相対的に見下ろしているのは作者といえども、またその作者の分身が健三であることを否定するわけにはいかない。ようするに、漱石は健三を通じて女について語っているが、それは作者自身の女についての考え方でもあるのだ。

このように読んでいくと、静は本来「技巧」を持って振舞うに決まっている。健三にとって、「技巧」は女に必然的に付いているものであって、それ故に女はいけないわけである。「技巧」を持つ女が漱石の作品に紛れもなく登場するのは、十分に理由があるのだ。とはいえ、作者にとって女は健三のいう「不可い」存在に止まるであろうか。「年齢的な、また作家としての成熟に伴って、彼が女性的「技巧」をむしろかわいいものとして受け入れられるようになっていったことを示していましょう。(10)」と佐々木が付け加えている如く、この時になって漱石は、「技巧」を女らしいものとして受容するようになったのかもしれない。

「先生」と静とKとの三人の三角関係において、「先生」への静の最初の振舞いは、「笑い」として描かれている。静とKの二人のみがKの部屋で話しているのを「先生」が目撃し、嫉妬を感じる時、静は妙な「笑い」をするのだ。勿論、奥さんが静と「先生」だけを「置き去りにして、宅を空けた例はまだなかつた」のであり、「先生」には嫉妬の気持ちが起こるとは思うが、「下らない事に」「笑う女が嫌」いな「先生」に静は笑って見せる。が、その「笑い」は「奥さんに叱られてすぐ已め」られるものであった。

「先生」の「嫌な例の笑ひ」がまた露骨に静から出るのは、「先生」の不在中、静とKの二人の外出に疑心を抱き、「先生」が静に、Kと「一所に出たのか」と「問を掛けたくな」った時である。この時さらに、静は「先生」に、「何處へ行つたか中てゝ見ろと仕舞に云ふ」のであり、「先生」は「不眞面目に若い女から取り扱はれる」とも感じる。続いての静の態度に対する「先生」の評価は厳しい。

御孃さんの態度になると、知つてわざと遣るのか、知らないで無邪氣に遣るのか、其所の區別が一寸判然しない點がありました。若い女として御孃さんは思慮に富んだ方でしたけれども、其若い女に共通な私の嫌な所も、あると思へば思へなくもなかつたのです。さうして其嫌な所は、Kが宅へ來てから、始めて私の眼に着き出したのです。私はそれをKに對する私の嫉妬に歸して可いものか、又は私に對する御孃さんの技巧と見傚して然るべきものか、一寸分別に迷ひました。私は今でも決して其時の私の嫉妬心を打ち消す氣はありません。

（下・三十四）

やはり「先生」の評価からも窺えるように、「嫌な所」があるのは静に限られるものではない。「先生」は、「若い女に共通な私の嫌な所」といっているのであり、『道草』において作者が健三を通じて女を評価している如く、ここでも作者は「先生」を通じて女を評価している。いわば「若い女」全般に対しての評価であり、そこに静は属していて、「若い女」を代表して選ばれた彼女が、「先生」にだんだん「嫌な所」を振舞って見せていくのも意外なことではない。ただ「知つてわざと遣るのか」、それとも「知らないで無邪氣に遣るのか」と考えて行く時、また新しい疑問が生じる。

というのも、Kの事情に同情し、自分の下宿屋に入れようとしている「先生」に、「そんな人を連れて來るのは」「先生」の「爲に惡い」といった奥さんの存在が浮かび上がってくるからである。一人娘と若い青年「先生」との二人の未来を展望して止まない奥さんは、自分を含め、この二人の関係が変わっていくのを決して望まない。つまり、年頃の一人娘に適当な結婚相手を見付けてやろうと思うのが母としての常識であり、「先生」を有力な候補として見做すことも「躊躇」しなかったはずである。これを決して知らずにいる静ではない。自分の母だけに奥さんの心がよく分かる静は、ここからKと二人だけの時間を持ち、「先生」にだんだん働きかけて行く。まるで、「先生」に嫉妬の気持ちを起こすことで、「先生」との関係において未来に関わる確信を得、母の願いに答えるかのように、彼女は「先生」に接していくのだ。実に静のその振舞いは、「先生」に嫉妬を呼び起こすのに十分なものであった。「先生」が帰ってくると、静かに止まってしまう彼女の話声や笑い声、また奥さんと女中が留守の時に、Kの部屋から出ていく彼女の後ろ姿など、まさに妙な言行と思われる場面が少なくないのもそれを裏付けている。

だが、Kが来てからのこのような静の振舞いは、奥さんと静の意図するところとは離れ、「先生」が静に打明けることのできない原因になる。いいかえれば、静の振舞いは「先生」に、「Kの來た後は、もしかすると御嬢さんがKの方に意があるのではなかろうかという疑念」を持たせるのであり、「先生」は愛の告白がなかなかできない。静は奥さんの許可の下で、「先生に嫉妬を起こさせ結婚を決意させるべくKを利用する」(11)かも知れないが、むしろ「先生」は遠くの方に立退いてしまうわけである。

三　「先生」の罪・Kの不幸

結果からいえば、「先生」はこの時、静に自分の心を打明けたらよかったものを、一歩も動かないことによって大きな悲劇を招くのだ。静に打明けることができなかったなら、せめてKには打明けるべきであった。それができなかったため、Kは静を愛してしまい、自分の心を「先生」に打明けるに至る。いうまでもなく、Kの静に対する感情も、静の振舞いが生んだ結果からのものであろう。静はまるで「先生」の前で、始終Kと仲良い関係を見せ付けるかのような態度を取ってきたのであり、Kにとっても、静が自分に好意を示しているのではないかと十分に誤解をする可能性があったからである。恐ろしい悲劇は、Kに静への愛を告白され、不安な「先生」がKに「策略」を企んで、先に静の母である奥さんに、「御嬢さんを私に下さい」といってしまうことによって起こる。

ここで一つ明らかになるのは、静の「先生」への気持ちである。前述で、静ははたして「先生」を結婚相手として意識していたかという部分を疑問にしながら、漠然と二人の関係を推定してみたのだが、ここでその根拠を見いだすことができる。つまり、「先生」が奥さんに告白してから、「當人にはあらかじめ話して承諾を得るのが順序らしい」といった時、奥さんは「大丈夫です。本人が不承知の所へ、私があの子を遣る筈がありませんから」と応酬するのであり、この事実は、奥さんと静との間には、すでに静の結婚相手として「先生」を話題に会話が交わされていたということを物語っている。奥さんの言葉を借りれば、静にとって「先生」の所は「不承知の所」ではなく、

「承知の所」なのだ。

告白してから「先生」は、奥さんに、静にその話を早く伝えてくれることを頼む。Kが先に静に告白することを望まない「先生」の焦りからのものであろう。「先生」の告白は、早くもそのまま静に当日、奥さんから確かに伝えられたと思う。その日「夕飯の時」の静の態度があまりにも普通とは違うからだ。「夕飯の時」静は「何時ものやうにみんなと同じ食卓に並」ばないで、「奥さんが催促すると、次の室で只今と答へる丈」である。そしてKが聞き出すのに対し、奥さんは、静は「大方極りが悪い」といって「先生」に「微笑」するのである。この奥さんの「微笑」や静の態度は、もうすでにその話が静に伝えられたことを意味するのである。

問題なのは、「先生」からではなく、奥さんからその話がKの耳に入ったことである。奥さんの立場からみれば「先生」より、静への結婚の申し込みの話が出て承諾した以上、二人に邪魔になるようなことがあれば、早く片付けたがるのは当然である。それで彼女は優柔不断な「先生」に任せることなく、自らKにその話を明かすのである。奥さんからその話が明かされることで、事件の成り行きは極端な方向に向かうことになる。すなわちKにとって、「先生」からではなく、奥さんから「先生」の静への愛の告白を聞くことがいかに辛いことであったか想像できよう。真宗の寺の次男として「精進」という言葉の下で育ってきたKには、「たとひ慾を離れた戀そのものでも道の妨害になる」のであり、静に恋を抱くこと自体が「精神的に向上心のない」ものであった。それゆえKは、本来の彼とはまるきり変わって、「自分で自分が分らなくなつてしまつた」といいながら「先生」に、「公平な批評を求める」のだ。そして、「進んで可いか退ぞいて可いか、それに迷ふのだと説明」までしている。それほどKには切実な静への愛であったし、友人の「先生」だけを信じて打明けたものの、容赦なく「先生」に裏切られたのだ。

勿論、Kにも問題がないわけでもない。「Kも一人前の男なら、当然、自分の愛は白分で娘に告白すべきであった[12]」という山崎正和のいう如く、Kは静に直接告白したらよかったのだ。しかし、良心に背く罪は実際「先生」

にあった。なによりも、Kが「先生」にその話を打明けた時に、「先生」は静への気持ちをKに一言もいっていなかった。Kには、静に対する「先生」の感情についての情報がまったくなかったわけで、突然「先生」の静への告白の話を奥さんの口から聞いた瞬間、Kの心境はいかなるものであったか想像するまでもない。はたして、「先生」が自分の弱点を利用し、ひそかに「策略」を企んで先に奥さんにいってしまうとKは思っていたのであろうか。Kは、「進んで可いか退ぞいて可いか、それに迷」い、「先生」に助言を求めて、解答として「精神的に向上心のないものは馬鹿だ」とまで聞かされたのであり、それを聞かせてくれた親友の「先生」が、まさか奥さんを通じて静に愛の告白をするとは夢にも思っていなかったはずである。「先生」の罪とKの不幸はここにあったのだ。

四　静の無知・夫婦の孤独

「先生」と結婚してからも静は「先生」に、「二人でKの墓参をしようと云い出し」たり、「御参をしたら、Kが嘸喜こぶだらう」といったり、まるで「先生」とKのことに全然無知であるかのように見られている。「静は果たして知っていたのか(13)」という面白い問いかけが出るのも一理があるが、彼女はあくまでも知らないままになっているのだ。

「實は私すこし思ひ中る事があるんですけれども……」
「先生があゝ云ふ風になつた源因に就いてですか」（略）
「先生がまだ大學にゐる時分、大變仲の好い御友達が一人あつたよ。其方が丁度卒業する少し前に死んだんです。急に死んだんです」

奥さんは私の耳に私語くやうな小さな聲で、「實は變死したんです」と云つた。それは「何うして」と聞き返さずにはゐられない樣な云ひ方であつた。

「それつ切りしか云へないのよ。けれども其事があつてから後なんです。先生の性質が段々變つて來たのは。何故其方が死んだのか、私には解らないの。先生にも恐らく解つてゐないでせう。けれども夫から先生が變つて來たと思へば、さう思はれない事もないのよ」（上・十九）

この「私」と静の、「先生」についての会話を読んでみるかぎり、静はその恐ろしい過去をまるで知っていない。「先生」の変貌の原因が大学の友達の「變死」によるものであると信じながらも、彼女にはその事件の実態に関しての情報がまったくない。もし静が事件の実態を知っていたとするなら、自分のために起こったその悲劇的な秘密が他人に明かされるのを恐れるはずであり、わざとKの「變死」の話を持ち出す理由はどこにもない。いいかえればそれが知らないからこそ、彼女は何気なく、「私」の前でKの「變死」の話を話題にするわけである。

しかし、前後の物語の進行状況を具体的に追っていくと、静にしては少なくともKの自殺の原因の手掛かりを摑み出せるようないくつかの出来事に接していたといえる。なによりも、「先生」からの告白が奥さんにあって、そしてすぐその告白が静に伝えられて、何日間しか経ていない時に、Kが急に自殺してしまったことが挙げられる。「先生」の告白が未婚の彼女に齎す衝撃は大きいものであり、それがあってからの出来事だから、静としては「先生」の告白がKの自殺に関連する可能性を予期することもできる。また静は、Kと懇意になって「先生」の不在中にKの部屋で話を交わしていたわけで、その瞬間帰ってきた「先生」を見て、「笑い」を見せたりしたのであり、「先生」とKの真中に立っていた彼女が、その事件を自分との関連線上に解釈することはできなかったのかなど、疑問が多い。未婚の時から「先生」を見守ってきて、さらに結婚して変貌していく過程を日撃してきた静がKの自殺の原因について分からないのは、論理的にも不思議なことである。が、「奥さんは今でもそれを知らずにゐる」という状況がこの物語の前提にならないと、静という人物の持つ独自性はなくなる。読者が静に注目して彼女の発する最後の一行まで見逃さずに、読んでいくのは、謎の存在の静に対する不思議な魅力があるからだ。「先生」の遺書の終わりには、「妻が己れの過去に對してもつ記憶を、成るべく純白に保存して置いて遣りたい」という「先生」の遺言があり、これは自分の過去を静に知らせたくない「先生」の「私」への最後の願望にもなっている。それで静はKの自殺の理由については分からないし、それが「先生」の遺書を読んだ後、「私」によって手記として書かれることになるのに多くの謎を生み出し、面白さをいっそう増しているのである。

ただ、ここで一つ念頭に置きたいのは、実は彼女が「先生」と死んだKの真中に立って、「先生」にその罪意識を想起させているところである。「先生」にとって静と生きることは、幸福に生きることであるが、一方、つねにKの影から逃れられないことであり、死者Kに脅かされる生者自分の構図の中で生きることである。静に「何處にも不足を感じない」「先生」が、「妻が中間に立つて、Kと私を何處迄も結び付けて離さないやうにする」と思うのも、「先生」と静の夫婦関係がKを犠牲にして成り立ったからにほかならない。静は「先生」に、「恐ろしい悲劇」を呼び起こす媒介人であると同時に、信頼される奥床しい妻でもあるのだ。「先生」はいう。

「私は世の中で女といふものをたつた一人しか知らない。妻以外の女は殆んど女として私に訴へないのです。妻の方でも、私を天下にたゞ一人しかない男と思つて呉れてゐます。さういふ意味から云つて、私達は最も幸福に生まれた人間の一對であるべき筈です」（略）

先生は何故幸福な人間と云ひ切らないで、あるべき筈であると斷わつたのか。私にはそれ丈が不審であつた。

ことに其所へ一種の力を入れた先生の語氣が不審であつた。先生は事實果たして幸福なのだらうか、又幸福であるべき筈でありながら、それ程幸福でないのだらうか、私は心の中で疑ぐらざるを得なかつた。（上・十）

これは『門』の宗助とお米夫婦を思わせる箇所で、夫婦の有様が語られている。静は「先生」に、「先生」も静には唯一無二の対象である。恐ろしい過去を引きずりながら、現在の内的な夫婦関係に満足して生きるべき二人である。しかし、『門』の二人とは根本的な相違があるのを認めざるを得ない。『門』での二人は、自分達の拵えた過去を二人とも承知しているのに対して、『こゝろ』の二人は、夫は知っていて、妻は知らない状態の夫婦であり、内実が違うのである。過去からの罪を共同に持って生きる宗助夫婦に比べ、「先生」の夫婦は、過去からの罪意識を夫婦共同に持っていない。夫の「先生」は過去からの罪意識に悩まされつつあるのに、妻の静はとうてい「先生」の心の奥底までは入りこんでいけないのだ。続きの「私」の解釈はこの事実をよく証明してくれる。語り手の「私」の解釈によれば、作者は、二人を夫婦関係において幸福な「一對」として捉えてはいながらも、「一對であるべき筈」とこだわることによって、二人が幸福かと読者に疑念を抱かせるのであり、二人に微妙な食違いがあることを暗示しているのではないか。夫婦の二人に何かが秘められているとしたら、「先生」は知って、静は知らない、その「恐ろしい悲劇」にほかならない。その「恐ろしい悲劇」から誕生した夫婦であるゆえに、二人は切実にお互いだけを頼りに生きていくべきであるが、それだけにその悲劇的な過去を共有できない運命の現在に生きるしかないのだ。

この「先生」と静との微妙な食違いは、「私」が「先生」に留守番を頼まれ、奥さんの静と一人で「先生」を話題に話を交わす場面からもうかがえる。

「それぢや奥さん丈が例外なんですか」

「いゝえ私も嫌はれてゐる一人なんです」

「そりや嘘です」と私が云つた。「奥さん自身嘘と知りながら左右仰やるんでせう」

「何故」

「私に云はせると、奥さんが好きになつたから世間が嫌ひになるんですもの」

「あなたは學問をする方丈あつて、中々御上手ね。空つぽな理窟を使ひこなす事が。世の中が嫌になつたから、私迄も嫌になつたんだとも云はれるぢやありませんか。それと同なじ理窟で」（上・十六）

たしかに静は、「先生」の態度が結婚以前とは変わり、外へも出掛けないし、人にも会わなくて厭世的であると思っている。「先生」が、「人の顔を見るのが嫌に」なったことで、彼女も嫌われていると思い込んでいるのだ。静からの「先生」への思いは、彼女の言葉を借りれば、「先生は私を離れゝば不幸になる丈です。或は生きてゐられないかも知れませんよ。さういふと、己惚になるやうですが、私は今先生を人間として出來る丈幸福にしてゐるんだと信じてゐますわ。どんな人があつても私程先生を幸福にできるものはないと迄思ひ込んでゐますわ。」（上・十七）といいきるほど完璧なものである。静の働きかけの表現として受け取っても差し支えなかろう。夏目漱石辞典の『こゝろ』の作中人物のところには、「奥さんからの精一杯の働きかけはあっても、「先生」は過去をすべて打ち開けて、真の夫婦になることができなかった。この二人はその意味でお互いに孤独であり、奥さんにも一抹の淋しさが流れている。(14)」という書き入れがあるが、まさに当てはまる指摘である。静に「先生」への厚い信頼がある一方、「先生」に「嫌はれてゐる」という恨みが共存しているのもそれゆえにほかならないだろう。「最も幸福に生まれた人間の一對であるべき筈」のこの夫婦は実際には孤独であったのだ。

五　静と「私」

それが原因だとはいいがたいが、静は不思議にもう一つの顔を見せる。

先生は寧ろ機嫌がよかつた。然し奥さんの調子は更によかつた。今しがた奥さんの美くしい眼のうちに溜つた涙の光と、それから黒い眉毛の根に寄せられた八の字を記憶してゐた私は、其變化を異常なものとして注意深く眺めた。もしそれが詐りでなかつたならば、（實際それは詐りとは思へなかつたが）、今迄の奥さんの訴へは感傷《センチメント》を玩ぶためにとくに私を相手に拵えた、徒らな女性の遊戯と取れない事もなかつた。尤も其時の私には奥さんをそれ程批評的に見る氣は起らなかつた。私は奥さんの態度の急に輝やいて來たのを見て、寧ろ安心した。（上・二十）

「私」に語られる静の態度だが、「先生」の帰りと共に静は、今までとはまったく変わって態度を取りなおす。「先生」について深刻な相談を「私」と交わす時と比べると、もうすでに人妻としての現実に戻り、夫を嬉しく迎える態度である。しかし、「私」が静の態度の変化に「寧ろ安心した」といっているのは、「先生」が帰ってくるまで、静は安心できない態度を見せていたことを意味する。「先生」の奥さんとしてではなく、「徒らな女性」として自分の「感傷《センチメント》を玩ぶためにとくに私を相手に」遊戯したともいえるほどの態度がはたしてそこにあったのか。あったとしたら、結婚以後もずっと保っている彼女の振舞いによるものである。まさに作者は、「先生」が帰ってくる前に、「私」への静の妙なしぐさを書き入れておくのを忘れていなかった。

「もう一杯上げませうか」と聞いた。私はすぐ茶碗を奥さんの手に渡した。

「いくつ？　一つ？　二ッつ？」

妙なもので角砂糖を撮み上げた奥さんは、私の顔を見て、茶碗の中へ入れる砂糖の数を聞いた。奥さんの態度は私に媚びるといふ程ではなかつたけれども、先刻の強い言葉を力めて打ち消さうとする愛嬌に充ちてゐた。

（上・十七）


「私」は「茶碗を奥さんの手に渡し」、彼女はそれに答えるような形で茶碗に「角砂糖を撮み上げ」る。そして「私」は飲むのである。何でもないやり取りとして読んでも支障はないだろうが、どうしても引っ掛かるのは、その後に来る「媚びる」や「愛嬌」という言葉である。「媚びる」や「愛嬌」という言葉を用いることによって、人妻としてではなく、女性としての静を読者に連想させ、「私」との関連においても、疑問の可能性を残そうとする漱石好みの戦術的手法であるといえば過言であろうか。近来、俳優座の一九八七年十月公演、（『こころ』―わが愛）の終わりのところや[15]「『こころ』を生成する『心臓』」（「成城国文学」、一九八五・三）という論文などが[16]、この「私」と静の深い関係までを認めている。それに、「かつて私が発表した「『こころ』を生成する『心臓』」（「成城国文学」、一九八五・三）という論文がある過剰な反響を生み出してしまった要因の一つは、「先生」の死後、残された「奥さん」と「私」との間で、性的な交渉がありえたかもしれないということを仄めかしたところにあるだろう。もちろん「仄めかした」と読み取ったのは、読者の側であり、私が指摘したのは、「先生」の死後、「私」という青年と「奥さん」とは「精神と肉体を分離させることなく」、「つきつめられた孤独のまま」「共に―生きる可能性をもっているということであり、今の「私」に「貫ツ子」ではない子供がいるかもしれない、ということだけであった」とわざと付け加えている小森陽一の論まで出ており、活発な議論が行なわれているわけである。[17]

たしかに小森のいうように、子供についての二人の会話の中には、衝撃的に受け取らざるを得ない文句がある。いわば、「子供でもあると好いんですがね」という静に、「私」は「左右ですな」と答えて、「子供を持つた事のない其時の私は、子供をたゞ蒼蠅いものゝ様に考へてゐた」というが、その文章である。ここで「子供を持つた事のない其時の私」という表現は、現在の「私」は「子供を持った事」があるのか、「子供を持った事」があるとしたら、だれと「持つた事」があるのかなど、様々な推測を生む余地が十分ある。が、一貫して「私」と静の関連性を試みようとする意見などは、あくまでも可能性としては認めるにしても、読者あるいは論者の想像力によって依存されるべきところが多く、作品読みにおいて、それについてのすべての解釈が妥当であるかと考えてみる時、つねに論争になる危険を孕んでいるのだ。『こゝろ』の上・中を再読してみると、その論争になる危険を孕んでいるところがきわめて多く、これからの課題として問われるべきであろう。最近の、「上・中の部分に既に、つまり「私」と「奥さん」と「先生」との関係の中に、将来「私」と「奥さん」との間に何かドラマが起こり得るはずだという伏線が張ってあると感じられる[18]」という浅野洋の評価もそのことをよく裏付けている。もし「私」と静との関係を想定するならば、人妻であるという認識から脱することによって初めて可能になり、さらにまた、「私」と静との間に「何かドラマが起こり得るはずだ」とするならば、静の振舞いが極端の時点に至ることによって可能になろう。

このように読んでいく時、人妻でありながら、「徒らな女性」としての二重性を持っている女性が静であることが分かる。彼女は出来事の事情により、容赦なく変貌を見せる。ここで、私見だが、留意したいのは静を追って読み返して見ると、その振舞いを見せ、自分の「感傷《センチメント》を玩ぶ」時の静像が、つねに「純白」な人妻である静像を圧倒しているようにも感じられる点である。「徒らな女性」の持つ「遊戯」が静には潜伏していて、時には「私」への妙なしぐさとして、時には「媚びる」ほどの「愛嬌」として現われ、「私」を混沌の淵に陥れたわけである。

漱石の作品には美しい外見を持っている反面、嫌悪すべき内面を持っている女性がよく登場する。作者は、女性を他者として憧れの対象でありながら、技巧で振舞う姿を見せる不可思議な存在としてつねに認識していた。『こゝろ』の登場人物の中に、静だけが名前を持っているのも、それなりの理由によるものである。「青年の「私」は遺書のなかの先生＝「私」に似ている。しかし、静は、何も模倣しない。固有の存在である。だから、彼らにとって静は、理解不可能な他者なのであった」[19]という指摘はそれをよく説明してくれる。その「理解不可能な他者」としての静のような女性を一方、時代の生んだ開化期の「新しい女」として捉えている井上百合子の説にも耳を傾けるべきところがある。

漱石の作品には、自意識の強い女性と、そうでないおとなしやかな女性との二つの系列があり、作者漱石の好みは、かなり後者の方に傾いていたと考えられる。しかし自意識の強い、いわゆる「新しい女」に漱石はかなり興味と関心を示し、そういう女性を創り出すことと、その女性と古風な女性とを対比させることとに、作家的情熱を示したと思われる。漱石は、おとなしい女性、つつましやかな女性を、心情ではいたわりながら、作家としては、才気煥発の女性に魅力を感じ、さらに男性にとって謎の女性に挑んだといってもよい。[20]

論者のいうごとく、漱石の作品には「無意識の僞善」たるものを持っている現代風の女性と、母性を持ち、故郷の女のような落ち着きのある女性がしばしば登場する。いってみれば、前者は『三四郎』の「里見美禰子」、『彼岸過迄』の「田口千代子」、後者は『坊っちゃん』の「清」、『三四郎』の「野々宮よし子」などの人物に当嵌まる。しかし、漱石はひたすらまったく違うタイプのほうに力点をおいて女性を描いたわけではない。むしろ、一面には女らしさを持っていながら、もう一面には振舞いを見せる変貌する特定の女性を描くのにより興味があったように受け取られる。

しかし、興味からだけではなく、そこに作者の狙いが秘められているに違いない。つまり、時代の象徴としてその特定の女性が登場した可能性を指摘したいのである。その特定の女性を描くことによって、近代女性の不安な心の状態を暗示すること、これこそ漱石の読者へのメッセージではなかったか。

『こゝろ』には、まったく違うタイプの「古風な女性」も、「おとなしい女性」も登場しない。静自身が自らときには、「古風」で「おとなしい」役を、ときには、振舞う役を都合によって変貌しながら務めるのである。したがって、『こゝろ』においては結婚前のお嬢さんとしての静と、結婚後の奥さんとしての静を見分けてみる必要がある。また、結婚後の彼女にしても、人妻としての姿を見せる時と、「私」の話の相手としての姿を見せる時とを区別してみる必要がある。ここに『こゝろ』における女性像の構図が垣間見られるのであり、他の作品の女性像との差異までも読み取れる。

まさに漱石は、女性描写に堪能な作家であったと思われる。ようするに漱石は、二面性を備えた女性像に内心反撥を感じつつも、強く魅かれ、彼女たちが切り拓いていく新しい近代の未来に限りない期待をよせていたのではないか。たしかここに漱石の無限の新しさが存在するのであろう。

註

（1）相原和邦「―その表現と思想―」（『漱石文学』塙書房、一九八〇・七）

（2）押野武志「『こゝろ』」（『漱石がわかる。』朝日新聞社、一九九八・九）

（3）例えば『三四郎』において、三四郎と美禰子との最初の出会いなど、作品の中で一目惚れしてしまう男女関係を多く描写している。

（4）赤間亜生「〈未亡人〉という記号」（小森陽一、中村三春、宮川健郎編『総力討論漱石の「こゝろ」』翰林書房、一九九四・一）
（5）同註（4）
（6）小森陽一「漱石の女たち」（「文学」第二巻第一号、岩波書店、一九九一・一）
（7）斉藤英雄「「真珠の指輪」の意味と役割」（『日本文学研究資料叢書　夏目漱石Ⅲ』有精堂、一九八五・七）
（8）『草枕』の那美、『虞美人草』の藤尾、『三四郎』の美禰子、『それから』の三千代、『彼岸過迄』の千代子、『行人』の直、『こゝろ』の静などの系譜に属している女性の群。
（9）佐々木英昭「白雪姫と王妃」（『夏目漱石と女性』新典社、一九九〇・十二）
（10）同註（9）
（11）秋山公男「『こゝろ』の死と倫理」（『漱石文学論考』桜楓社、一九八七・十一）
（12）山崎正和「淋しい人間」（「ユリイカ」一九七七・十一）
（13）押野武志「『こゝろ』」（『漱石がわかる。』朝日新聞社、一九九八・九）
（14）中島国彦「漱石作中人物事典」（三好行雄編「別冊国文学　夏目漱石事典」学燈社、一九九〇・七）
（15）秦恒平が脚本を執筆した公演。公演は、「先生」が預けたのは遺書だけじゃなかったはずよという静と、ぼくたち結婚しましょうと応酬する「私」との会話の場面で幕を閉じる。
（16）「私の意図は、国家の反動的なイデオロギー装置と化した『心』という〈作品〉を打つことにある。」という意図の下で、「先生の遺書」を中心として読んできた従来の読みにたいして再考の必要性を力説した論文である。
（17）小森陽一「『こゝろ』における同性愛と異性愛」（小森陽一、中村三春、宮川健郎編『総力討論漱石の「こゝろ」』翰林書房、一九九四・一）
（18）浅野洋（玉井敬之、藤井淑禎編『漱石作品論集成こゝろ』第十巻、桜楓社、一九九一・四）
（19）押野武志「『こゝろ』」（『漱石がわかる。』朝日新聞社、一九九八・九）
（20）井上百合子「漱石文学の「新しい女」」（『夏目漱石試論』河出書房新社、一九九〇・四）

終　章　漱石の描いた男女像

――恐れない女・恐れる男――

一　読むことへの試み

漱石作品における男女を考える場合、生身の作者漱石に何らかの形で直接働きかけた実在の男女を思い浮かべずにはいられない。それで、多くの作品に見られる男女関係の原形を作者の体験に探ろうとしている視線に注目せざるをえない。「漱石の作品には、〝道ならぬ恋〟三角関係の暗い葛藤の多いことも大きな特色であって、そこに若き日の漱石の原体験のようなものを想定したくもなる(1)」という評価が、(ここで「想定したくもなる」という表現に注意したいが、)出るのも当然であろう。

たとえば、実際、漱石と関連する女性をめぐって、いち早く江藤淳の兄嫁の登世説(「新潮」一九七一・三)が出たのは周知の通りである。兄和三郎の後妻で、漱石と同い年の登世説に対抗し、その後、宮井一郎(『夏目漱石の恋』一九七三・七)の「花柳界周辺に生活する女」説、また小坂晋(『漱石の愛と文学』一九七四・三)の大塚楠緒子説、それに石川悌二(『夏目漱石―その実像と虚像』一九八〇)の養父塩原昌之助の後妻の連れ子、日根野れん説など数多く出ている。これらは、今日でも特定の一人物に焦点が絞られず、諸説が互いに排他的姿勢の上に成り立っている状況である。たしかに漱石の作品には、運命的な出会いによる男女の愛の葛藤と相剋が色濃く漂っているから、当然実在の女性との関係が推定されがちだが、はたしてこのような原体験の追求が作品読みにおいてそれほど有効であろうか。これを的確に指摘し、批判的視点を堅持しているのは相原和邦である。

見逃せないのは、恋人捜し諸説の持つ傾向である。それらは、一女性を絶対視し、聖性と悪魔性との二面を見ようとしない。また実際的にせよ、心理的なものにせよ、二人だけの密室の恋を想定して、関係の中で把握する方法を放棄している。荒正人・大岡昇平等のわずかな例外を除いて、社会的側面の考察とは全く無縁のところで恋愛が論じられている。もとより、これは社会的考察を恋愛の中に持ち込めというのではない。そうではなくて、〈人間の心〉を深く掘り下げて行けば、そこに社会が立ち現われるはずであり、それを証明しているのが他ならぬ漱石文学だ(2)

妥当な指摘であり、「恋人捜し諸説」のいずれも、推論にすぎなく、絶対的なものといえるほどの根拠は乏しいといえる。しかも漱石の憧れの対象がある一人の特定の人物であったとはとうていいいきれず、むしろその荒正人・大岡昇平の複合の視点、あるいは安藤久美子の「複数の恋が作品に昇華した」(3)という説などに、重みをおくべきなのかもしれない。しいていえば、これらのモデル論は一人の女性を作者との関係のなかに、絶対化・英雄化することによって、一方、作品との関わりにおいて、読み手の想像力をある一定の枠組に限定してしまう危険を孕んでいるのだ。そこには、「無意識の偽善」を行なう美禰子や恐れない女千代子の姿は見られない。なのに、そこで「美しい戀愛の裏に、恐ろしい悲劇」なるものを抱いて生を生きる人間（先生）の心を掘り下げることはさらに不可能である。

それでは作品をどう読んだらいいのか。関口安義は、芥川龍之介の「鼻」論の前提としながら読者の読みの問題に触れ、次のようなものを引用している。(4)

何の某と結婚して何人子を生んだとかいった伝記など何ものでもないという地点から作品論は出発するのがいいと思う。一方、読者もたんに作品の外にいるのではない。テキストの構造に沿いながら、作品のなかで働く作者の志向性と交わり、その戦術に反応する、作品に含意されているそういう読者の存在を考えねばならない。それをぬきにすると、どこまでいっても、己れの手持ちの経験や観念が予想し期待する地平線に、テキストを心情的に流し込むことに終わるだろう。真なる読みの誕生は、作品が暗にふくらむこの読者の立場をものにすることができるかどうかにかかっている点が大きいであろう。(5)

ここに窺える視点は、漱石作品においても例外ではないと思われる。「伝記など何ものでもない」といういい方には抵抗が感じられるとしても、伝記が作品を説き明かす決定的な要素にはならず、むしろ、そこから脱することによって、現代を生きる私たち読者の読みの誕生が生じるのではないか。いわば、読者がテクストに接して行くとき、どれだけそれを解読し、メッセージを受け取ることができるかは、書き手である作者側の問題ではなく、読み手である読者側の課題であるからだ。

漱石作品を読む読者は、生身の作者からその場で直接情報を交換・摂取することができない。その交換場においては、共時的・通時的認識の差だけではなく、時間的・空間的隔たりまでも存在する。作者の原体験や伝記から作品を読もうとする行為は、作品のモチーフや作品読みにおいての刺激的なモメントにはなりうるかもしれないが、同時代の読者と現代の読者が共有できない文化の格差を無理に一元化しようとすることであり、「テキストを心情的に流し込むことに終わる」に違いない。

宮崎隆広はいう。

各仮説が伝記や作品上の謎のいくつかを説き明かした功は大きい。しかし、「かりになにかが実証されたとしても、それだけで漱石文学の総体を解こうとする試みはやはり不毛」（三好行雄「さまざまな漱石像」『鷗外と漱石』力富書房、昭五十八、傍点三好）ともいえよう[6]と。

漱石の描いた男女を読むときに欠かせないこの問題、しかし、生身の作者の出来事から遠く離れ、各仮説をぬきにして、今日を生きる「読者の立場をものにする」時、初めて「真なる読みの誕生」が期待できるかもしれない。

二　恐れる男像

漱石作品における男女関係は、つねに三つの巴を形成するものとして現われる。そしてそれは、ついに恐れない女と恐れる男の物語という形で描かれる。これが鮮明に書き込まれているのは次の場面である。

> 僕は自分と千代子を比較する毎に、必ず恐れない女と恐れる男といふ言葉を繰り返したくなる。（略）僕に云はせると、恐れないのが詩人の特色で、恐れるのが哲人の運命である。僕の思ひ切つた事の出來ずに愚圖々々してゐるのは、何より先に結果を考へて取越苦勞をするからである。千代子が風の如く自由に振舞ふのは、先の見えない程強い感情が一度に胸に湧き出るからである。彼女は僕の知つてゐる人間のうちで、最も恐れない一人である。だから恐れる僕を輕蔑するのである。（『彼岸過迄』「須永の話」十二）

須永と千代子は、意識の奥底では互いに相手を愛しているのだが、それは結局成し遂げられないものである。二人の愛が不毛に終わる根源には、いつもこの恐れることと恐れないこととの食違いが潜んでいる。それは〈頭《ヘッド》〉が〈胸《ハート》〉を支配してしまう須永の悲劇であると同時に、〈胸《ハート》〉が〈頭《ヘッド》〉を支配してしまう千代子の悲劇でもあるにほかならない。思えば、須永が「思ひ切つた事の出來ずに愚圖々々してゐるのは」彼の持つ宿命的なもの、いわば血統の問題と深くつながりを持つものだが、その裏には理性的哲人である須永と、感情的詩人である千代子との激しい対立の相貌が窺えるのだ。まずこの恐れる男から検証しつつ考えてみたい。この恐れる男の姿が具体的に描かれているのは「須永の話」二十三章である。

僕も男だから是から先いつ何んな女を的に劇烈な戀に陥らないとも限らない。然し僕は斷言する。若し其戀と同じ度合の劇烈な競爭を敢てしなければ思ふ人が手に入らないなら、僕は何んな苦痛と犧牲を忍んでも、超然と手を懷ろにして戀人を見棄てゝ仕舞ふ積でゐる。男らしくないとも、勇氣に乏しいとも、意志が薄弱だとも、他から評したら何うにでも評されるだらう。けれども夫程切ない競爭をしなければ吾有に出來にくい程、何方へ動いても好い女なら、夫程切ない競爭に價しない女だとしか僕には認められないのである。僕には自分に靡かない女を無理に抱く喜こびよりは、相手の戀を自由の野に放つて遣つた時の男らしい氣分で、わが失戀の瘡痕を淋しく見詰めてゐる方が、何の位良心に對して満足が多いか分らないのである。（「須永の話」二十三）

これは須永が母とともに千代子のいる鎌倉に行って、舟遊びをしながら高木に嫉妬を感じるところだが、高木の出現に嫉妬する須永には、実は千代子に対する強い願望と執着があるが、求愛することには絶望的である。

漱石の描く知性的で理性的な男は、きわめて優柔不断である。美禰子に翻弄される三四郎、親友との友情を立てて三千代を周旋してしまう代助、軍人の未亡人の一人娘に愛を自覚するに至る先生まで、決断を恐れる、典型的な薄弱な人物群である。これが一人の同姓の人物、つまり競争者が登場することによって、激烈な嫉妬に変わるのだ。だが、その嫉妬は、決して競争を同伴し、表層に現われるものではない。

思えば、男らしい男性においては、オス本能を能動的に発揮することによって、競争で勝利を収めようとする強い独点欲が付きまとう。渡部芳紀は

この愛し、愛される形は、男、女、それぞれあるであろう。愛し過ぎるタイプの女性も確かにいると思う。しかし、傾向としては、男の方が、愛する側に回ってしまうことが多いのでは無いか。恋愛において、男性の方が能動的で、女性が受動的なのは一般的な傾向ではないか。男は愛する側に傾き、愛において常に不安である。(7)

と指摘している。男は、「夫程切ない競争をしなければ吾有に出來にくい程」の女であればあるほど、相手のパーソナリティが受け入れられる立場にあるかぎり、性的アプローチをしていくのである。これが漱石作品にはほとんど見出されない。むしろ、愛される側に立っているかも知れず、譲った女を取り戻す場合は別として、能動的に愛を獲得しようともしなければ、競争に優位に立とうともしない。そこには、所有欲に苦悩しながらも、傍観したり譲ったりする、いわば自己男性と他者女性との結ぶべき人間関係を拒否することによって、絶対的自己満足に安住しようとする内向的人間像が提出されている。それでそこでは、女性関係において絶対自我に生きるものの、自己内部にのみ拠り所を求める認識者の位置に置かれているため、つねに淋しさに悩み、苦悶する姿が窺えるのだ。「世の中と接觸する度に内へとぐろを捲き込む」須永が、『行人』では一郎に変身し、「哲人の運命」を背負って

「考へて、考へて、考へる丈だ」と叫ぶのであり、「私は淋しい人間です」という『こゝろ』の先生に受け継がれていくのである。そして再び『道草』に自分の論理に生きる健三が、妻お住みに「空威張り」、「手前味噌」とはじきだされ、「自由に振舞う」彼女に恐れを抱くのである。

したがって、「わが失戀の瘡痕を淋しく見詰めてゐる方が、何の位良心に對して滿足が多いか」と思う薄弱な人間像は、お住みのいうように「空威張り」という表現で象徴されるものであるかもしれない。この男の虚栄は、実は恋愛関係においては、もう一人の同性に対する弱気から起因するのではないかと考えるからである。もう一人の同性が登場することで、彼に敗北するのを恐れるあげく、「何んな苦痛と犠牲を忍んでも、超然と手を懷ろにして戀人を見棄てゝ仕舞ふ」こと、それが漱石の描いた恐れる男の宿命ではないか。それゆえいうまでもなく、彼らは卑怯である。千代子と高木を二人にして鎌倉から東京へ帰ってしまう『彼岸過迄』の須永、妻お直の心をつかむことができず、彼女の貞操をためすため、弟と妻を和歌山の旅行先へ追い出す『行人』の一郎、「精神的に向上心のないものは、馬鹿だ」とKの弱点に訴え、御嬢さんとの関係を諦めさせて告白に乗り出す『こゝろ』の先生、こうした知性的、高等遊民的男たちの意識には決意して愛を求めることにおいて恐れ、「自分に靡かない女を無理に抱く喜こびよりは、相手の戀を自由の野に放つて」しまうことに自足する卑怯さが垣間見られる。たとえば相手に敗北するのを恐れ、愛の決断に煩悶する先生を漱石は次のように描いている。

　私はいかにも優柔な男のやうに見えます。又見えても構ひませんが、實際私の進みかねたのは、意志の力に不足があつた爲ではありません。Kの來ないうちは、他の手に乘るのが厭だといふ我慢が私を抑え付けて、一歩も動けないやうにしてゐました。Kの來た後は、もしかすると御嬢さんがKの方に意があるのではなからうかといふ疑念が絶えず私を制するやうになつたのです。果して御嬢さんが私よりもKに心を傾むけてゐるなら

ば、此戀は口へ云ひ出す價値のないものと私は決心してゐたのです。（「先生と遺書」三十四）

先生にとって同窓生のKとの友情は、『それから』の代助と平岡、『門』の宗助と安井のそれと変らないものである。Kはこの友情を受け入れて、先生の下宿に移り住むことになったのだが、Kの登場によって愛を自覚しつつ、御嬢さんとKに嫉妬を感じざるをえなくなる先生が告白にためらうのは、「他の手に乗るのが厭だ」ということよりは、「此方でいくら思つても、向ふが内心他の人に愛の眼を注いでゐるならば、私はそんな女と一所になるのは厭」と思うところにある。自分の方が敗北するのを恐れる先生は、Kとの競争に身を乗り出そうとは決してしない。かりに、「風の如く自由に振舞ふ」御嬢さんを恐れる哲人先生が、Kと「若し其戀と同じ度合の劇烈な競争を敢てしなければ」ならなくなったとしたら、代助が平岡に三千代を譲った如く、御嬢さんをKに周旋してしまったかもしれない。

が、そこには先生の弱気よりは、Kの弱気が「精進」という名の下で働いている。いわば「精神的」「向上心」に禁欲的に生きる彼の「頭《ヘッド》」が「胸《ハート》」を抑え付けるのである。考えると、Kは先生よりさらに恐れる男である。蒲生芳郎はこれを「Kの挫折」、つまり「〈心《ハート》〉に対する〈頭《ヘッド》〉の敗北」であると捉えている。

求道こそが第一義、「道のためには凡てを犠牲にすべきもの」と、常々そう言い切るほど、Kの「心臓の周囲は黒い漆で重く塗り固められ」ていたのである。ということは、Kのめざす「精進」とは、とりも直さず意志と理知の力で感情を圧し殺そうとする生き方―『行人』からの文脈に従ってもう一つ言いかえるなら、「頭《ヘッド》」で「心《ハート》」をおさえこもうとする生き方だったということだ。(8)

「眞宗寺に生れた男」で、「道のためには凡てを犠牲にすべきもの」と思い込んでいるKには、「戀そのものでも道の妨害」という哲学があり、恋を告白できる勇気に乏しいどころか、競争できる資格が全然与えられていない。「頭《ヘッド》」で「心《ハート》」をおさえこもうとする生き方しかできない人間である。先生が恐れる男から恐れない男に変貌していく背後にはこのようなKの弱みがあったのだ。いや、Kの弱みにのり、告白に至った先生には永遠に恐れ続けねばならない男の宿命があったのだ。

三　恐れない女像

「先の見えない程強い感情が一度に胸に湧き出る」恐れない女が、『三四郎』に登場するのは汽車の中である。三四郎が上京する車中で知合った、「九州色」をしている京都からの相乗りの女、この女と三四郎は名古屋駅前で一夜をともにすることになる。

下女が茶を持つてくる間二人はぼんやり向ひ合つて坐つてゐた。下女が茶を持つて來て、御風呂をと云つた時は、もう此婦人は自分の連ではないと斷る丈の勇氣が出なかつた。そこで手拭をぶら下げて、御先へと挨拶をして、風呂場へ出て行つた。（略）

こいつは厄介だとぢやぶ〳〵遣つてゐると、廊下に足音がする。誰か便所へ這入つた様子である。やがて出て來た。手を洗ふ。それが濟んだら、ぎいと風呂場の戸を半分開けた。例の女が入口から「ちいと流しませうか」と聞いた。三四郎は大きな聲で、「いえ澤山です」と斷つた。然し女は出て行かない。却つて這入つて來た。さうして帯を解き出した。（一）

結局三四郎は、「蚤除」の口実を作り、「蒲團の眞中に白い長い仕切を拵へ」て、この婦人の領域を区切ることで一泊の危機を免れるわけだが、それにしても、「ちいと流しませうか」といって「帯を解き出」すこの女の大胆さに驚かざるをえない。翌朝彼女は三四郎に礼をのべてから「あなたは餘つ程度胸のない方ですね」とにやりと笑って去っていく。これが謎の女性美禰子につながっていくのはいうまでもないことで、この恐れるところなく、振舞う女の「技巧《アート》」が漱石の描く女性には共存している。そこには恐れる男の不動性を動性に変えようとする女の属性があり、男の嫉妬に火をつけるに十分な美貌を持って、ときには誘惑として、ときには策略として現われてくるのである。

前述で、「恋人捜し諸説」の持つ傾向にふれ、「それらは、一女性を絶対視し、聖性と悪魔性との二面を見ようとしない」という相原和邦の指摘を取り上げたが、「恋人捜し諸説」の女には「聖性」が、漱石の描いた女には「悪魔性」がより濃厚に散らばっているといってよいかもしれない。これが『それから』においては、三千代の細かいしぐさから読み取れるので面白い。かつて斉藤英雄の仕事に、三千代の「挙止動作」に注目しつつ「指輪」という「小道具」を明らかにしている「「真珠の指輪」の意味と役割」（『日本文学研究資料叢書　夏目漱石Ⅲ』有精堂、一九八五・七）というすぐれた論がある。最近の論の中でも小森陽一が

第一回目の訪問のとき、三千代は「奇麗な手を膝の上に畳ね」て、代助の前に腰を掛ける。その時彼女は、「畳ねた」手の、「上にした手」に代助の贈った「指輪」をはめている。いや代助の贈った「指輪」をしている手の方を「上にした」というべきなのかもしれない。「指輪」には、常に三千代の側からの沈黙のメッセージがこめられている。(9)

と述べて関心をよせている。三千代のしぐさは、二人の記憶に潜在している昔の過去を連想させようとする意味にととまらず、代助を決断に導く重要な役割を果たしている。「上にした手」に代助の贈った「指輪」をはめることによって、代助の受動性を能動性に変えてしまう女の「技巧《アート》」がそこには潜んでいる。代助の家を訪問するとき、三千代の結った「銀杏返し」や「白い百合の花」にも、当然三千代の「沈黙のメッセージがこめられている」はずである。山田有策の指摘はより激烈なものである。

雨の中、三千代は白い百合の花を提げて登場する。しかも髪を銀杏返しに結ってである。後に明らかになるが代助と出会った頃のスタイルで登場するのである。代助に「自然の昔」を想起させる外界の刺激としてはこれ以上のものはあり得まい。しかもここでの三千代の振舞いは平岡の傍らにいてさびしげに失った子の着物を手にしている姿とは一変し一種の蠱惑的な魅力さえ秘めているではないか。鈴蘭の鉢の水を飲むという美的であるにしてもいささか乱暴な行為をするばかりか〈百合の花〉に示される〈過去〉を代助に想起させようとしてやまない。(10)

「白い百合の花」は、三千代の兄菅沼が生存しているとき、交わしていた二人だけの愛の象徴であり、たしかにそれを取り戻すためには、三千代から見れば代助に「自然の昔」を想起させるしかない。それは、過去の時間を現在に呼び起こし、男を引き付けようとする女のできる最大限の積極的意志にほかならない。いわば『三四郎』の美禰子の乱暴な行為がここでふたたび蘇って、自由に振舞う三千代に生かされているといえよう。

「失った子」の悲劇は、『門』において三度出産に失敗し、「如何にも自分が残酷な母であるかの如く」感じるお米の罪の意識に至るのだが、三千代から生まれ変わったお米には、「大風」に「突然不用意」に宗助と吹き倒されてしまったという過去がある事実を忘れてはならない。さらにその過去は、宗助の下宿場にふとお米が尋ねて行ったり、夫安井がいないときに宗助を迎えたりした過程をへて成り立っているものであることにも気付く必要がある。お米にも男を吸引するに十分な嬌態と振舞いがあったのだ。

自由に振舞う女はいかなる状況にもけっして恐れない。かりにそれが死につながるものであっても、諦めないで立ち向かっていく。不倫にもかかわらず、代助の告白に、「事は承知してゐます。何んな變化があつたつて構やしません。私は此間から、―此間から私は、若しもの事があれば、死ぬ積で覺悟を極めてゐるんですもの」と果敢にいえる三千代の姿からも愛に生きようとする積極的な意志が伝わってくる。

死を恐れない女の面貌は『行人』のお直からも窺うことが出来る。そこには振舞ったり媚びたりするお直と、死に向かって大胆なお直がより具体的な描写によって重層的に描きだされている。次は一郎に言付けられ、兄嫁お直が二郎と和歌山で一泊するところである。

「姉さん」

嫂はまだ黙つてゐた。自分は電氣燈の消えない前、自分の向ふに坐つてゐた嫂の姿を、想像で適當の距離に描き出した。さうして其れを便りに又「姉さん」と呼んだ。

「何よ」（略）

「居るんですか」

「居るわ貴方。人間ですもの。嘘だと思ふなら此處へ來て手で障つて御覽なさい」

自分は手捜り寄つて見たい氣がした。けれども夫程の度胸がなかつた。其うち彼女の坐つてゐる見當で女帯の擦れる音がした。

「姉さん何かしてゐるんですか」と聞いた。

「えゝ」

「何をしてゐるんですか」と再び聞いた。

「先刻下女が浴衣を持つて來たから、着換へようと思つて、今帯を解いてゐる所です」と嫂が答へた。


自分は電氣燈がぱつと明るくなつた瞬間に嫂が、何時の間にか薄く化粧を施したといふ艶かしい事實を見て取つた。電燈の消えた今、其顔丈が眞闇なうちに故の通り殘つてゐるやうな氣がしてならなかつた。（「兄」三十五）

「姉さん何時御化粧したんです」

「あら厭だ眞闇になつてから、そんな事を云ひだして。貴方何時見たの」

下女は暗闇で笑ひ出した。（「兄」三十六）

嵐に襲われて二郎と宿屋で過ごす時のお直の嬌態には『三四郎』のグルーズの画に象徴される女の「官能の骨を透して髄に徹する訴え方」に近いものがある。電燈の消えた真暗闇の中で、自分の存在を確かめさせるため、「此處へ來て手で障つて御覽なさい」と接触を求めるお直、「女帯の擦れる音」をしながら、「着換へようと思つて今帯を解いてゐる所です」というお直のしぐさからは誘惑ともいえる、肉体的匂いさえも感じられる。しかも、「暗闇」の中で、化粧をしていたという艶かしい振舞いに、メス本能をむきだしにする彼女の悪魔性の一面までも見出だすことができるのだ。この点に触れ、盛忍は確かに、ここに来てお直は、あの〈心的なる性的交感・交情〉だけでなく、二郎との肉体的なる具体的結び付きを何処かで判然意識し始めたのかもしれない。だがお直にとって、二郎と肉体的に結び付くことは直接の死へと繋がって行くことであり、生の方向で結び付くなんてことは彼女の認識ではとても考えられないことであったのだ。(11)

といいきっている。これは恣意的な読みによるいささか危険な解釈に過ぎないかもしれない。「二郎との肉体的なる具体的結び付きを何処かで判然意識し始めた」とはどこにも書かれていないからだ。だが、この一泊が二郎に「直はお前に惚れてるんぢやないか」と聞き、結局お直の貞操をためす一郎の卑怯さによるものであることを想起しなければならない。ここに到達するまでの背後にはお直の「スピリット」をつかむことができず、「あゝ己は何うしても信じられない」と叫ぶ一郎の重い苦しみがあった。それはまるで狂気に近いものであったわけで、「落付いた」女お直がそれに意識的であったといいにくい点はあるにしても、「おれが靈も魂も所謂スピリットも攫まない女と結婚してゐる事丈は慥だ」と洩らす一郎との回復できない信頼関係におそらく自覚的であったはずである。

前の場面から推察するかぎり、この時のお直は二郎の妻でもなく、二郎の兄嫁でもない。長野家の長男の妻としての位置を失いつつあると同時に、夫婦の中の一員としての自分を断念した一人の人間としての女がそこにはいるだけである。

それで彼女は死も恐れない。

彼女は最後に物凄い決心を語つた。海嘯に攫はれて行きたいとか、雷火に打たれて死にたいとか、何しろ平凡以上に壯烈な最後を望んでゐた。自分は平生から（ことに二人で此和歌山に來てから）體力や筋力に於て遙に

優勢な位地に立ちつゝも、嫂に對しては何處となく無氣味な感じがあつた。（略）
「姉さんが死ぬなんて事を云ひ出したのは今夜始めてゞすね」
「えゝ口へ出したのは今夜が始めてかも知れなくつてよ。けれども死ぬ事は、死ぬ事丈は何うしたつて心の中で忘れた日はありやしないわ。だから嘘だと思ふなら、和歌の浦迄伴れて行つて頂戴。屹度浪の中へ飛込んで死んで見せるから」（「兄」三十八）

「始めから運命なら畏れないといふ宗教心を、自分一人で持つて生れた女」、お直の死に対する覚悟は凄まじいものである。「相手から熱を與へると、温め得る」お直にも、「強い感情が一度に胸に湧き出」てしまう女の性質なるものが確実に埋まっている。ただ、ここで「死ぬ事は、死ぬ事丈は何うしたつて心の中で忘れた日はありやしないわ」といっている点から見て、お直は死に対してつねに意識的であったと受け取ることが可能であり、それを一郎との関係から推定できなくもない。そしてそれが、括弧部分、つまり和歌山に来てから表出されたという点から想定すると、「二郎と肉体的に結び付くことは直接の死へと繋がって行くこと」という盛忍の指摘にも一理があるに違いない。この場面は一郎との関係に対応する形で照らしだされているからだ。

漱石の描く女は『道草』においてまとめられている。

「女は策略が好きだから不可ない」
細君は、床の上で寐返りをして彼方を向いた。さうして涙をぽたく／＼と枕の上に落した。
「そんなに何も私を虐めなくつても……」（略）
「何と云つたつて女には技巧があるんだから仕方がない」

彼は深く斯う信じてゐた。恰も自分自身は凡ての技巧から解放された自由の人であるかのやうに。（八十三）

女の「策略」と「技巧」を責める健三を漱石は相対的に見下ろしている。「自分自身は凡ての技巧から解放された自由の人」であると評しているが、実はこの健三を、お住みは「世の中の調和の出來ない偏屈な學者」としか受け取らない。理屈に生きて「頭の力で彼女を抑えつけたがる男」、健三が怖がるのは、彼女の「ヒステリーの發作」ではなく、理論にも負けない、恐れないその振舞いである。それを健三が「女は策略が好きだから不可ない」というが、「中味のない空つぽの理屈で捻ぢ伏せられるのは嫌ひ」という風に聞かれるばかりである。

漱石には、「遠い所から歸つて來た」健三を描くこの時点でも、女はやはり謎であったらしい。漱石の描いた恐れない女はすべて技巧を持っている。三四郎を翻弄する美禰子、わざと夫平岡の机の前に据えてあった紫の座布団を代助に押し遣る三千代、宗助が「時間の使ひ方に困つてゐると、ふと」遣ってくるお米、「高木を媒鳥に」須永を釣る千代子、「何時でも覺悟が出來てるんですもの」といって二郎に振舞うお直、Kに嫉妬する先生に笑いだしてみせるお嬢さん、「貴方がさう邪慳になさると、またヒステリーを起しますよ」としぶとく健三に迫るお住みに至るまでじつに技巧に生きる人物群である。この技巧が決断を恐れる意志薄弱な男らの心に浸透し、ときには激しい嫉妬を起こさせたり、ときには策略を模索することで、頭の力に頼る彼らの理屈を崩していくのだ。

ただ、その技巧は決して作品に鮮明に現われ、明確に記されているものではない。ようするにそれは、女性自身の語り口から直接感じられるものではなく、女性のしぐさや言動を描写する視点人物、あるいは語り手たる男の語り口から受け取られるものである。謎の女性であればあるほど、その傾向が濃く見られる。漱石は露骨な女性描写を省くことによって、謎の女を描いたともいえよう。が、作品を虚心に辿ってみると、多くの謎が彼女らには現存しているとはいえるものの、共通するのは、恐れる男に対応する形で描かれている点である。この恐れない女と恐れる男、これがいわば漱石の描いた男女の持つ運命であったわけである。

漱石の描いた男女関係は、彼の文芸が深刻に捕らえ続けてきた根源的問題である。しかしそれは、妥協し合ったり理解し合ったりするものとしてではなく、平行線の上に永久に片付かない関係として刻まれている。それゆえに、他者としての異性に苦しむ多数の人間が登場し、愛とは何かという問いに立たされているわけである。いわゆる、恋愛の悲劇を描いた漱石の作品は、他者との関係に自我しか知らない内閉された人間の物語である。

漱石の作品が今日においても、数多くの読者を持つのは、彼の原体験からの実在の人物が作品に見出されているからではない。また、生身の作者漱石が、つねに孤独の中で「自己本位」を追求し続ける人間であったからでもない。それは、彼の描いた男女の恋愛が情報社会に生きる現代の読者においても、共感出来るものであり、そこには自己と他者との関係における真実の生き方の問題が深く問われているからではないかと考えられるのである。

註

(1) 中山和子「女性像」(三好行雄編「別冊国文学　夏目漱石事典」学燈社、一九九〇・七)
(2) 相原和邦「原体験としての女」(「国文学」学燈社、一九八九・四)
(3) 安藤久美子「恋愛」(同註(1))
(4) 関口安義「他人の目からの解放」—「鼻」—」(『芥川龍之介実像と虚像』洋々社、一九八八・十一)
(5) 西郷信綱「日文協第三十四回大会」(一九七九・十)
(6) 宮崎隆広「漱石をめぐる女性」(「国文学」学燈社、一九八七・五)
(7) 渡部芳紀「『行人』に描かれた「男」と「女」」(「解釈と鑑賞」「夏目漱石文学にみる男と女」至文堂、一九九〇・九)
(8) 蒲生芳郎「「心」(『漱石を読む』洋々社、一九八四・十二)

（9）小森陽一「漱石の女たち」（『文学』冬季刊第二巻一号、岩波書店、一九九一・一）
（10）山田有策「語り手の共犯」（『解釈と鑑賞』「夏目漱石文学にみる男と女」至文堂、一九九〇・九）
（11）盛忍「行人論」（『漱石の側鉛』勁草書房、一九八八・十二）

初出一覧

序　章　韓国における漱石研究の現状（「阪神近代文学研究」第三号、阪神近代文学会、二〇〇〇・七）
第一章　『三四郎』考――美禰子の実像――（「日本文芸研究」四十四巻二号、一九九二・七）
第二章　『それから』論――代助の愛と運命――（書き下ろし）
第三章　漱石『門』論――宗助夫婦の罪――（「キリスト教文芸」第十号、日本キリスト教文学会関西支部、一九九三・三）
第四章　『彼岸過迄』の方法――視点と語りの構造をめぐって――（「専門技術研究」四輯、全南専門大学、一九九五・二）
第五章　『彼岸過迄』の女性群――千代子を中心に――（書き下ろし）
第六章　『行人』試論――不幸な夫婦・男女の群れ――（書き下ろし）
第七章　韓国から読む『行人』――結婚儀式と夫婦関係をめぐって――（書き下ろし）
第八章　漱石『こゝろ』再考――「私」の語る物語――（「専門技術研究」九輯、全南科学大学、二〇〇〇・一）
第九章　『こゝろ』研究――静の実相――（「日本文芸研究」五十二巻三号、二〇〇〇・十二）
終　章　漱石の描いた男女像――恐れない女・恐れる男――（「専門技術研究」三輯、正善実業専門大学、一九九四・二）

本書への収載にあたり、論旨を変更しない程度において加筆、訂正を施した。そして漱石作品の本文引用は、すべて『漱石全集』（岩波書店、昭和四十一年）に依るものである。

参考文献目録

底本『漱石全集』（岩波書店、昭和四十一年）

「単行本」

佐藤春夫『漱石の読書と鑑賞』（小山書店、昭和十一・五）
小宮豊隆『夏目漱石』（岩波書店、昭和十三・七）
北山隆『夏目漱石の精神分析』（岡倉書房、昭和十三・十）
松岡譲『漱石・人とその文学』（潮文閣、昭和十七・六）
吉田六郎『作家以前の漱石』（弘文堂書房、昭和十七・十）
小宮豊隆『漱石の芸術』（岩波書店、昭和十七・十二）
滝沢克己『夏目漱石』（三笠書房、昭和十八・十一）
栗原信一『漱石の文芸理論』（帝国図書、昭和十九・十一）
本多顕彰『漱石山脈―孤独の文学者』（八雲書店、昭和二十二・五）
平田次三郎『夏目漱石』（近代文学社、昭和二十三・十）
夏目鏡子述・松岡譲筆録『漱石の思ひ出』（角川書店、昭和二十九・十一）
片岡良一『夏目漱石の作品』（厚文社、昭和三十・八）
唐木順三『夏目漱石』（修道社、昭和三十一・七）
林田茂雄『人生読本　漱石の悲劇』（理論社、昭和三十三・五）
岩上順一『漱石入門』（中央公論社、昭和三十四・十二）
千谷七郎『漱石の病跡―病気と作品から』（勁草書房、昭和三十八・八）
高木文雄『漱石の道程』（審美社、昭和四十一・十二）
森田草平『夏目漱石』（筑摩書房、昭和四十二・八）
宮井一郎『漱石の世界』（講談社、昭和四十二・十）
江藤淳『夏目漱石』（角川書店、昭和四十三・九）
岡崎義恵『漱石と則天去私』（宝文館出版、昭和四十三・十二）
土居健郎『漱石の心的世界』（至文堂、昭和四十四・六）
駒尺喜美『漱石　その自己本位と連帯と』（八木書店、昭和四十五・五）
瀬沼茂樹『夏目漱石』（東京大学出版会、昭和四十五・七）
江藤淳『漱石とその時代　第一部、第二部』（新潮社、昭和四十五・八）
吉田六郎『漱石文学の心理的探求』（勁草書房、昭和四十五・九）
古川久『漱石の書簡』（東京堂出版、昭和四十五・十一）
越智治雄『漱石私論』（角川書店、昭和四十六・六）
矢本貞幹『夏目漱石　その英文学的側面』（研究社、昭和四十六・九）
柄谷行人『畏怖する人間』（冬樹社、昭和四十七・二）
桶谷秀昭『夏目漱石論』（河出書房新社、昭和四十七・四）
吉村善夫『夏目漱石』（春秋社、昭和四十七・六）
土居健郎『漱石文学における「甘え」の研究』（角川書店、昭和四十七・九）

熊坂敦子『夏目漱石の研究』（桜楓社、昭和四十八・三）
水谷昭夫『漱石文芸の世界』（桜楓社、昭和四十九・二）
小坂晋『漱石の愛と文学』（講談社、昭和四十九・三）
大久保純一郎『漱石とその思想』（荒竹出版、昭和四十九・十二）
梶木剛『夏目漱石論』（勁草書房、昭和五十一・六）
平川祐弘『夏目漱石―非西洋の苦闘』（新潮社、昭和五十一・八）
平岡敏夫『漱石序説』（塙書房、昭和五十一・十）
宮井一郎『夏目漱石の恋』（筑摩書房、昭和五十一・十）
玉井敬之『夏目漱石論』（桜楓社、昭和五十一・十）
高木文雄『漱石の命根』（桜楓社、昭和五十二・九）
佐古純一郎『夏目漱石論』（審美社、昭和五十三・四）
中村光夫『評論　漱石と白鳥』（筑摩書房、昭和五十四・三）
坂本浩『夏目漱石―作品の深層世界』（明治書院、昭和五十四・四）
神山睦美『夏目漱石論―序説』（国文社、昭和五十五・六）
相原和邦『漱石文学―その表現と思想』（塙書房、昭和五十五・七）
石川悌二『夏目漱石―その実像と虚像』（明治書院、昭和五十五・十一）
深江浩『漱石長編小説の世界』（桜楓社、昭和五十六・十）
岡三郎『夏目漱石研究第一巻　意識と材源』（国文社、昭和五十六・十二）
角野喜六『漱石のロンドン』（荒竹出版、昭和五十七・五）
桶谷秀昭『増補版　夏目漱石論』（河出書房新社、昭和五十八・六）
山田輝彦『夏目漱石の文学』（桜楓社、昭和五十九・一）
蒲生芳郎『漱石を読む―自我の孤立と愛への渇き』（洋々社、昭和五十九・十二）
越智治雄『漱石と文明　文学論集二』（砂子屋書房、昭和六十・八）
加茂章『夏目漱石―創造の夜明け』（教育出版センター、昭和六十・十二）
笹淵友一『夏目漱石―「夢十夜」論ほか』（明治書院、昭和六十一・二）
今村義裕『漱石・芥川の文芸』（昭和六十一・五）
佐藤泰正『夏目漱石論』（筑摩書房、昭和六十一・十一）
平岡敏夫『漱石研究』（有精堂、昭和六十二・九）
坂口曜子『魔術としての文学―夏目漱石論』（沖積舎、昭和六十二・十一）
秋山公男『漱石文学論考―後期作品の方法と構造』（桜楓社、昭和六十二・十一）
相原和邦『漱石文学の研究―表現を軸として』（明治書院、昭和六十三・二）
大岡昇平『小説家夏目漱石』（筑摩書房、昭和六十三・五）
玉井敬之『漱石研究への道』（桜楓社、昭和六十三・六）
今西順吉『漱石文学の思想　第一部―自己形成の苦悩』（筑摩書房、昭和六十三・八）

小林一郎『夏目漱石の研究』（至文堂、平成元年・三）
山本勝正『夏目漱石文芸の研究』（桜楓社、平成元年・六）
石崎等『漱石の方法』（有精堂、平成元年・七）
伊豆利彦『漱石と天皇制』（有精堂、平成元年・九）
酒井英行『漱石　その陰翳』（有精堂、平成二・四）
石原千秋編『日本文学研究資料新集十四　夏目漱石—反転するテクスト—』（有精堂、平成二・四）
左古純一郎『漱石論究』（朝文社、平成二・五）
西垣勤『漱石と白樺派』（有精堂、平成二・六）
米田利昭『わたしの漱石』（勁草書房、平成二・八）
佐々木英昭『叢刊・日本の文学十五　夏目漱石と女性—愛させる理由—』（新典社、平成二・十二）
玉井敬之・鳥井正晴・木村功編『夏目漱石集「心」』（和泉書院、平成三・十二）
佐々木充『漱石推考』（桜楓社、平成四・一）
江藤淳『漱石論集』（新潮社、平成四・四）
柄谷行人『漱石論集成』（第三文明社、平成四・九）
小島信夫『漱石を読む　日本文学の未来』（福武書店、平成五・一）
松本寛『漱石の実験』（朝文社、平成五・六）
清水孝純『漱石　その反オイディプス的世界』（翰林書房、平成五・十）
加茂章『夏目漱石　その実存主義的接近』（教育出版センター、平成六・一）
小森陽一他『漱石の『こころ』総力討論』（翰林書房、平成六・一）
尹相仁『世紀末と漱石』（岩波書店、平成六・二）
高木文雄『漱石作品の内と外』（和泉書院、平成六・三）
重松泰雄『漱石　その歴程』（桜楓社、平成六・三）
佐藤泰正著作集『漱石以後Ⅰ』（翰林書房、平成六・四）
芳川泰久『漱石論　鏡あるいは夢の書法』（河出書房新社、平成六・五）
吉田敦彦『漱石の夢の女』（青土社、平成六・十）
佐々木英昭『「新しい女」の到来』（名古屋大学出版会、平成六・十）
大竹雅則『漱石　初期作品論の展開』（桜楓社、平成七・三）
大橋健三郎『夏目漱石　近代という迷宮』（小沢書店、平成七・六）
小森陽一『漱石を読みなおす』（筑摩書房、平成七・六）
熊坂敦子『夏目漱石の世界』（翰林書房、平成七・八）
浅田隆『漱石　作品の誕生』（世界思想社、平成七・十）
安東璋二『私論夏目漱石　『行人』を基軸として』（おうふう、平成七・十一）
陳明順『漱石漢詩と禅の思想』（勉誠社刊、平成九・八）
宮澤健太郎『漱石の文体』（洋々社、平成九・九）
藤井淑禎編『夏目漱石一』（「日本文学研究論文集成二十六」若草書房、平成十・四）
片岡豊編『夏目漱石二』（「日本文学研究論文集成二十七」若草書房、平成十・九）

赤井恵子『漱石という思想の力』（朝文社、平成十、十一）
平岡敏夫『漱石　ある佐幕派子女の物語』（おうふう、平成十二・一）
玉井敬之編『漱石から漱石へ』（翰林書房、平成十二・五）

「雑誌・その他」

夏目漱石の総合探求（「国文学」学燈社、昭和三十一・十一）
漱石・作品論と資料（「解釈と鑑賞」至文堂、昭和三十一・十二）
夏目漱石研究図書館（「解釈と鑑賞」至文堂、昭和三十九・三）
夏目漱石の魅力（「国文学」学燈社、昭和四十・八）
漱石文学の人間像（「国文学」学燈社、昭和四十三・十二）
漱石と明治（「解釈と鑑賞」至文堂、昭和四十三・十一）
漱石文学の世界（「国文学」学燈社、昭和四十四・四）
漱石文学の構図（「国文学」学燈社、昭和四十五・四）
新しい漱石像（「解釈と鑑賞」至文堂、昭和四十五・九）
漱石文学の原点（「国文学」学燈社、昭和四十八・四）
漱石文学の変貌（「国文学」学燈社、昭和四十九・十二）
夏目漱石―作品に深く測鉛をおろして（「国文学」学燈社、昭和五十一・十二）
夏目漱石―出生から明暗の彼方へ（「国文学」学燈社、昭和五十三・五）
夏目漱石〈その虚像と実像〉（「解釈と鑑賞」昭和五十三・十二）
夏目漱石―新しい視角を求めて（「国文学」学燈社、昭和五十四・五）
夏目漱石（「別冊太陽」平凡社、昭和五十五・九）
夏目漱石必携（「別冊国文学」学燈社、昭和五十五・二）
夏目漱石―表現としての漱石（「解釈と鑑賞」至文堂、昭和五十六・六）
漱石「三四郎」と「こゝろ」の世界（「国文学」学燈社、昭和五十六・十）
夏目漱石必携II（「別冊国文学」学燈社、昭和五十七・五）
夏目漱石を読むための研究辞典（「国文学」学燈社、昭和六十二・五）
夏目漱石―作家論と作品論（「解釈と鑑賞」至文堂、昭和六十三・八）
夏目漱石伝（「国文学」学燈社、平成元年・四）
新文芸読本夏目漱石（河出書房新社、平成元年・六）
夏目漱石事典（「別冊国文学」学燈社、平成二・七）
〈漱石〉を読みかえる（「日本の文学」八集、有精堂、平成二・十二）
漱石を読む（「文学」季刊第一巻第一号、岩波書店、平成三・一）
漱石論の地平を拓くもの（「国文学」学燈社、平成四・五）
漱石の空間（「文学」季刊四巻三号、岩波書店、平成五・七）
夏目漱石（「文学界」四十七巻七号、文芸春秋、平成五・

七）
漱石特集号（「図書」五三二号、岩波書店、平成五・十）
夏目漱石の全小説を読む（「国文学」学燈社、平成六・一）
夏目漱石（「解釈」四十一巻一号、解釈学会、平成七・一）
夏目漱石研究のために（「解釈と鑑賞」至文堂、平成七・四）
夏目漱石　時代コードの中で（「国文学」学燈社、平成九・五）
外国人が見た夏目漱石（「解釈と鑑賞」至文堂、平成九・六）
「漱石研究」（創刊号〜十三号、翰林書房、平成五・十〜平成十二・十）
韓国日語日文学研究文献書誌（時事日本語社、一九八九・三）
『新しい女性学講義』（「韓国女性研究所」図書出版トンニョク、一九九九・一）
日本文学研究（「韓国日本文学会二輯」二〇〇〇・五）
李漢燮『韓国日本文学関係研究文献一覧』（高麗大学校出版部、二〇〇〇・五）

あとがき

韓国で最初に接した漱石の作品は『坊っちゃん』であった。「親譲りの無鉄砲」な気質の持ち主で、お世辞が嫌いな「おれ」が好きで堪らなかった。韓国の南の方では権勢に抵抗する反骨精神が一般の人々の根底に流れており、民主化聖地の光州で育った私も、正義感に燃える「おれ」の思考にすぐ共感したのである。しかし、思えば「おれ」に関心を寄せていたといえども、関心の焦点は、『坊っちゃん』という作品の意味などではなく、あくまで彼の無邪気な性格に限られるものであって、本格的な漱石作品研究の世界とは程遠いものであった。

漱石の作品を本格的に研究し始めたのは、日本へ留学に行ってからである。漱石の生い立ちから、英文学者としての道を選び、松山中学に赴任、それ以後熊本、第五高等学校での奉職、ロンドン留学を経て文筆生活に入り、「則天去私」の理念を得る晩年までの彼の生涯を辿ってみたのである。漱石の生涯には、彼独特の人間的な魅力があり、漱石の作品の中には現代人の「生」に突き付ける様々な問題が刻み込まれていた。また、彼の持つ社会意識や日本の近代文明開化についての痛烈な批判には、すべての人間に「感動」を与えるものが嵌め込まれていたのである。

本書は、そのような日本留学中に論究した論文のまとめである。だが、日本で執筆したものもあれば、韓国へ帰って中期・後期作品を再読し、虚心に書き下ろしたものもある。本書に収録するにあたっては、それに少し手を入れた。ただし、序章の「韓国における漱石研究の現状」は、現在の視点からみれば、インターネットの通信網から得た情報に基づいて書いた節もあり、新たに更新する必要があったのだが、「阪神近代文学会」で発表した当時の論点の持つ意味を生かすためにそのまま載せた。新しい世紀を迎えて、漱石を韓国の視点から振り返ってみること自体が、当時の私にとって切実で必然的な作業であったのである。私はつねに次のことを願っていた。すなわち、韓国に一日も早く漱石研究会が発足し、また韓国で漱石の単行本の出版や漱石作品の翻訳が活発に行なわれるように祈っていたのである。日本に留学に行って、本格的に漱石に接し、夥しい文献や資料に圧倒され、その苦痛から逃れられない日々を過ごしていた当時、そして帰国してからもその延長線上に立って、ここに至るまでその苦痛を一回も恐れることなく、一貫して快感として受け取ってきた現在の私にとって、それは当然の祈りであったかもしれない。

手を入れたとはいえ、最初の論文、「『三四郎』考―美禰子の実像―」も、一九九二年「日本文芸研究」に出して、喜びの歓声を洩らした時と論旨はそれほど変わっていない。なにより、各作品に登場する男女像を探ることをつねに念頭においた。そして一方、『彼岸過迄』からは作品構成、語りや視点の問題にも注意を注いだのである。私はつねに意識しているわけだが、漱石研究の場合は、書くことにおいて、新しい視点というものが求められ、それに立ち向かうこと自体が一つの課題のような感じがする。時代が変わるにつれ、新しい視点からの作品分析が活発になされている現実を見つめていると、漱石の研究はまさにその先が見えないと思われる。

しかし、日本を離れて、韓国でより客観的に作品に接してみると、漱石の描いた男女関係の問題は、国を問わず、性別や老少を問わず、現代の読者においても捉え続けられている根源的問題であることに改めて気付く。それは現代社会においても不変のものを含んでいる。漱石の小説が時間を超えて、空間を超えて、厚い読者層を持っているのも、そこに起因するであろう。つまり、彼の巧みな男女関係の描写が妙な興味をそそるだけではなく、その裏面を垣間見ると、より根源的命題が各作品の男女主人公に省察されているのであり、それが現代の読者に肌でありありと感じられるような共感を与えるからであろう。そこに漱石的男女の無限の新しさが存在するのである。

私は、「韓国に受容された夏目漱石文学シンポジウム」（權赫建編輯『夏目漱石文学研究』創刊号、J&C、二〇〇一・五・三〇）の席上で、漱石研究者として漱石文芸を研究することにあたっての、自分の「内的葛藤問題」を話題としたことがある。「既存の研究物から飛び出していこうとする気持ちでもがい」ていると述べたが、その「葛藤」が私の奥底に内在しているからこそ、漱石研究者として存在感を持って研究に打ち込めると確信する。

本書、『漱石　男の言草・女の仕草』を、日本で刊行することができて、この上なく嬉しく思う。本書の刊行にあたって、序文を書いて頂いたのは勿論、本の話が出て完成に至るまで、全てのことを鳥井正晴先生にご指導頂いた。温かく時には厳しく、熱意あるご高配を頂いた鳥井先生に深い謝意を表したい。そして大学院の修士課程から現在に至るまで、ご指導頂いている玉置邦雄先生をはじめ、関西学院大学の諸先生方に、心から感謝の言葉を述べさせて頂きたい。

なお、来日当初、日本語の習得でお世話になった阪本英子先生、本書の出版を快くお引き受け下さった和泉書院の廣橋研三氏、また刊行に際して色々とご尽力を頂いた同書院編集部の皆様にも心よりお礼を申し上げたい。

二〇〇一年六月二一日

韓国　光州にて

金　正　勲

■ 著者略歴

金　正　勲（キム　チョン　フン）

1962年　韓国・全南務安生まれ
1985年　韓国・朝鮮大学校国語国文学科卒業
1992年　関西学院大学大学院文学研究科修士学位取得
1995年　関西学院大学大学院文学研究科博士課程修了
2001年　関西学院大学大学院文学研究科博士学位取得
韓国・全南大学校講師歴任
現　職　韓国・全南科学大学助教授
著　書　『新しい日本語』（共著，クワンイル文化社）『易しく習う日本語文字』（白山出版社）『新たに書いた日本語漢字読本』（白山出版社）『現場活用日本語』（白山出版社）『夏目漱石文学研究』（共著，J&C）
現住所
〒503-062　韓国光州市鳳仙洞三益1次APT 102-502
電話（062）673-8157

近代文学研究叢刊 27

漱石　男の言草・女の仕草

二〇〇二年二月二八日初版第一刷発行
（検印省略）

著者　金　正　勲
発行者　廣　橋　研　三
印刷所　太　洋　社
製本所　大　光　製　本　所
発行所　有限会社　和　泉　書　院
大阪市天王寺区上汐五-三-八
〒五四三-〇〇〇二
電話　〇六-六七七一-一四六七
振替　〇〇九七〇-八-一五〇四三

装訂／森本良成

ISBN4-7576-0057-7　C3395